UN SOUPÇON DE LIBERTÉ

Titre original :
A Kind of Freedom
Éditeur original :
Counterpoint, Berkeley

ISBN 978-2-330-13677-2

MARGARET
WILKERSON SEXTON

Un soupçon de liberté

roman traduit de l'anglais (États-Unis)
par Laure Mistral

ACTES SUD

À ma mère, qui m'a soutenue avec énergie.

*Je cours encore pieds nus et je n'ai que mon âme. La liberté, c'est le but ultime. Finalement et à tous points de vue, la vie et la mort sont peu de chose. Ces jours-ci, je me sens terriblement amère, parce que les seuls parents que Dieu m'a donnés, c'étaient des esclaves, et ça m'a brisée**.

TALIB KWELI, *Four Women*

*C'étaient les enfants d'anciens esclaves, nés plus ou moins libres, mais ils avaient jailli de l'utérus, affligés de ce que leurs semblables ont en propre – la conscience d'être les seuls à qui Dieu n'avait pas promis un messie***.

EDWARD P. JONES,
All Aunt Hagar's Children

* Notre traduction. *(Toutes les notes sont de la traductrice.)*
** *Idem.*

EVELYN

Hiver 1944

Se remémorant plus tard la scène, Evelyn se rappellerait que ce n'était pas elle qui avait remarqué Renard la première. Non, c'était sa sœur, Ruby, qui avait repéré dans son champ de vision latéral la jambe droite du costume avec son ourlet trop court. Ruby était plus enrobée qu'Evelyn, pas grosse, loin de là, mais suffisamment replète pour ne jamais manger en toute insouciance. Son plat favori étant le porc mariné aux haricots rouges, elle était mise à rude épreuve le lundi. Leur mère en faisait cuire une grande marmite pour être tranquille, un kilo, largement de quoi nourrir la famille durant trois jours au moins, et Ruby se sentait narguée par une telle abondance. Chaque début de semaine, elle faisait des incursions dans la cuisine, dérobant de grands bols de riz dans lesquels elle versait juste assez de sauce pour donner du goût sans que ses excès éveillent l'attention. Puis, le mardi, elle constatait les dégâts. Cela commençait dès le matin, en allant en cours. Ruby fréquentait un centre de formation quand Evelyn étudiait à Dillard University, mais leurs campus n'étaient qu'à deux trois rues de distance, et elles faisaient l'essentiel du trajet ensemble.

"J'ai les cuisses qui se touchent, disait Ruby, comme si la chose venait de se produire.

— Mais cela ne se voit pas, lui assurait Evelyn, dont l'écart entre ses propres cuisses aurait permis à une autre jambe de s'y loger.

— « Cela ne se voit pas » ? Pour qui tu me prends ? Il faudrait être aveugle pour ne pas le voir. D'ailleurs, même un aveugle s'en rendrait compte, pour peu qu'il ait des oreilles : on les entend frotter l'une contre l'autre.

— Impossible d'entendre quelque chose d'aussi léger", objectait Evelyn.

Dès lors elle s'embourbait dans ces considérations pour le restant de la journée. Juste au moment où elle se croyait enfin en terrain sûr, Ruby la renvoyait s'enliser en posant une question sur son derrière. Même si le climat s'apaisait un peu le vendredi, Ruby gardait un mur de ronces autour d'elle, et personne dans son entourage ne s'en sortait sans égratignures.

On était un vendredi.

"Les jambes de son pantalon ne sont pas à la même longueur", dit Ruby à propos du nouveau qui se tenait au croisement de North Claiborne et d'Esplanade vêtu d'un costume de laine marron, un sweater gris au col en V sous sa veste.

Il était à côté d'Andrew, qui avait fait se pâmer toutes les filles au bal des débutantes de la saison passée. Le propre cavalier d'Evelyn ne manquait pas non plus de charme ; il avait même réussi à calmer ses craintes en lui faisant remarquer les faux pas de ses amis pendant la valse, mais malgré l'insistance de sa mère, elle n'avait pas accepté qu'il vienne la voir et, une semaine plus tard, elle n'avait pu retenir un soupir de déception en voyant qu'il ne lui manifestait plus guère d'intérêt.

À présent elle relevait la tête, exhalant la fumée de la cigarette qui se balançait au bout de ses doigts. On était encore début février, et le froid de l'hiver n'avait rien perdu de sa rigueur. Néanmoins, toutes les filles de la VIIth Ward* se rassemblaient après les cours devant le bar à huîtres Dufon, le meilleur restaurant noir de la ville, et fumaient. Evelyn en était venue à savourer par anticipation la première bouffée – légère, comme il sied à une dame – et le long délassement qui suivait. Jamais elle ne se serait définie comme quelqu'un d'angoissé – c'est Ruby qui avait endossé ce rôle dans la famille – mais chaque nerf qui tressautait en elle se détendait à la seule idée de tirer sur une cigarette. Elle souffla la fumée du coin des lèvres de manière à éviter sa sœur, et sourit en pensant à l'ourlet.

“Il était peut-être pressé.

— Quand bien même, répliqua Ruby, en inspirant si violemment qu'elle faillit s'étouffer. Il aurait pu trouver le temps d'égaliser l'ourlet de son pantalon, ajouta-t-elle en riant. Plutôt mignon. Trop foncé pour la plupart des gens mais d'une jolie nuance de brun.”

Evelyn acquiesça. Mignon, vraiment.

Autour d'elles, hommes et femmes se pressaient, affairés, entrant et sortant de bureaux ou de magasins, Boot Seed and Feed, Queen of the South Coffee, Miller Funeral Home, Meriwether's Photography, Bejoie Cut-Rate Pharmacy, the Sweet Tooth

* Littéralement “VIIe Circonscription”, parmi les dix-sept que compte La Nouvelle-Orléans ; *ward* a ici perdu son sens premier pour désigner un quartier.

Ice Cream Parlor, et Fine Time Billiard Hall. Le marché en plein air où la mère d'Evelyn faisait ses courses n'était qu'à une rue de là, sur St. Bernard Avenue, et Evelyn pouvait sentir les épices cajuns qui mijotaient. D'une voix stridente, le boucher lança : "Veau à rôtir, chou et haricots verts !"

Ruby haussa le ton pour couvrir le cri : "Et il a les cheveux tellement raides, alors qu'il n'a même pas fait de *conk**."

C'est alors qu'Ourlet-Bancal leva les yeux sur les filles, et Evelyn soutint son regard à peine le temps d'une seconde, si brièvement que, s'il hésitait à croire que cet échange se fût produit, il pouvait aussi bien se convaincre du contraire.

Secouant la tête, Evelyn répondit à sa sœur : "Non, c'est beaucoup plus naturel qu'un *conk*.

— C'est déjà ça, mais il aurait pu égaliser l'ourlet de son pantalon.

— Je ne l'aurais même pas remarqué si tu ne m'avais pas mis le nez dessus", mentit Evelyn.

Il était clair que, malgré son costume repassé et sa cravate nouée avec soin, Ourlet-Bancal ne faisait pas partie du groupe de *passés blancs*** qu'il accompagnait, non, pas avec leur fichue peau presque blanche, leurs cheveux noirs tout droits et leur nez plus droit encore, leur moustache comme de la soie, et elle ne savait pas ce qui lui avait pris d'en décider autrement. Pourtant elle était contente de ce qu'elle avait dit,

* Mélange particulièrement corrosif de pommes de terre, de soude, etc., avec lequel les hommes noirs se défrisaient les cheveux.
** Expression créole désignant quelqu'un d'ascendance africaine dont la peau est tellement claire qu'on peut le prendre pour un Blanc. Apparu au XIXe siècle, le terme a été utilisé jusqu'à la fin de la ségrégation raciale.

mais aussi de l'avoir dit, et, ce jour-là, chaque fois qu'elle pensait à Ourlet-Bancal, elle mesurait toute la fermeté et l'assurance qui s'étaient alors exprimées dans sa voix.

Comme ce jour était un vendredi, elle devrait patienter un week-end entier avant de le revoir. Peu importe, puisqu'elle l'avait mémorisé. Evelyn était en seconde année d'école d'infirmières à Dillard University et, pour une femme noire, ne serait-ce qu'envisager un domaine aussi exigeant impliquait de pouvoir compter sur sa mémoire. De fait, il lui suffisait de voir un visage une fois pour se le représenter parfaitement, et tout son week-end fut consacré à cela. Elle se souvenait de détails qu'elle n'aurait même pas pensé avoir vus : que l'ourlet trop court révélait une chaussette d'un gris délavé, que son propriétaire avait la couleur des cookies au gingembre que faisait cuire sa mère avant de les saupoudrer de sucre, que cette ressemblance était une invitation à goûter sa peau, qu'il était grand, plus encore que son père, qui mesurait un mètre quatre-vingt-dix, qu'il était maigre sans être frêle, qu'il avait des petits yeux en amande, que chaque fois qu'elle saisissait son regard celui-ci semblait avoir forcé le passage des paupières pour exprimer quelque chose de vital. En poursuivant ses réflexions, elle se rendit compte qu'il avait à la main un manuel de biochimie et qu'il étudiait sans doute pour être médecin. Tout comme Papa. Peut-être pourrait-il l'aider sur les acides aminés. Malgré tous ses efforts, elle ne parvenait pas à se rappeler les codes dans l'ordre.

Le lundi suivant, sur le chemin entre la maison de Miro Street et St. Bernard Avenue puis North

Claiborne, Evelyn marchait en tête, sa sœur frottant des cuisses derrière, et elle cherchait une cigarette, dont elle sentait l'effet apaisant avant même d'ouvrir son sac à main. Sans surprise, Ourlet-Bancal pénétra dans son nuage de fumée. Il était de nouveau avec Andrew, un garçon aux ourlets de même niveau mais avec quelque chose en moins, et peut-être était-ce justement une irrégularité dans les ourlets, ce qu'elle avait fini par associer à une idée de bien-être.

"Sacré *passé blanc* avec ses grands airs, décréta Ruby à propos d'Andrew. Il se croit tellement supérieur aux autres.

— Il est mignon, répondit Evelyn en souriant au cas où Ourlet-Bancal regarderait de son côté.

— Mignon ou pas, il pourrait prendre la peine de s'intéresser à une femme comme il se doit, dit Ruby. Et puis il n'est même pas aussi mignon que Langston."

Langston était son dernier petit ami en date, et il était mignon, si mignon que Ruby avait appris par une troisième année du centre de formation qu'il distribuait son numéro de téléphone à toutes les filles de la VIIth Ward dont les cheveux dépassaient l'agrafe du soutien-gorge. Ruby l'avait mal pris ; leur mère lui avait donc mitonné ses plats favoris toute la semaine, et la moindre parole que lui adressait Evelyn était rejetée comme stupide. Quand Ruby eut surmonté l'affront, elle avait renoncé aux peaux-claires, mais voilà que l'envie lui reprenait.

"Je peux avoir mieux que cela, affirma Ruby, et d'ailleurs j'ai eu bien mieux, mais regarde-le, là-bas, qui se prend pour le nec plus ultra de toute la Louisiane. N'importe quoi.

— Il n'est pas si mal, c'est juste qu'il en fait un peu trop", répondit Evelyn.

Ourlet-Bancal posa de nouveau les yeux sur elle. Il se pencha, chuchota quelque chose à son ami, et tous deux s'avancèrent. Le chéri de Ruby en tête, ce qui troubla Evelyn sans pour autant la décourager. Quand les deux hommes eurent rejoint les filles, Andrew se posta en avant, juste à côté de Ruby, tandis qu'Ourlet-Bancal lambinait derrière, fixant ses chaussures. C'étaient des chaussures correctes, remarqua Evelyn. Des richelieux unies trop souvent cirées. Elle ne les avait pas vues la dernière fois, avec cette histoire d'ourlet, et elles étaient correctes, mais sûrement pas à la hauteur du blush rose qu'elle avait mis sur son délicat visage presque blanc, ou des longs cheveux que sa mère avait raidis la veille et qu'Evelyn avait enroulés en torsade à la base du cou. Elle le regarda, la tête droite et calme, tout en ayant l'impression de pousser son menton en avant, comme pour l'inciter à parler.

"Comment allez-vous, jeune dame ?" demanda le chéri de Ruby.

Ruby était très sûre d'elle le lundi après-midi. Elles n'étaient pas encore retournées chez Mère, et la marmite était toujours pleine à ras bord de haricots.

"J'étais mieux quand j'étais seule avec ma sœur, rétorqua Ruby.

— Ah, c'est votre sœur ?

— C'est ce que je viens de dire, non ? Vous n'êtes pas du genre rapide, vous.

— Vous êtes de jolies sœurs, toutes les deux. Votre maman doit être bien jolie aussi, hein ?

— Qu'est-ce qui vous prend de parler de ma maman ?"

Cette fois Ruby ne plaisantait plus ; elle devenait féroce dès lors qu'il s'agissait de leur mère.

"Eh, fillette, je voulais juste faire la conversation. Pas vous chercher des poux dans la culotte.

— Je ne vois pas en quoi ma culotte vous concerne", répliqua Ruby, qui s'efforçait de garder l'air sévère malgré une difficulté croissante à masquer son intérêt. Elle avait un faible pour les haricots rouges et les garçons roux. Et voilà que l'autre lui parlait de sa culotte.

Evelyn ne pouvait plus tenir ; elle sentait la chaleur lui monter au visage. Ourlet-Bancal était perdu dans ses chaussures et elle, elle était plantée là, invisible, elle que Papa faisait virevolter, après le dîner de Noël, quand il avait bu plus d'un verre de Sazerac, dans le petit salon de réception pour la famille élargie.

Evelyn faisait passer ses livres d'un bras à l'autre pour attirer son attention. Ourlet-Bancal leva les yeux mais, sitôt qu'il la vit, il les baissa. Evelyn n'avait pas non plus remarqué la couleur de ses yeux l'autre fois. Contrairement à la plupart des gens comme lui, ils n'étaient pas marron au point de paraître noirs. Ils étaient franchement marron, comme sortis d'une boîte de crayons de couleur. Il avait de longs cils, et leur extrémité devait toucher le haut de ses joues quand il clignait des paupières. Il leva de nouveau les yeux.

"Vous êtes sœurs toutes les deux ?" demanda-t-il en bégayant sur le mot "sœurs".

Pour s'adresser à elle, il avait ôté son chapeau en feutre gris et le pressait contre sa poitrine.

"Oui, dit Evelyn, qui manqua soupirer de soulagement.

— Vous êtes l'aînée ?

— Comment avez-vous deviné ? Tout le monde croit qu'elle est l'aînée parce qu'elle est très…"

Evelyn faillit employer le mot "volubile" mais elle ne voulait pas avoir l'air de lui en tenir rigueur.

"Parce que ça se voit", dit-il.

Il baissa encore les yeux.

"Combien avez-vous de frères et sœurs ?" demanda Evelyn pour entretenir la conversation mais aussi parce qu'elle était curieuse de savoir.

"Douze en vie, deux morts.

— Vous êtes l'aîné, aussi ?

— Non, m'dame, le petit dernier. Ma maman est morte quand je suis né."

Le cœur d'Evelyn battait très vite, et elle se sentait le jouet d'émotions puissantes qu'elle était bien en peine d'interpréter. Ce n'était pas ce qu'il disait mais la façon dont il morcelait son histoire, comme une mère coupant la viande pour son enfant, qui rendait Evelyn si vulnérable. Elle s'avança légèrement en espérant que Ruby ne s'en rendrait pas compte.

"Où habitez-vous ? demanda-t-elle.

— À Amelia Street, XIIth Ward, à deux rues de l'hôpital Flint-Goodrich."

Evelyn fut surprise. Tout en étant consciente qu'il n'était pas des leurs, elle n'aurait jamais cru qu'il en soit si éloigné. Elle regarda de nouveau ses livres, de gros ouvrages reliés, biologie et chimie organique. Elle avait vu juste ; pour étudier des matières comme celles-là, il devait être en prépa médecine, or il n'y avait pas de Noirs riches à Uptown*. Elle considéra de nouveau son ourlet. Elle ne se souciait guère de

* Uptown désigne ici le nom d'un quartier à La Nouvelle-Orléans, correspondant plus ou moins à la VIIth Ward, à l'est du Mississippi.

position sociale, pas comme Maman et Ruby ; mais elle n'avait pas l'habitude de se tromper à ce point.

"Où habitez-vous ?" demanda-t-il.

Son bégaiement était revenu, cette fois sur le premier mot, "où".

Evelyn sourit de nouveau. Elle lui répondit, et il haussa les sourcils. La VIIth Ward était un quartier habité majoritairement par des créoles, riches et pauvres, et tout l'entre-deux, mais il la fixa comme s'il pouvait visualiser son énorme maison de plain-pied, comme s'il savait que son papa avait aidé à mettre au monde tous les bébés du coin à l'exception de ceux de la famille de Blancs à l'autre bout de la rue.

Ruby et son chéri semblaient avoir terminé. Ourlet-Bancal posa son regard sur eux avant de revenir à Evelyn.

"Comment vous appelez-vous ?" demanda-t-il.

Ruby s'immisça entre eux : "Après tous ces palabres, tu ne connais toujours pas son nom ?"

Evelyn avait envie de la faire taire mais ce n'aurait pas été poli. Elle sourit de plus belle.

"Evelyn, répondit-elle en s'adressant à Ourlet-Bancal comme si sa sœur n'avait rien dit.

— Et moi Renard. Renard August Williams."

Sur ce il tourna les talons.

Evelyn avait envie de le rattraper, de le ramener devant elle pour l'inciter à s'engager davantage le plus tôt possible, mais elle resta clouée au sol et articula sans bruit "Au revoir". L'autre garçon suivit Renard, lançant un regard à Ruby par-dessus son épaule.

La cigarette d'Evelyn s'était réduite à un mégot qui faillit lui brûler les doigts. Elle sursauta et la lâcha, l'écrasant sous son pied plus que nécessaire.

“Tu es mordue, hein, ma fille ?” demanda Ruby.

Elle se mit en route pour rentrer à la maison, et Evelyn la suivit. Ruby n’attendait pas de réponse.

“Ces fichus presque-blancs, ils sont tous pareils, ils croient qu’ils sont trop mignons pour te proposer un vrai rendez-vous.

— Il ne t’en a pas proposé non plus ?

— Tu es folle ? Il l’a fait, mais je te garantis qu’il pensait que c’était une formalité. J’ai dû le mettre sur la voie.

— Oh. (Evelyn se tut un instant.) Quand est-ce ?

— Ce week-end. Il veut m’emmener chez Dufon, il dit qu’il connaît le patron. C’est autre chose chez eux, ce besoin de se vanter sans cesse. Mais comme dit Maman : quand on a de quoi, on a de quoi, et on n’a pas besoin d’en parler plus qu’il ne faut. Je ne pense pas pour autant qu’il soit fauché. Son père a participé à la création de l’école primaire Valena C. Jones*.

— Oui, il est à la tête du Comité de la bibliothèque”, marmonna Evelyn.

Ruby ne parut pas l’avoir entendue.

“Et Papa dit que son père est très actif dans l’Association municipale de la VIIth Ward**, poursuivit-elle.

* Première école primaire publique créée pour les Noirs à La Nouvelle-Orléans, grâce aux fonds de riches donateurs noirs de la ville, dont la Seventh Ward Civic League (voir note suivante).

** La Seventh Ward Civic League fut créée en novembre 1927 pour représenter la VIIe circonscription de La Nouvelle-Orléans dont les habitants, majoritairement créoles, ne pouvaient ni élire de candidats au conseil municipal ni participer à celui-ci. Cette association avait pour objectifs d’améliorer les conditions de vie du quartier, d’encourager l’éducation, d’aider les commerces appartenant à des Noirs et de promouvoir la coopération entre citoyens noirs et blancs.

Je devrais la jouer distante avant de lui faire comprendre que je suis celle qu'il attend."

Elle se tut, comme si elle avait soudain pris conscience qu'elle n'était pas sur scène.

"Et toi, Evelyn ? Quand est-ce qu'il t'emmène ? On pourrait sortir ensemble, au moins pour le début de la soirée.

— On n'a rien de prévu", avoua Evelyn.

Elle ne pouvait relever la tête mais ne voulait pas non plus paraître abattue. La tête, c'est tout ce qu'elle contrôlait à ce stade. Elle regarda devant elle. Ruby n'était pas aussi jolie qu'Evelyn, ni aussi intelligente, et, toute sa vie durant, Evelyn avait fait son possible pour se refréner afin de rétablir l'équilibre. Et voilà où elles en étaient : Evelyn allait sur ses vingt-deux ans et Ruby en avait à peine vingt, et c'est Evelyn qui se retrouvait le bec dans l'eau.

"Quoi, Evelyn ? Tu n'as même pas réussi à te faire inviter ? Ne t'ai-je donc rien appris ?"

Ruby contemplait le vide devant elle, comme si l'explication de la sottise d'Evelyn allait en surgir. Puis la solution la frappa avec une soudaine évidence.

"Tu es trop gentille avec ces gars-là, c'est ce que je n'arrête pas de te dire. Ils ne sont bons que pour deux choses : le mariage et les enfants, et toi tu essaies de t'en faire des amis. Ton amie, c'est moi, inutile d'en avoir d'autres. La prochaine fois que tu le rencontres, fais-lui en baver, et tu verras."

Alors elle rit, pencha la tête au tournant pour éviter les chênes qui étalaient leurs branches. Le vent faisait ondoyer derrière elle sa jupe en soie plissée. Celle d'Evelyn était de matière et de couleur identiques, mais Ruby avait demandé à leur mère de raccourcir la sienne. À présent Evelyn marchait plus vite pour rattraper sa sœur, alors qu'elle sentait les élastiques de ses sandales à semelle de liège lui comprimer les chevilles. Quand elles furent près de la maison, la plus imposante de la rue, Ruby fit halte, adopta une expression neutre et ralentit le pas. Dès ce soir, elle ne s'autoriserait plus la moindre bouchée de porc aux haricots, si longtemps eût-il macéré dans la marinade au vinaigre.

Ce vendredi soir, Evelyn était sur son lit et entendait Ruby se préparer, déambulant dans les couloirs ou réglant le robinet de la salle de bains à son plus fort débit. Pour grande que la maison parût de l'extérieur, on y était à l'étroit. Evelyn et Ruby partageaient une chambre, et celle de leur petit frère était tellement collée à la leur qu'elles pouvaient entendre les ressorts de son lit grincer quand il changeait de position la nuit. Il y avait bien le salon, mais Mère n'aimait pas les y voir ; c'est là que se tenaient les réunions hebdomadaires des Dames pour l'égalité devant la justice et de l'Association de la VIIth Ward pour l'enseignement. Il y avait aussi des chambres d'amis à l'étage, à côté de celle de leurs parents, mais Mère y entreposait ses rideaux d'été et ses tapis d'hiver et, surtout, elle s'y réfugiait quand le monde pesait trop lourd sur ses épaules.

Donc Evelyn avait compris depuis longtemps qu'elle était coincée ici. Ruby avait fait fuir la plupart de ses amies avant même l'école primaire, et celles qui avaient tenu bon partirent avant la fin de sa troisième à la McDonogh School. Evelyn n'oublierait jamais le jour où sa meilleure amie s'était fait humilier en public par Ruby, qui lui avait demandé s'il était vrai que sa mère avait dû s'enfuir pour venir dans le Mississippi. C'était la seule amie à qui Evelyn repensait de temps en temps. Elle aurait été bien incapable de se rappeler la moindre parole de cette fille, mais elle se souvenait qu'elles s'exerçaient ensemble à l'éloquence et à l'art oratoire dans l'atelier d'imprimerie Hi Smile ; que durant les heures creuses elles allaient et venaient sur South Rampart Street en jetant un coup d'œil aux vitrines des magasins de chaussures et de bijoux. Parfois elles s'arrêtaient chez Peter's Famous Creole Kitchen pour manger un sandwich aux huîtres et regarder passer les gens du quartier. Cette forme d'attachement dont elle jouissait alors, elle ne l'avait plus connu depuis que cette fille l'avait fuie ; c'était un confort d'un genre différent de celui qu'elle avait avec sa sœur. Pas aussi profond, certes, mais Evelyn le ressentait d'autant plus profondément que, pour elle, cela n'allait pas de soi. Cette fille n'était pas obligée de l'aimer ; elle aurait pu être en compagnie de n'importe qui d'autre, mais elle avait choisi Evelyn, et Evelyn regrettait ce type de relation.

Ruby bondit dans la chambre.

“Tu vas passer la nuit à veiller ici avec Frère ? demanda-t-elle en montrant d'un signe de tête le seul garçon, le bébé de la famille, qui se tenait sur le seuil de la chambre.

— Je resterai pas dans cette maison.”

Frère traversa leur chambre en trombe pour rejoindre la porte d'entrée.

“Je *ne* resterai pas, Frère, corrigea Evelyn. Et où vas-tu ?

— Ça te regarde pas.”

Tandis qu'il prononçait ces mots, ils entendirent les garçons du voisinage au-dehors qui lui criaient de se dépêcher avant la fermeture de la boulangerie, parce qu'ils allaient manquer les *brokers*, ces miettes de cookies et de gâteaux que le marchand distribuait après la tombée du jour. Frère répondit en criant.

La voix de leur mère retentit peu après.

"Ne hurle pas ainsi, Nelson Jr. Tu ferais mieux de te conduire comme un garçon de la VIIth Ward."

Ruby eut un sourire narquois.

"Et tu ferais mieux d'être de retour avant que Maman éteigne le salon", ajouta-t-elle.

Evelyn s'apprêtait à y aller de son propre commentaire quand Ruby la coupa net.

"Et toi ? Tu t'inquiètes pour Frère. Mais qu'as-tu de prévu ?

— Oh, je vais trouver", dit Evelyn, bien qu'elles sachent toutes deux qu'elle ne trouverait rien.

Il lui arrivait d'aller en face, chez miss Georgia, pour l'aider à tricoter les gants et les écharpes qu'elle confectionnait tout au long de l'année pour l'hiver suivant. Certaines filles de Dillard sortaient le weekend, notamment au Circle Theater, et elle les entendait le lundi s'extasier sur Humphrey Bogart ou Ingrid Bergman. Ces matins-là, elle se demandait si quelque chose clochait chez elle dans le domaine relationnel. Elle savait que certaines personnes naissaient avec des déficiences, comme Frère, qui lisait de travers, et peut-être que ses déficiences à elle se situaient dans ses rapports avec les autres, quand elle imaginait toutes sortes de scénarios, s'embrouillant au point que réel et imaginaire finissaient par former dans son esprit un tout indémêlable, et voilà pourquoi elle se retrouvait coincée à la maison un vendredi soir alors que même son frère de douze ans avait des projets fantastiques.

Le pompon, ce fut lorsque la mère d'Evelyn vint se pavaner à sa porte dans sa fourrure de lapin. Le père d'Evelyn se glissa juste derrière elle. Il posa la main sur le ventre de sa femme ; depuis son lit, Evelyn vit scintiller sa fine alliance en or.

"Où allez-vous, Papa ? demanda-t-elle.

— Oh ! Simplement chez oncle Franklin."

À force d'ouvrir et de refermer tout l'éventail d'images qu'elle gardait de Renard, Evelyn avait oublié qu'on était en février, et que le premier vendredi de ce mois, oncle Franklin et sa femme Katherine organisaient une soirée de pré-Mardi gras.

"Ah. Amusez-vous bien, alors, dit-elle d'une voix presque chuchotante.

— Qu'est-ce qui t'arrive, ma chérie ?" demanda son père en s'approchant.

Sa mère s'excusa : "Je serai dans le salon quand tu seras prêt, Nelson.

— Très bien, Josephine", répondit-il, puis il alla s'asseoir délicatement au bord du lit d'Evelyn et passa ses doigts dans les cheveux de sa fille.

Père et fille n'auraient pu différer davantage l'un de l'autre. Evelyn avait un nez fin et pointu, des yeux marron clair, et non presque noirs comme la plupart des gens de couleur ; ses lèvres étaient fines et roses et, comme sa mère et sa sœur, elle avait un teint d'Espagnole plutôt que d'Africaine. Son père au contraire était très foncé. Descendant de Sénégalais affranchis qui jamais ne s'étaient métissés, il se singularisait tellement dans la VIIth Ward par sa peau sombre que c'était la première chose à laquelle on faisait allusion quand on voulait parler de lui sans lui faire trop d'honneur. "Le grand docteur noir qui a une très haute opinion de lui-même", chuchotait-on. Ses lèvres étaient minces mais quelque chose en lui évoquait l'Afrique : son nez épaté et ses larges narines, ses cheveux qu'il tartinait de brillantine mais qui reprenaient leurs droits dès l'après-midi, se dressant en bouquets hirsutes.

"Qu'est-ce qui ne va pas ? demanda-t-il.

— Oh, rien, Papa.

— Ne me dis pas « rien ». Papa sait quand son Evie a du chagrin."

Evelyn se contenta de soupirer et se couvrit le visage d'un bras.

"Ne va pas me raconter que tu as toujours peur d'être seule à la maison. Je peux renvoyer le chéri de Ruby pour qu'elle reste avec toi."

Sachant que Ruby ne lui pardonnerait jamais si elle acceptait, Evelyn répondit avec vigueur pour ne pas avoir à le répéter.

"Non, Papa. Simplement, j'aurais bien aimé avoir quelque chose à faire ce soir.

— Joue avec ton frère, alors. Tu n'es pas trop grande pour ça, si ?

— Frère n'est même pas là. Il est sorti avec les jumeaux.

— Veux-tu que je lui dise de rentrer ?"

Le père d'Evelyn se pencha vers la fenêtre, s'apprêtant à appeler son fils.

"Non, Papa. On ne s'amuse plus ensemble, de toute façon. Je suis trop grande pour m'intéresser à ses jeux."

Son père soupira et s'allongea à côté d'elle, appuyé sur le coude.

"Ma petite fille, veux-tu que ton papa et ta maman restent avec toi ?"

Evelyn avait envie de dire oui – le silence de la maison lui paraissait si écrasant ce soir – mais elle pensa à sa mère dans la cuisine. Elle l'entendait qui entrechoquait casseroles et verres propres, en s'énervant en créole pour que ses enfants ne puissent pas la comprendre.

"Cofaire to pas laisse moin tranquille ?"

Mère trouvait Papa trop indulgent avec leur fille aînée ; elle disait souvent qu'Evelyn était dans la lune, et qu'au lieu de la ramener sur terre Papa lui calait confortablement la tête tout là-haut comme si les nuages étaient une rangée de coussins. Elle était d'avis qu'Evelyn fréquente des garçons, sans aller jusqu'à se fiancer, mais son papa montait le ton à la moindre allusion de ce genre.

Evelyn l'avait déjà entendu crier : "Elle a tout le temps pour ça !

— Vraiment ? Il semblerait que les garçons bien se font déjà mettre le grappin dessus.

— Pas ceux qui ont le bon sens d'attendre." Puis, après un silence : "Elle sera beaucoup plus que la femme de quelqu'un, Jo", avait-il rétorqué, et leur mère s'était fermée comme une huître. Le lendemain matin, elle avait laissé les œufs d'Evelyn trop longtemps sur le feu.

"Non, Papa, dit Evelyn. Tout va bien." Elle se tut, avant de reprendre : "Je vais lire. Et puis je peux réviser."

Ces mots le ravirent. Son espoir de trouver en son fils un esprit vif et rigoureux s'était vite envolé – autant demander à une graine de courge de donner du maïs. Il pourrait s'estimer heureux si Frère obtenait en temps voulu son diplôme de fin d'études primaires à Valena C. Jones, plaisantait-il souvent. Mais qu'Evelyn devienne infirmière, c'était aujourd'hui un exploit dont même son propre grand-père, qui avait été le premier médecin noir dans l'État de Louisiane, aurait été fier.

"Vas-y, Papa, dit-elle. Et ne bois pas trop, Maman serait en colère.

— Tu veux m'apprendre à me conduire ? N'oublie pas que c'est moi qui t'ai mise au monde."

Il sourit. Mère se racla la gorge dans l'autre pièce, et il toucha le bord de son chapeau avant de refermer doucement la porte derrière lui.

Evelyn se retourna, fixa les yeux au plafond. Elle se reprit à imaginer Renard mais, tandis qu'elle s'attardait sur le souvenir de ses mains, elle commença à s'interroger. Il était quelque part en train de faire quelque chose d'intéressant, alors qu'elle était à la maison, enfouie sous des draps et des couvertures qui auraient tout aussi bien pu être des chaînes.

Elle s'assoupit. Quand elle revint à elle, elle se demanda un instant où elle se trouvait. Elle qui ne dormait jamais en dehors des heures consacrées au sommeil nocturne ne comprenait pas pourquoi Ruby n'était pas dans le lit à côté d'elle, pourquoi la chambre était éclairée et pourquoi le carillon sonnait. Au bout de quelques secondes elle se redressa. Ce devait être miss Georgia. Elle venait parfois chercher un peu de compagnie. Son fils unique était parti à la guerre, et son mari était mort avant de pouvoir lui donner d'autres enfants. Bien qu'ayant toujours vécu entourée, Evelyn comprenait sa solitude. Quand elle avait expliqué cela à sa mère, celle-ci l'avait saisie par le poignet et l'avait regardée droit dans les yeux : "Quand bien même tu oublierais tout ce que je t'ai dit, rappelle-toi au moins une chose : on ne peut jamais être ami avec quelqu'un qui désire ce qu'on possède."

Evelyn avait simplement acquiescé d'un "Oui, Maman" mais elle avait tourné et retourné la leçon plusieurs fois dans sa tête sans arriver à lui donner un sens.

Elle traversa sa chambre, la cuisine, puis le salon, et glissa un œil par le petit rideau qui dissimulait la fenêtre à côté de l'entrée. Seigneur Jésus, ce n'était pas miss Georgia, c'était Ourlet-Bancal ! Elle se regarda dans le miroir tout près de la porte. Sa joue droite était rouge, là où elle s'était endormie sur sa main. Ses cheveux étaient ébouriffés de ce même côté, et malgré ses efforts pour les aplatir d'un peu de salive, quelques mèches se rebellaient toujours. Elle rentra son chemisier dans sa jupe qui avait remonté et dégagea un sein après l'autre de son soutien-gorge avant de les y relâcher, à un niveau légèrement supérieur. Le carillon retentit de nouveau, et elle faillit pousser un cri. Elle se demanda si elle pouvait faire croire à son absence, mais il devait avoir vu le rideau bouger à la fenêtre. Son cœur battait pour dix, tout cela était trop pour elle ; son esprit submergé de questions, ses mains qui tremblaient quand elles auraient dû être calmes, son corps tiraillé de désirs contradictoires.

Le carillon sonna de plus belle. Elle entendit la voix de Ruby lui redire à l'oreille : "Tu n'as même pas réussi à te faire inviter ?" Comme elle serait titillée, à son retour, de voir qu'Evelyn avait quand même trouvé de quoi s'occuper ! La main d'Evelyn s'affermit sur la poignée. Une feuille de papier glissa sous la porte ; elle allait se pencher pour la lire mais se retint et ouvrit doucement.

Renard, qui descendait déjà les marches du perron, se retourna.

“J’espère que je ne vous dérange pas, mademoiselle”, dit-il en bégayant sur le dernier mot et en l’appelant “mademoiselle” et non “madame”, ce qui parut à Evelyn de bon augure.

“Non, non, j’étais simplement en train de coudre une robe dans la pièce du fond.”

Evelyn n’aurait su expliquer pourquoi elle avait menti ainsi ; de fait, une de ses remarques que Ruby raillait le plus était que les Dix Commandements ne condamnaient pas assez le mensonge, et voilà qu’elle s’y mettait. Aussi bien, vendredi prochain elle se retrouverait à voler de la viande laquée au Circle Food.

“Vous faisiez de la couture ? C’est rudement bien.” Un silence. “C’est vous qui avez cousu ce que vous portez là ?”

Evelyn baissa les yeux. En fait c’était sa mère, mais devait-elle dire qu’elle l’avait confectionné elle-même pour rendre son premier mensonge plus digne de foi ? Ou ce qu’elle portait était-il si affligeant que ce nouveau mensonge risquait de tout gâcher ?

“Que ce soit vous ou pas, poursuivit Renard, c’est rudement joli sur vous. Vous avez tout d’un ange descendu sur terre, j’imagine.”

Il buta sur chaque mot de la seconde phrase sauf sur “un”. Exprimer sa pensée le rendait nerveux, et leur nervosité conjuguée agit comme l’addition de deux négations. Elle sentit quelque chose s’apaiser en elle. L’esprit un peu plus clair, elle évalua ses deux options : en aucun cas elle ne pouvait l’inviter à entrer. Ses parents ne seraient pas de retour avant trois quatre heures au moins mais Frère pouvait revenir à n'importe quel moment, et elle devrait lui cirer ses chaussures jusqu'à la fin de l'année pour lui faire oublier la présence d'un homme dans le salon. Mais si elle s'installait dehors avec son invité, miss Georgia ne manquerait pas de regarder par la fenêtre au moins une fois pendant la visite. Elle pourrait même avoir l'idée de traverser la rue et de faire honte à Evelyn. C'était un risque à courir. Evelyn s'éclaircit la gorge.

"Mes parents ne sont pas là, sinon je vous inviterais à entrer, dit-elle.

— Ne vous inquiétez pas. Je ferais mieux d'y aller, de toute façon."

Pourtant il ne bougeait pas, ce qui donna à Evelyn le courage d'exprimer ses intentions.

"Je peux vous retrouver dehors, si vous souhaitez rester un moment."

Le visage de Renard s'éclaira.

"Avec grand plaisir, mademoiselle."

Elle attrapa son imperméable dans le placard de l'entrée et l'enfila en resserrant bien la ceinture autour de la taille. Assis sur la balançoire que son père avait construite pour les cinq ans d'Evelyn, ils se projetaient d'avant en arrière en tendant et pliant leurs jambes au même rythme. Evelyn essaya de voir la maison avec les yeux de Renard : la structure en bois aux moulures bleu ciel, les paniers de fougères fraîchement arrosées ornant le porche, les pensées et les pétunias des deux côtés de la longue allée sinueuse. Au coin de la propriété veillait un palmier imposant, sous lequel Ruby et elle se glissaient en été avec leurs livres et leurs coupes d'eau sucrée qu'elles avaient mises à geler au préalable. Evelyn eut envie de partager ce souvenir avant de réaliser à quel point il devait paraître extravagant. L'air de la nuit s'était rafraîchi, et lorsque Renard la vit frissonner, il se pencha sur elle. Même à travers leurs manteaux, en sentant son bras à lui si proche des siens, elle eut l'impression d'être adulte. Elle eut envie de lui prendre la main, mais il ne fallait pas oublier miss Georgia.

Ils ne disaient rien depuis un moment lorsque Evelyn eut enfin l'idée de lui demander : "Comment vous êtes-vous souvenu de mon adresse ?

— Quand vous me l'avez donnée, j'ai fait en sorte de la mémoriser. Je l'ai passée et repassée dans ma tête en rentrant chez moi pour ne pas l'oublier.

— Donc durant tout ce temps vous saviez que vous viendriez me voir ?

— Je ne savais pas mais je m'en doutais." Il eut un grand sourire. "Je n'étais pas sûr d'en avoir le courage mais je savais que j'en avais envie.

— Comment est-ce arrivé ?

— Comment quoi est arrivé ?

— Comment avez-vous trouvé le courage ?

— Je ne sais pas. Je travaille chez Todd, dans le Vieux Carré*. J'y ai passé tout l'après-midi, à emballer et à charger des cartons, en pensant à vous. Au début je me cherchais des excuses. Je me disais que vous ne seriez sans doute même pas là, et que c'est votre sœur qui m'ouvrirait et qu'elle se moquerait de moi, mais une fois rentré à la maison j'ai senti quelque chose monter en moi, je me suis levé et je me suis habillé. J'ignore d'où ça venait. Je n'avais rien vécu de tel jusqu'à présent.

* Aussi appelé French Quarter : centre historique de La Nouvelle-Orléans.

— Moi non plus", dit Evelyn.

Pourtant elle le comprenait, parce que c'est ce qui se produisait en elle à ce moment-là. Son corps se détendait quand, à peine quelques minutes plus tôt, elle aurait été aux cent coups à la seule pensée qu'ils se retrouvent assis quelque part ensemble, avec la nuit devant eux et débarrassés de toute contrainte.

"Je suis contente que vous soyez venu, dit-elle.

— Moi aussi." Renard se tourna vers la maison. "Où est passée votre famille ? demanda-t-il.

— Ma mère et Papa sont à une fête de Mardi gras chez mon oncle. Mon frère est en train de jouer. En tendant l'oreille, on peut l'entendre d'ici.

— Et votre chère sœur si délicieuse ?"

Evelyn rit, elle d'ordinaire toujours prête à défendre Ruby.

"Elle est sortie avec votre ami. Il ne vous l'a pas dit ?"

Renard rit.

"Non, mais j'aurais dû m'en douter. Nous ne parlons pas de choses personnelles.

— Mais c'est votre ami pourtant ?"

Evelyn s'avançait avec prudence, elle-même ne s'y connaissant guère en amitié.

"Oui, nous avons grandi ensemble.

— Je ne vous ai pas vu souvent dans le coin.

— Non, j'imagine que non. Ma mère travaillait pour les parents de mon ami, et depuis qu'elle est morte ils s'occupent de moi. Je dîne tous les soirs chez eux et ils paient mes études, mais en dehors nous n'avons jamais vraiment fréquenté les mêmes cercles. Maintenant que nous étudions tous deux la médecine, c'est juste plus simple de faire le trajet ensemble."

Il livrait tant de tristesse d'une façon si anodine, Evelyn avait envie de lui dire qu'elle était désolée mais elle se demandait ce qui la désolait le plus, ou encore s'il ne risquait pas de prendre sa sollicitude pour de la pitié.

Tout à coup, il bomba le torse et déclara :

"Mais ne vous inquiétez pas, mademoiselle. C'est pour ça que je vais être médecin. C'est ce que j'ai toujours voulu, et je suis si près du but que rien ne peut m'arrêter. Et alors, je n'aurai plus jamais à demander quelque chose qui ne me revient pas de droit. Ni moi ni ma famille.

— C'est rudement motivant, approuva Evelyn. Vous ferez un rudement bon médecin."

Elle referma ses doigts sur la main de Renard. Miss Georgia pouvait bien le raconter au monde entier. Quand sa peau toucha la sienne, il la regarda avec la gratitude d'un homme qui n'a jamais senti le contact d'une femme. Les yeux plongés dans ceux de l'autre, sans mot dire, ils laissaient parfois éclore un sourire comme si la chaleur de cette union risquait de leur ôter le souffle s'ils ne faisaient rien pour la canaliser.

Evelyn voulut se rapprocher mais elle se ressaisit et demanda l'heure.

"Il est dix heures et quart. Je ferais peut-être mieux d'y aller, dit-il. Il faut que je me lève tôt pour le travail."

Il se dressa de son siège.

"Au restaurant ?

— Non, demain c'est le jour où je tue les poulets. Au marché on les vend vivants mais les gens paient un bon supplément pour les avoir tout plumés. C'est un boulot affreux mais…" Sa voix s'éteignit comme s'il n'était pas sûr de vouloir poursuivre.

"Le gouvernement recrute à tour de bras pour faire marcher ses navires, ses tanks et ses fusils." Il secoua la tête, et son visage s'assombrit pour la première fois. "Mais ces boulots ne sont pas pour nous, alors moi je tue des poulets."

Evelyn se leva, le cœur brûlant de compassion. Elle ne savait comment réagir.

"Eh bien, c'était tellement gentil à vous de passer, finit-elle par dire. Peut-être reviendrez-vous.

— Sûr et certain." Il fit un pas en direction du porche. "Je vais à la messe dimanche, mais sans doute après ?"

Evelyn opina.

"J'y vais aussi, dit-elle. Quelle église fréquentez-vous ?

— Holy Ghost. Et vous ?

— St. Augustine. Papa n'y met pas les pieds, il prétend qu'il ne veut pas aller dans une église où les Noirs sont obligés de s'asseoir au fond, mais d'après Mère ce n'est qu'une excuse, il n'irait dans aucune église même si on le laissait s'asseoir devant l'autel à côté du prêtre."

Ils rirent.

"Je me demande comment se passe le rendez-vous entre ma sœur et votre ami, hasarda Evelyn avec un sourire narquois, cherchant encore à profiter de sa présence. On dirait qu'ils s'attardent.

— Avec mon ami, ils ne sont pas rentrés de sitôt", répondit Renard en riant.

Evelyn ne rit pas. Ruby n'était pas aussi conventionnelle que sa sœur, loin de là, mais Evelyn ne souffrirait pas qu'on la tourne en ridicule.

"Oh, je ne sous-entendais rien du tout, mademoiselle." Son visage se crispa de regret. "Je suis sûr qu'il la traite avec le respect qui lui est dû. C'est un garçon tout à fait convenable mais c'est aussi un oiseau de nuit, et il adore parler. Ils sont sans doute au cinéma et vous savez comment ça se passe, c'est tellement long de sortir du balcon des Noirs, c'est à ça que je pensais."

Evelyn hocha la tête.

"Je suis sincère, mademoiselle. Je ne tolérerais pas que quelqu'un parle mal d'une dame. Il n'essaierait même pas, et s'il le faisait je m'assurerais qu'il ne parle plus jamais de votre sœur."

Evelyn sourit.

"Et vous ? Comment parlez-vous des dames ?"

Il sourit à son tour.

"Je n'avais pas beaucoup de raisons de le faire jusqu'à présent, avoua-t-il sans plus bégayer. Mais si je voyais Andrew aujourd'hui, je pourrais lui dire que j'ai une nouvelle amie.

— Rien qu'une amie ?"

Evelyn ignorait d'où avait pu surgir son audace.

"Une amie chère, conclut Renard. Vraiment très chère", répéta-t-il en descendant alors les marches du porche à reculons, puis en s'éloignant sur le trottoir jusqu'à disparaître à sa vue.

Quand il fut parti, Evelyn revécut mentalement la soirée ; pelotonnée dans son cocon de souvenirs qu'elle repassait un à un, elle n'entendit pas que sa sœur était rentrée jusqu'à ce que celle-ci soit dans la chambre.

D'habitude, quand Ruby sortait en laissant Evelyn à la maison, elle avait la décence d'être discrète, du moins autant qu'elle pouvait l'être, mais cette fois elle claqua le tiroir à chemises de nuit, jeta ses chaussures par terre. Marcha d'un pas lourd jusqu'à la salle de bain, s'éclaboussa bruyamment le visage. Lorsqu'elle revint dans la chambre, Evelyn fut bien obligée de lui demander ce qui n'allait pas.

"Tout."

Ruby était au bord des larmes. Evelyn ne l'avait vue ainsi qu'une seule fois : quand Ruby avait entendu les rumeurs sur Langston et qu'elle avait envisagé de quitter son école de secrétariat pour rejoindre celle de Baton Rouge.

"La soirée avait bien commencé. Il m'a prise par la main, m'a emmenée chez Dufon, m'a dit de commander tout ce qui me faisait plaisir. Mais nous n'étions pas assis depuis cinq minutes qu'une autre fille s'est approchée de notre table. Elle est de

Chapitals, je pense ; je l'avais vue aux abords de ton campus. Étonnant que je me souvienne d'elle, elle est très quelconque, vraiment, Evelyn, elle ne m'arrive pas à la cheville même dans mes pires jours, mais lui, il était assis là et il lui a fait la causette cinq bonnes minutes avant de se retourner vers moi. Il ne m'a même pas présentée. Je n'ai jamais été aussi gênée de ma vie.

— Oh, Ruby."

Evelyn ne savait pas quoi dire. D'ordinaire les humeurs de sa sœur affectaient les siennes, et Evelyn était sûre qu'elle allait en subir les conséquences directes de façon tangible, mais cette fois elle se sentait à l'abri dans un monde qu'elle s'était créé.

"Oh, Ruby, répéta-t-elle en se demandant combien de temps elle avait laissé passer depuis la fois précédente. Je suis sûre qu'il n'y avait aucune intention là derrière. Je suis sûre qu'il voulait seulement être poli."

Pour un peu elle laissait échapper que Renard avait parlé de son ami comme d'un type extraverti, mais elle ne pouvait pas faire allùsion à Renard, pas dans un moment comme celui-là.

Ruby souffla d'agacement.

"C'est l'aveugle guidant l'aveugle, lâcha-t-elle. J'aurais dû réfléchir à deux fois avant de te demander ton avis."

Piquée au vif, Evelyn fut tentée de la corriger mais elle se retint. Si elle introduisait Renard dans la conversation maintenant, il serait pour toujours une source de tension entre elles ; il était trop tôt pour le dire mais Evelyn savait déjà qu'elle le reverrait.

"Peu importe, ma décision est prise, poursuivit Ruby, je vais cesser toute relation avec lui. C'est le genre d'homme qui a une trop haute opinion de lui-même, et ses cheveux ne sont pas aussi raides qu'ils le paraissaient l'autre jour, il y met une sorte d'huile, je t'assure, et il n'a pas non plus la peau aussi claire qu'on croyait. Je n'arrive toujours pas à obtenir d'informations sur la situation de sa famille avant que son père ait eu la chance de décrocher ce poste d'enseignant ; de toute façon, vu les notes de Frère, Valena C. Jones n'est pas une institution si fréquentable, et ces gens-là sont mal partis."

Quand Evelyn fut sûre que sa participation à la scène n'était plus requise, elle se tourna vers le mur et fit semblant de dormir. Ruby continua néanmoins pendant une bonne heure : le bonhomme n'avait pas commandé de la façon dont l'aurait fait Papa ; il n'avait pas l'habitude d'aller dans des établissements aussi raffinés, elle l'avait bien vu à la façon dont il se renseignait sur les plats auprès du serveur, au lieu de faire preuve d'assurance ; il parlait de la guerre comme s'il voulait y participer, alors que tout le monde sait qu'on n'aborde pas un sujet aussi macabre devant une dame. En plus, quand il l'avait raccompagnée, un Blanc était passé, et Andrew avait baissé la tête et avait pratiquement poussé Ruby contre le mur.

"Papa n'aurait pas agi ainsi, chuchota Ruby. Il n'aurait pas pris le risque de se faire tuer – on est en Louisiane – mais il aurait trouvé un moyen de nous protéger tout en préservant sa dignité. Voilà le genre d'homme que je cherche, et cet Andrew, il en est loin. Pour tout te dire, Evelyn, tu devrais bénir le ciel que son ami ne t'ait pas invitée à sortir. Tu connais le proverbe sur les oiseaux de même plumage. Si Andrew n'est pas un prince, alors ce pauvre Ourlet-Bancal doit se situer au bas de l'échelle."

Le lendemain matin, malgré le crépitement des œufs et le grésillement du bacon sur le feu qui parvenaient jusqu'à elle, Evelyn continua de dormir. Elle était tellement fourbue qu'elle ne broncha même pas quand retentit le carillon, puis la voix stridente de miss Georgia et son rire haut perché. Enfin elle entendit qu'on l'appelait.

Elle bondit et alla coller son oreille à la porte sans pouvoir discerner ce qui se disait sinon quelques bribes de-ci de-là, "bien de sa personne", "une heure environ" ou "J'ai ouvert l'œil pour m'en assurer". Evelyn ne pouvait distinguer les réponses de sa mère mais cela importait peu. Alors qu'elle s'habillait, son excitation de la veille retomba en une sombre certitude que toute la magie parsemée sur cette balançoire avait été enterrée ce matin dans le salon de sa mère. Son père était absent mais serait de retour d'ici quelques minutes. Si jamais sa mère le mettait au courant, il déboulerait comme un ouragan dans sa chambre et lui interdirait ne serait-ce que de penser à Renard, et elle continuerait d'aller en cours le matin et de rentrer à la maison le soir en se débattant faiblement contre la solitude qui pesait sur elle.

Elle ne se sentait pourtant pas triste, simplement résignée à la notion fraîchement acquise que la vie était ainsi faite, et qu'elle avait été bien bête d'en attendre davantage. Comme elle s'apprêtait à rejoindre la cuisine pour voir si Ruby avait laissé quelques miettes à manger, sa sœur entra dans la chambre, deux biscuits à la main et un rictus sournois plaqué sur son visage.

"Alors – elle se jeta sur le lit fait et lança un oreiller contre la poitrine d'Evelyn – tu ne m'avais pas dit que tu avais eu de la visite hier soir", et comme elle prononçait le mot "soir", l'oreiller rebondit sur Evelyn et échoua par terre. "Tu me fais des cachotteries maintenant, hein ? Tu essaies, du moins ? Tu sais bien que Ruby finit toujours par savoir." Elle chantonna sur la dernière partie de la phrase. "Cette fois ça n'a pris que douze heures."

Evelyn sourit en retour mais elle avait peur. Elle baissa la voix : "Tu venais de passer un moment pénible. Je ne voulais pas remuer le couteau dans la plaie."

Ruby ne répondit pas tout de suite. Elle se contentait de jouer avec un fil qui pendait du bas de sa robe rouge cerise. Parfois, quand sa sœur était de mauvaise humeur, Evelyn proposait de lui raccommoder un vêtement. Elle se demanda si dans l'heure à venir elle glisserait une aiguille dans ce tissu brillant.

Ruby la regarda. "Evelyn, ne sois pas idiote, je suis ta sœur, ta joie fait la mienne." Elle la fixa, les yeux agrandis et fiévreux. "Quoi qu'il en soit, c'est moi qui t'ai fait rencontrer cet homme. Comment s'appelle-t-il ? Raymond ? Je devrais au moins récolter les fruits de mes efforts." Dans une tentative pour paraître heureuse, elle avait monté d'un ton dans les aigus, mais l'émoi visible sur son visage avertissait Evelyn que la colère n'était pas loin.

Evelyn s'assit à côté d'elle pour prévenir l'orage.

“Comment l'as-tu appris ? demanda-t-elle.

— À ton avis ? Cette pipelette de miss Georgia. Seigneur Jésus, je ne peux pas changer de gaine sans qu'elle aille le raconter. Que cela te serve de leçon, ma fille. Ne fais rien devant cette maison si tu ne veux pas que Papa soit au courant, parce que tu as eu de la chance que Maman ait été là ce matin. Si c'était Papa qui était allé ouvrir à miss Georgia, Ray serait déjà de l'histoire ancienne. Et tu serais déjà cloîtrée chez les sœurs de la Sainte Famille.” Elle gloussa.

Evelyn haussa les épaules.

“Mère va lui répéter, de toute façon ; inutile d'y penser.”

Ruby attrapa Evelyn par le poignet et plongea ses yeux dans les siens avec un rare signe d'émotion. “Elle ne lui répétera pas, dit-elle. Jamais. Le jour où j'ai été surprise main dans la main avec Langston au marché St. Bernard, elle a hurlé que je ruinais ma réputation et m'a menacée de me boucler dans ma chambre, mais elle ne lui en a jamais soufflé mot.”

Evelyn soupira. “Parce que c'était toi ; c'est différent.”

Elle surprit alors Ruby à sourire, son premier vrai sourire de la matinée.

Evelyn ne quitta pas la maison de la journée ; elle attendait le moment où Papa serait mis au courant, prendrait des mesures, mais rien ne se produisit. Même avant le dîner, alors qu'ils étaient tous les deux seuls dans la cuisine, elle rassemblant les couverts en argent pour mettre la table et lui se servant un whisky sec, il se contenta de parler de ses patients.

"Miss Sylvia ne veut toujours pas lâcher son bébé. J'ai conseillé à son mari de la faire aller et venir sur Napoleon Avenue. Le petit serait sorti d'ici demain matin mais ces femmes ne veulent rien entendre. À croire que ce sont elles qui ont fait huit ans de médecine ! Je devrais leur confier mon stéthoscope en entrant chez elles pour qu'elles écoutent les battements de mon cœur. Je lui ai dit : si elle tarde encore, elle ira accoucher à la Charité, et une étable vaut mille fois mieux que l'aile de l'hôpital réservée aux Noirs."

Evelyn hochait la tête et souriait, attendant qu'il aborde l'objet de la transgression. Au cours de la première partie du dîner, Mère et lui évoquèrent toutes sortes de sujets : préparatifs pour Mardi gras, bals des débutantes, récitals de sopranos, parties de whist ; Ruby était intarissable sur le défilé Zulu et les participants de cette année, sur la nécessité de se rendre tôt à North Claiborne pour rejoindre la parade des Indiens, sur ce qui la terrifiait chez l'Homme Squelette ; lorsque Mère ajouta que les Million-Dollar Baby Dolls* étaient scandaleuses et que Papa fit observer avec un sourire narquois qu'après tout c'était aussi un déguisement, Evelyn finit par comprendre qu'il ne savait rien. Et elle observa sa mère comme si elle venait de relever sur son visage un détail subtil qui l'avait changée en une tout autre personne.

* Association de prostituées et/ou danseuses de cabaret noires d'Uptown qui, peu avant la Première Guerre mondiale, commencèrent à défiler pour Mardi gras.

Sans craindre l'ingérence paternelle, Evelyn et Renard passèrent ensemble toutes leurs journées libres. Ils se retrouvaient au Sweet Tooth pour manger une glace et s'amusaient des exploits du propriétaire des lieux, qui détachait une boule de crème glacée, l'envoyait en l'air puis la récupérait avec le cornet. Après avoir payé, ils allaient flâner dehors, passant devant les femmes qui marchandaient des cous de dinde avec les bouchers et des enfants bouche bée devant les affiches du Circle Theater. Au début ils ne parlaient pas – l'atmosphère grouillante autour d'eux semblait autoriser leur silence – mais enfin, après quelques rencontres sur ce mode, la voix de Renard s'éleva peu à peu dans un chuchotement entrecoupé.

"Votre glace était bonne ?

— Délicieuse", répondit Evelyn avec un tel souci d'encourager cet effort que le mot jaillit d'un coup.

À vrai dire, elle n'était jamais entrée au Sweet Tooth avant, même si elle fréquentait sa devanture depuis des années, vu que Ruby aimait aller y voir les autres manger ce qui lui faisait envie mais auquel elle n'avait pas droit.

Il hocha la tête avant de la laisser retomber.

“Et votre milk-shake ? demanda Evelyn d’un ton aussi sucré que sa double boule de chocolat au lait malté.

— Le meilleur de ma vie. La mère d’Andrew en fait tout le temps, mais à mon avis celui-ci était meilleur – ne le dites pas à Andrew.”

De ce moment la conversation devint fluide – portant d’abord sur leurs études, puis sur l’heure à laquelle ils rejoindraient les parades, et finalement sur les versions divergentes qu’Andrew et Ruby avaient données de leur premier rendez-vous.

“D’après ce que j’ai entendu dire, ce n’était pas très réussi. Ne le répétez pas à votre ami, mais j’ai cru comprendre qu’ils étaient tombés sur une autre femme, et ma sœur a trouvé qu’il lui parlait trop longtemps.”

Renard pouffa.

“Ah, c’est bien lui, ça ! Il connaît à peu près tout le monde en ville. Homme ou femme. Et ce n’est pas juste un « bonjour-au revoir », il te demande comment vont ta mère, ta grand-mère, tes frères, tes sœurs. Il veut un rapport complet sur chacun. Cette fille avait sans doute une famille nombreuse, voilà tout.

— Je lui ai bien dit qu’il ne voulait pas lui manquer de respect.

— Non, c’est l’homme le plus gentil que je connaisse. Il ne ferait pas de mal à une mouche. Toute sa famille est comme ça. Quand ma mère nous a quittés, rien ne les obligeait à s’occuper de moi. Absolument rien ne les obligeait à payer mes études. La mère d’Andrew a perdu deux de ses fils ; elle a ses propres deuils à porter.

— À la guerre ?

— Non, tuberculose ; les Noirs sont rarement envoyés au front.

— Pourtant le fils de miss Georgia est là-bas.

— Il est peut-être là-bas, mais ça m'étonnerait qu'il ait une arme entre les mains."

Evelyn baissa les yeux. "Oh." Elle voulut changer de sujet ; la guerre était tragique à la façon dont l'était l'esclavage ; et à parler d'un malheur qu'elle n'avait pas eu à subir, elle craignait de l'attirer sur elle.

"Eh bien, au moins la maman d'Andrew a toujours ce fils-là", dit-elle.

Il hocha la tête avant de poursuivre. "Ma mère était tout aussi adorable que celle d'Andrew, vous savez. Je ne l'ai jamais connue mais c'est ce qu'on m'a dit. Il paraît qu'elle était très belle, aussi. Elle avait une sœur jumelle." Il regarda le ciel, parlant du coin des lèvres. "Des cheveux d'un noir de jais qui lui tombaient dans le dos. Une très belle femme."

Il revint à leur conversation comme s'il se réveillait en sursaut.

"Et la vôtre ?

— Ma… ? demanda Evelyn, troublée.

— Votre maman ?"

Elle haussa les épaules.

"Elle est époustouflante, dit-elle. C'est la femme la plus classe que j'aie jamais vue.

— Qu'est-ce que ça fait, de l'avoir ? La question doit vous paraître saugrenue mais je me suis toujours demandé…"

Evelyn ne savait que répondre. Elle ne voulait pas avoir l'air ingrate. Elle savait que sa mère l'aimait – le jour où Ruby avait convaincu Evelyn qu'en avalant une pièce d'un dollar celle-ci allait se multiplier, elle avait dû être emmenée de toute urgence à Flint-Goodrich, où elle avait passé la nuit. Sa mère, inconsolable, sanglotait à son chevet. Evelyn l'avait entendue en revenant à elle, et durant ces quelques secondes elle s'était dit que ce dollar contenait peut-être un pouvoir, une magie vaudoue capable d'ouvrir le cœur de sa mère, de l'attacher à elle, mais une fois Evelyn sortie de l'hôpital, tout était redevenu comme avant. Rien n'allait jamais dans ce que disait Evelyn ; rien de ce qu'elle faisait ne lui valait l'approbation maternelle.

"Nous ne sommes pas très proches, avoua-t-elle. Apparemment je suis plutôt une fille à son papa.

— Que c'est triste.

— Pas tant que ça. Je ferais mieux de me taire. Vous avez perdu votre maman, et moi je me plains de la mienne parce qu'elle est trop sévère, commenta-t-elle en essayant de rire.

— Nan." Renard secoua la tête. "Ne dites pas ça. Il y a différentes façons de quitter quelqu'un. Si elle est loin tout en étant là, c'est peut-être encore plus triste."

À cette époque, Evelyn se réveillait chaque matin avec une bienveillance renouvelée pour le monde ; le sentiment qu'elle avait recherché toute sa vie durant était inaccessible tant qu'elle n'avait pas rencontré Renard, et dès lors qu'il était là, elle atteignait enfin le degré de joie supérieur auquel la solitude avait fait barrage.

Néanmoins il était tenu de la quitter à deux rues de chez elle, et elle soudoyait Frère, qui les avait surpris tendrement enlacés, avec tout le fromage de tête qu'il était capable d'engloutir.

Un matin Papa entra dans la cuisine pendant qu'elle sifflotait.

"Tu es d'une humeur rudement joyeuse, ces derniers temps, Evie."

Elle se tourna vers lui, muette de surprise.

"Ah oui ? répondit-elle enfin. Je n'avais pas fait attention.

— Non ? Et quelle est la cause de cette joie incontrôlée ?"

Il s'assit, coinça une jambe au-dessus de l'autre et sourit.

Juste à cet instant Frère entra, et Evelyn se hâta de laver l'assiette de celui-ci avant qu'il ait l'idée de répondre à sa place.

"De la mayonnaise en rab", demanda-t-il avec un large sourire.

Leur père posa un regard soupçonneux sur Frère puis sur Evelyn.

"Je prendrai un sandwich, moi aussi, dit-il.

— Oui, chef."

Evelyn déposa sur le pain de mie deux fois plus de viande que d'habitude et ajouta aussi une cuillère supplémentaire de mayonnaise. Elle servit son père en premier et lança à Frère un regard implorant pour s'en excuser. Mère avait préparé de la limonade, dont elle servit à chacun un grand verre bien frais.

"Tu n'en veux pas ?" demanda Papa, un débris de viande tendre sur la lèvre.

Debout devant le plan de travail, elle secoua la tête, aux aguets.

Une fois rassasié, Papa émit un rot sonore, qu'il aurait retenu si Mère avait été là, et termina sa limonade. Il prit un cure-dents du bocal au centre de la table et ôta le gras entre ses incisives.

“Pourquoi tu ne le ramènes pas, ce garçon, puisque tu te refuses à en parler ?” finit-il par demander.

Le souffle coupé, Evelyn se tourna brusquement vers Frère.

“J’ai rien dit. Je le jure.

— Comme si j’avais besoin d’un petit oiseau pour me l’apprendre. Tu crois que je ne devine pas quand une poupée est amoureuse ?”

Il laissa échapper un hurlement de rire. Evelyn pouvait sentir son visage brûler de l’intérieur. Renard lui avait dit, à l’un de leurs rendez-vous, qu’il n’avait encore jamais vu une femme noire rougir. Elle en avait rougi de plus belle et avait souri.

Alors Papa se leva et traîna des pieds jusqu’au salon, suivi de Frère. Avant de quitter la pièce, celui-ci se retourna pour demander : “Ça veut dire fini les sandwiches ?”

À présent que Papa était au courant, Evelyn autorisait Renard à la raccompagner tous les soirs jusqu’au porche et à lui baiser la main. Il avait arrangé les choses entre Ruby et Andrew, et depuis ce dernier l’accompagnait également jusque chez elle, mais plus tard, et sa sœur lui permettait davantage qu’un simple baisemain. Ruby avait essayé de commenter ses amours en détail avec Evelyn, mais comme celle-ci avait un soir émis un bref bâillement, Ruby avait saisi le message ; elle faisait dorénavant ses confidences à Mère. Evelyn les entendait parfois.

“Pour commencer, il faudrait que tu voies sa voiture, une Chevrolet noire 1937. J’aurais déjà été comblée d’être invitée à m’y asseoir, mais en plus il m’a fait faire un tour jusque chez lui et m’a présentée à sa famille, à ses amis aussi, m’a appelée sa dame, là, devant tout le monde. Et puis, tu sais, on a roulé dans le quartier ; et on a fini par se garer quelque part et on a parlé. Je serais restée là toute la nuit mais c'est lui qui a eu l'idée de rentrer. Il a dit qu'il ne voulait pas décevoir Papa. Et regarde ça…"

Evelyn n'avait pas besoin d'être présente dans la pièce pour savoir que Ruby faisait allusion à la broche argentée à strass qu'elle portait à son revers ce matin.

"Sois prudente, l'interrompit sa mère. Tu es assez grande pour savoir ce qui peut arriver si tu ne l'es pas.

— Oh, nous n'en sommes pas du tout là, Mère", gloussa Ruby, et au bout de quelques secondes Evelyn entendit sa mère rire aussi.

Papa promenait sa morosité dans toute la maison, et sa tristesse était à peine feinte.

"Mes deux filles m'abandonnent", disait-il avec une moue.

Mais un soir, après un dîner de côtes de porc en sauce avec du riz, il posa son cure-dents sur le rebord de son assiette et déclara qu'il était grand temps pour lui de rencontrer ces garçons – non, ces hommes, corrigea-t-il – qui avaient jeté leur dévolu sur ses filles.

Evelyn brûlait d'impatience d'annoncer la nouvelle à Renard le lendemain. C'était Mardi gras, et d'habitude elle se précipitait au marché aux poissons de St. Bernard pour acheter un bon roux aux gombos, ou faisait les retouches de dernière minute sur les robes de bal, mais elle n'avait jamais apprécié toutes ces cérémonies. Comme Renard trouvait aussi qu'on en faisait toujours trop chaque année pour les festivités, ils décidèrent de se limiter à la procession Zulu, le moment fort de la saison. Evelyn se réveilla tôt pour aider sa mère à frire les *calas* puis, après avoir mangé quelques beignets, elle rejoignit Renard et les milliers d'autres qui se pressaient dans les rues en tête du canal New Basin. Une fois que les trois chars furent passés, que leurs occupants au visage barbouillé de noir eurent balancé toutes leurs noix de coco et que la musique ne fut plus qu'un son étouffé, Evelyn et Renard repartirent vers Dufon et se partagèrent un sandwich aux huîtres. Pendant qu'ils mangeaient, elle l'informa de la proposition de son père. Elle croyait qu'il serait aussi soulagé qu'elle mais il se contenta de picorer dans son assiette. Enfin il tenta un sourire, qui ressemblait davantage à une grimace.

"Andrew sera là aussi, ajouta Evelyn.

— Je sais, dit-il sans lever les yeux.

— N'est-ce pas mieux ainsi ? Tu seras plus tranquille aux côtés de ton vieil ami.

— Bien sûr, dit-il, puis il se mit à parler d'autre chose, avant de s'interrompre. Tu as raison, reprit-il, ce sera formidable. J'ai hâte de rencontrer tes parents. Ça devait arriver tôt ou tard."

Elle voulut l'encourager.

"Ils vont t'adorer, assura-t-elle, surtout ma mère. Elle devait penser que je ne quitterais jamais la maison. Et mon père est ravi à l'idée d'avoir un médecin pour gendre, si tu voyais comme il a l'air content ! Il est triste que ses deux filles aient grandi mais il est fier aussi, je peux te le dire."

Le sourire de Renard s'élargit un peu sans montrer plus de joie.

Plus tard, une fois qu'il l'eut ramenée chez elle, elle se sentit gagnée par son pessimisme. Ruby ou sa mère pouvaient gâcher la soirée de mille façons. À coup sûr, sa sœur allait monopoliser la conversation pour chanter les louanges d'Andrew, de sorte que Papa en déduise qu'elle avait tiré le meilleur lot. Ou bien Ruby pouvait provoquer Renard jusqu'à ce qu'il riposte par une remarque déplacée. Cela ne s'était jamais produit, et Evelyn ne parvenait pas à imaginer Renard réagir aux moqueries de Ruby, mais à la lumière de leur triste conversation chez Dufon, le risque n'était pas exclu. Leur mère se montrait très enthousiaste, et avait même pris Evelyn à part un soir après le dîner pour lui dire toute sa fierté de voir sa fille devenir une dame. Mais qui sait comment elle réagirait quand elle verrait Renard, quand elle serait en présence d'un autre homme qui montrait autant d'adoration pour sa fille que Papa ? Mère n'était pas un monstre ; elle voulait le bonheur de son enfant, Evelyn le savait bien, mais Josephine ne pouvait s'empêcher de se retourner contre sa fille aînée chaque fois que celle-ci recevait de l'amour.

Evelyn et Renard s'étaient donné rendez-vous le matin du grand jour au Sweet Tooth. Renard attendait son arrivée en faisant les cent pas.

"Qu'est-ce qui ne va pas, chéri ?" demanda-t-elle en le retrouvant.

Il l'attira vers lui.

"Je ne crois pas avoir le courage de rencontrer ton père ce soir, annonça-t-il.

— Comment cela ?"

Evelyn lui caressa le dos en imitant les gestes de sa mère quand elle massait son père, de haut en bas, de haut en bas, puis en cercle.

"Je suis pas comme Andrew et les autres gars. Andrew pourrait causer avec le président Roosevelt s'il avait besoin. De toute ma vie j'ai jamais eu personne à qui parler sinon mes sœurs. Qu'est-ce que ton père va penser de moi ?" Il baissa le regard sur ses chaussures et fit un geste vers elles. "J'ai essayé de les cirer aujourd'hui mais ça a servi à rien. Autant vouloir faire briller de la merde."

Evelyn ne l'avait jamais entendu parler autrement que dans un langage châtié, et elle eut du mal à cacher son désarroi. "Ne dis pas cela, chéri", l'implora-t-elle en continuant de lui frotter le dos, et elle répéta cette phrase, incapable d'en trouver une autre. "Ce sera un privilège pour mon père de rencontrer un homme tel que toi." Elle songea à relâcher son langage pour se mettre au diapason.

"À la fin des fins, on est pas tous jamais que des Noirs ?

— Mais il a fait quelque chose de lui. Il vit là dans cette belle maison. Et il s'est choisi une jolie femme classe au teint doré. C'est pas rien." Soudain il releva la tête. "C'est pas rien.

— Et tu vas faire pareil, chéri.

— Si tu acceptes de m'épouser."

Il semblait se calmer.

"Je n'accepterais personne d'autre."

Ils s'embrassèrent pour la première fois. Il l'attira plus près de lui, et elle sentit son besoin d'elle se manifester, se tendre vers elle sous son pantalon. Elle fut saisie d'une envie brusque de l'entraîner dans l'allée, derrière un des magasins, et de le prendre en elle. Elle ignorait comment tout cela se passait, mais elle trouverait bien. Au lieu de quoi ils se mirent à marcher. Ils ne disaient rien ; pourtant elle avait l'impression d'aller mieux à chaque pas, comme si ses craintes concernant la soirée s'évanouissaient à mesure qu'elle avançait. Renard paraissait se détendre aussi. Avant qu'elle s'en rende compte, ils étaient au bout d'Esplanade Avenue et levaient les yeux vers les énormes magnolias de City Park. Evelyn se serait crue en enfer tant la marche lui donnait chaud, et les grands arbres de l'autre côté de l'entrée du parc les narguaient avec leur ombre. Bien sûr elle n'avait pas le cran de s'en approcher. Elle essuya la sueur sur son front avec un mouchoir et reprit son souffle.

"Un jour on aura le droit d'y aller, chuchota Renard. De s'asseoir sous les magnolias, de monter les marches du musée."

Il désigna l'extrémité du parc où de hautes colonnes marquaient l'entrée du musée Delgado.

"Bien sûr", dit-elle pour lui faire plaisir.

Elle ignorait si ce jour arriverait de son vivant et si elle était tellement pressée de franchir les limites d'un territoire dont elle était exclue. Sa vie lui suffisait.

Mais Renard fit un pas en avant. Plantée derrière lui, elle tenait sa main pour le ramener à elle mais il continuait d'avancer, le regard fixé sur les chemins sinueux et le lac étincelant, comme si ce qu'il avait désiré toute sa vie s'étendait là devant lui. Il lui lâcha la main et elle l'appela. Juste avant qu'il lui tourne le dos, elle entendit une voix derrière elle.

"Dégage, sale nègre, tu sais que t'as rien à faire ici."

Renard se figea sur place. Faisant volte-face, Evelyn aperçut un policier au visage rougeaud qui saisissait la matraque accrochée à sa taille.

"Il n'allait pas entrer, monsieur l'agent. Il connaît la loi", cria Evelyn.

Plaider devant les Blancs comme une petite fille était chez elle une seconde nature, mais elle ne s'en rendait pas compte à cet instant, elle voyait seulement la main de l'officier qui s'éloignait du bâton.

Elle sentit qu'il la jaugeait mais elle baissa les yeux avant qu'il se fasse des idées.

"D'accord, très bien, allez, circulez", dit-il au bout d'un moment, et il attendit qu'ils s'en aillent.

Evelyn se pressa de rejoindre Renard et lui saisit la main. Elle s'était préparée à redescendre Esplanade Avenue en courant mais il lui fallut tirer Renard derrière elle.

Après cet incident, la journée était bel et bien finie, se dit-elle. Ils se dirigèrent vers la maison dans un silence tout différent de celui qui les avait portés jusque-là et qui semblait peser sur eux, les alourdir à chaque pas. Elle ne savait à quoi s'attendre en atteignant Miro Street. Elle était convaincue à présent qu'il ne viendrait pas au dîner et elle ne lui en tenait même pas rigueur. Se heurter ainsi à leurs limites lui avait permis de comprendre le sentiment de faiblesse qu'il avait invoqué plus tôt, et qui, elle le devinait aussi, risquait de s'exprimer en présence d'un homme comme son père. Pourtant il se tourna vers elle et lui fit même un sourire en disant "À ce soir", et cela avec tant d'énergie qu'elle aurait pu croire que l'anxiété de tout à l'heure n'était que le fruit de son imagination.

"Oh, Renard ! s'exclama-t-elle. Je n'étais pas sûre, après ce qui vient de se passer."

Il secoua la tête.

"C'est pas ça qui me ferait reculer. Au contraire, ça confirme ce que je pensais déjà : nous n'avons rien d'autre que nous. Comme tu disais, on est jamais que des Noirs."

De retour à la maison, Evelyn se consacra aux corvées ménagères du samedi : enlever la poussière dans sa chambre, nettoyer les toilettes, frotter le plancher avec du vinaigre jusqu'à ce qu'il brille. Ruby l'avait quelquefois aidée par le passé, mais depuis qu'Andrew était entré dans sa vie, elle n'avait guère plus de temps pour autre chose. Une fois qu'elle eut terminé, Evelyn s'aventura dans la cuisine pour boire un verre de limonade fraîche. Comme elle replaçait la carafe, sa mère la coinça entre le frigidaire et la cuisinière. Elle était tellement près qu'Evelyn pouvait sentir dans son haleine le café qu'elle buvait en fin d'après-midi.

"Est-ce que Renard aime le veau ?" chuchota sa mère en rattrapant le cheveu qui s'était échappé de son chignon lâche.

Evelyn fut soulagée par le caractère futile de la question.

"J'en suis sûre. Il n'est pas difficile, Mère.

— Oui, mais ce n'est pas ce que je t'ai demandé. Est-ce qu'il aime le veau ?"

Evelyn opina.

"Si je me souviens bien, il m'a dit qu'il appréciait la saveur d'un bon veau", mentit-elle.

Mère hocha vivement la tête.

"Eh bien, je comptais faire un rôti avec céleris, oignons et poivrons. Et puis un gratin de macaronis au fromage avec des spaghettis longs et une salade de tomates. À mon avis, il devrait être content avec ça. J'aurais bien fait du poisson mais nous en mangeons tous les vendredis.

— Ce sera délicieux, Mère", approuva Evelyn.

C'est seulement quand Josephine l'eut conduite dans la salle à manger et qu'Evelyn se retrouva seule à disposer les couverts et les serviettes qu'elle se demanda quelle mouche avait bien pu la piquer. Evelyn n'avait jamais vu sa mère douter de ses talents culinaires ou autres. Elle donnait des réceptions et des fêtes presque tous les mois, et les invités ne partaient jamais sans la féliciter pour son gombo ou sa tarte de patates douces, ou simplement pour son goût exquis dans l'arrangement des fleurs, de la nappe et du chemin de table. Puis Evelyn se demanda si Mère était aussi soucieuse de plaire à Andrew et si elle avait eu la même conversation avec Ruby ; Evelyn n'avait rien entendu à ce sujet, mais sinon, pourquoi ? Pourquoi Mère serait-elle plus nerveuse au sujet de Renard ?

Un peu plus tard, Ruby surgit dans le salon avec un bouquet de tulipes dans les bras.

"Est-ce pour le dîner ? demanda sa mère.

— Non, du tout. Elles sont pour moi, de la part d'Andrew."

Ruby tenait la tête haute et rejetée en arrière ; les fleurs roses étaient déjà un peu fanées, mais elle en était aussi fière que s'il s'était agi d'une bague de fiançailles.

"Hmmm, eh bien, va te changer et aide-moi à la cuisine", dit Mère d'un ton sec.

Ruby fit les choses à son rythme et se débrouilla pour arriver une fois qu'Evelyn et Mère avaient terminé.

"Quelle coïncidence. Juste à temps pour goûter le veau, maugréa leur mère.

— Il est parfait, dit Evelyn en essuyant la sauce sur sa bouche, multipliant les compliments pour que sa mère se détende.

— Vraiment bon, Maman, juste un peu salé", ajouta Ruby.

Outrée par ces mots, Evelyn pinça sa sœur, Ruby lui frappa le dos avec une serviette mouillée, et leur mère leur donna à toutes deux une claque sur le derrière.

"Qu'est-ce que j'ai fait ? s'écria Evelyn. C'est Ruby qui ne sait pas se tenir !"

Mère se contenta d'un regard noir, n'ayant pas l'habitude de gérer les conflits. Si Ruby avait bien tenté de s'opposer à Evelyn depuis des années, celle-ci avait toujours prévenu les attaques de sa sœur en satisfaisant ses besoins avant qu'elle sache seulement qu'elle en avait. Si Evelyn soupçonnait que Ruby avait ses règles, elle lui préparait un sandwich au sucre ; si c'était lundi et qu'un garçon n'avait pas invité Ruby à sortir, Evelyn lui faisait des compliments sur sa silhouette. "Oh, j'aimerais avoir tes seins, disait-elle. Même ceux de Frère sont plus gros que les miens", et Ruby, au-dessus de son filet de sûreté, riait de sa sœur. Mais depuis que Renard était dans les parages, un grand changement s'était produit en Evelyn. Qui était Ruby pour critiquer la cuisine de Mère, quand celle-ci avait les nerfs en pelote à force de se démener depuis le réveil ? Qui était-elle pour débarquer comme si de rien n'était, vingt minutes avant un dîner, avec des fleurs dans les cheveux ? Evelyn était lasse des caprices de Ruby, de sa suffisance, de ses humeurs, et de sa prétention à croire que toute la maison devait en être informée.

Leur mère les chassa tout bonnement dans leur chambre, où les sœurs se tinrent assises en silence jusqu'à ce que retentisse le carillon. Quand Evelyn sortit, ses parents chuchotaient devant la porte d'entrée.

“Ne les fais pas attendre, Nelson”, dit sa mère, la mine toujours sombre.

Et même lorsque Renard et Andrew entrèrent, un bouquet à la main, Mère ne retrouva pas son entrain habituel. Evelyn était inquiète. Elle s’aperçut qu’elle était incapable de se détendre en sentant la nervosité de sa mère. Assumant son rôle, elle accueillit son prétendant et fit les présentations ; mit les fleurs dans un vase sur le comptoir de la cuisine ; parla d’une manière cultivée des émeutes à Detroit. Mais la paix qu’elle espérait ressentir à présenter sa future famille à celle d’aujourd’hui était bien loin.

Renard, d’un autre côté, s’enflammait. Quand Papa déclara que les Noirs persuadés que Roosevelt allait s’attaquer à la violence faite à leur communauté pouvaient bien attendre jusqu’à la fin des temps, Renard approuva, ajoutant que c’étaient des gens éduqués comme Thurgood Marshall* qui changeaient les choses dans ce pays. Il fit remarquer d’un air ingénu qu’on aurait pu prendre Mère pour la sœur aînée de ses filles. Il dévora le contenu de son assiette et demanda à être resservi. Il s’emporta avec Frère contre Satchel Paige qui n’avait pas marqué une seule fois au cours des trois manches lors du dernier All-Star Game. Alors qu’Evelyn craignait que Renard et Andrew jouent la rivalité, nul ne s’imposa, bien au contraire, car ils s’invitaient mutuellement à parler. Renard ne cessait d’invoquer l’intelligence du père d’Andrew. Et Andrew était intarissable sur la conscience professionnelle

* Thurgood Marshall (1908-1993), avocat qui défendait les victimes de la ségrégation raciale. Il sera le premier Noir à siéger, à partir de 1967, à la Cour suprême des États-Unis.

de Renard, disant qu'il serait sûrement médecin un jour, et que ses patients auraient bien de la chance. Même Ruby fit l'éloge du pudding au pain d'Evelyn.

"Je n'aime pas les raisins secs, dit-elle, et d'habitude tu en mets trop, mais la façon dont tu les as glissés par petites touches ici et là, Evelyn, on les sent à peine."

Après dîner, Evelyn aida sa mère à laver la vaisselle, tandis que les hommes s'échappaient au salon pour savourer cigares et whisky.

Quand Evelyn eut terminé, elle les rejoignit. Les deux garçons siégeaient sur le canapé, Papa calé entre eux. Andrew s'emballait.

"Avez-vous lu le *Courier* ? Ce que je sais, c'est que nous devons faire tout ce qui est en notre pouvoir pour contribuer à l'effort de guerre, et une fois que nous aurons accompli notre devoir, ce pays se mettra peut-être à accomplir le sien."

Papa se moqua.

"Ne retiens pas ton souffle en attendant ! N'importe, dis-toi bien, fiston, que selon toute vraisemblance, là-bas tu ne vas pas piloter des avions ni soigner des blessés. Tu vas servir les repas, nettoyer le camp et creuser les tombes."

Andrew haussa les épaules.

"Peut-être au début. Mais au bout d'un moment, quand ça va commencer à chauffer, ils auront davantage besoin de nous. Et c'est là que ça vaudra le coup, lorsque nous serons en mesure de faire nos preuves.

— La preuve de quoi ? Que vous pouvez vous faire tuer ? Ou mieux : que vous serez comme ce jeune Simmons à Tremé. Ça vous dit quelque chose ?"

Les garçons secouèrent la tête.

Alors Papa raconta avec un sourire narquois : “En France il était chargé du courrier. Quand il a perdu une jambe, il a été renvoyé chez lui. On embauchait à la poste de Loyola à cette époque. Il s'est rendu là-bas, il a passé le test en croyant que c'était dans la poche. Les vétérans étaient censés être prioritaires et il a eu la meilleure note, mais croyez-vous qu'on l'a embauché ?” Papa répéta : “Croyez-vous qu'on l'a embauché ?”

Aucun des deux garçons ne répondit. Pour finir, Papa se tourna vers Renard.

“Que penses-tu de tout cela, fils ?” demanda-t-il en hochant la tête.

Renard regarda Evelyn avant de répondre. Il s'éclaircit la gorge et avala un peu d'eau. Evelyn fit une petite prière muette.

“Eh bien, je pense que nous vivons dans un état d'hypocrisie jamais atteint auparavant dans ce pays, commença-t-il.

— Bien dit, lâcha Papa, l'air surpris par sa propre approbation.

— Et quelque chose doit être mis en place de manière à ce que nous n'allions pas sacrifier nos vies pour découvrir après coup que nous ne sommes toujours pas tout à fait des Américains. Imaginons que nous soyons victorieux en Europe, que va-t-il se passer pour la prochaine génération de Noirs ici ? Avant de risquer ma vie pour cette grande nation, je voudrais être sûr qu'on nous garantisse, à nous en tant que peuple, les pleins droits de citoyen à notre retour.

— Exactement, exactement, voilà que notre frère parle de bon sens ! Je vais t'appeler Ernest Wright* à

* Ernest John Wright (1909-1979), militant pour les droits civiques et fondateur de la People's Defense League. Il avait sa

partir de maintenant, et t'installer là-bas, au Shakespeare Park."

Papa souriait à Renard mais c'était la cuisse d'Andrew qu'il tapotait.

Renard regarda de nouveau vers Evelyn, cette fois avec gratitude. Et elle était fière de lui ; alors qu'elle s'attendait à ce qu'il bute sur chaque mot de son discours, il n'avait pas bégayé une seule fois et, de ce qu'elle avait pu comprendre, il s'était montré profond ; même son père l'avait admis. Pourtant elle n'arrivait pas à faire sienne la joie qu'il éprouvait ; c'était l'air contrarié de sa mère qui l'alarmait. Evelyn savait, après l'avoir vue se préoccuper des goûts de Renard, qu'elle n'avait aucune animosité envers lui. Non : en jaugeant la situation, elle conclut que sa mère avait trouvé un motif d'inquiétude qu'elle-même n'arrivait à identifier, et c'est ce qui la terrifiait le plus.

En raccompagnant Renard cette nuit-là, elle se fit violence pour paraître aussi heureuse que lui.

"Tu as entendu quand ton père m'a appelé « fils » ? s'exclama-t-il. Il l'a dit, Evelyn, il l'a dit ! C'était la première fois que j'entendais ce mot prononcé comme ça.

— Je savais qu'il t'apprécierait, renchérit Evelyn.

— Et j'aurais dû te croire, mais j'étais trop nerveux. Imagine que je ne lui aie pas plu. Tu es la personne la plus importante au monde pour moi. Comment pourrais-je vivre s'il ne m'accordait pas ta main ?"

Il l'embrassa devant la maison de la façon dont elle avait toujours rêvé, mais elle s'écarta, sentant que quelqu'un quelque part l'observait.

"tribune" dans le Shakespeare Park (aujourd'hui A. L. Davis Park).

Une fois qu'il fut parti, elle gravit les marches du porche. Comme elle se trouvait devant la porte, elle entendit ses parents se disputer.

"Mais tu as vu ses chaussures ? Et tu as entendu dans quelles conditions il vit ? Douze frères et sœurs. Tu imagines ? Pour notre fille ? Tout ça dans une masure d'Amelia Street, en plus ? Il est de basse extraction, Josephine. Pas de la classe moyenne, la classe moyenne je prendrais, je pourrais en faire quelque chose, mais si bas !"

Puis un long silence de sa mère, pesant, qu'elle brisa enfin : "Je pensais que tu serais touché en découvrant ce qu'il en est. *Piti a piti, zozo fait son nid.* Sommes-nous montés si haut que nous ne puissions tendre la main à quelqu'un en dessous de nous ?

— Le problème n'est pas là, comment peux-tu dire cela ! Tu en connais beaucoup qui font plus que moi pour aider notre peuple ? L'Association civique de La Nouvelle-Orléans, la Black Savings and Loan Association, c'est moi. Et sais-tu combien de consultations gratuites j'ai données pour la seule année écoulée ? Tu le sais ?"

Il avait monté le ton, et sa mère donna l'impression de battre en retraite.

"Je ne dis pas le contraire.

— Tout ce que je veux, c'est que nos efforts ne soient pas gâchés, et pour quoi, pour un espoir sans fondement. Pense à ton père. Que dirait-il ?

— Il dirait qu'il faut donner une chance à un jeune Noir." Un silence. Puis : "Certains ne t'ont pas accueilli non plus les bras ouverts.

— J'étais médecin.

— Tu allais le devenir, exactement comme ce garçon."

Il parlait de plus en plus fort.

“J’étais d’une bonne famille, tu as eu de la chance de tomber sur moi. Et je me suis bien occupée de toi et des filles.

— Je n’avais aucune crainte à ce sujet.” Elle sembla s’avancer vers lui alors. “Mais je dis seulement que tout le monde n’était pas de mon avis.

— Josephine, si je ne te connaissais pas aussi bien, je croirais que tu veux la voir quitter cette maison, peu importe avec qui du moment qu’elle s’en va d’ici.”

Mère ne répondit pas.

“Ou peut-être encore pire. Peut-être que tu ne veux pas qu’Evelyn se trouve un meilleur parti que Ruby.”

Evelyn entendit le crissement de la chaise en bois sur le linoléum et les chaussons de sa mère claquer contre le sol.

“Tu peux dire ce que tu veux, Nelson.

— J’espère bien.

— Tu peux dire ce que tu veux, répéta sa mère. Tu crois tout savoir, mais une chose que tu ignores, c’est combien j’aime cette enfant. Ce n’est pas toi qui l’as portée et qui l’as mise au monde. Tu lui as offert tout le confort possible mais ce n’est pas toi qui lui as appris à se servir d’une cuillère, à lacer ses souliers ou à écrire son premier mot, et toutes ces raisons-là font que tu ne peux pas savoir.” Sa voix se brisa. “Mon amour pour elle a tout emporté quand elle est née. Il n’y avait de place pour rien d’autre.”

Les talons du père d’Evelyn claquèrent, puis se turent.

“Eh bien, je l’aime aussi, et je ferai tout ce qui est en mon pouvoir pour qu’elle n’ait pas besoin de se battre. La vie est déjà assez dure. Je ne la laisserai pas détruire la sienne, je ne peux pas. C'est la promesse que je me suis faite."

JACKIE

Automne 1986

Jackie n'en voulait pas à Terry de l'avoir quittée ; mais ce qu'elle craignait avant tout, c'est qu'un matin on l'appelle pour lui dire qu'il avait été arrêté dans un repaire de camés, ou en train de voler pour payer sa dose. Il était tout sauf un voleur mais Jackie avait appris avec quelle dureté la vie pouvait faire ressortir vos pires penchants.

Non, elle ne lui en voulait pas, mais dans ses mauvais jours elle avait des relents d'amertume. Aujourd'hui était un mauvais jour. Elle le savait parce qu'au lieu d'allumer l'autoradio pour écouter sa chère Chaka Kahn en montant dans la voiture, elle regardait fixement devant elle en dégageant sa Camry déglinguée de Stately Grove. En tendant la main par la fenêtre, toutes vitres baissées depuis que l'air conditionné était tombé en panne, avant le plus fort de l'été, elle aurait pu toucher les matelas souillés à côté de la benne à ordures. Non, il n'y avait rien de digne dans cet immeuble, dans ce quartier. Néanmoins elle examinait les environs en se rendant au travail, forçait son corps à sentir les nids-de-poule, laissait son regard traîner sur les magasins d'alcool, les maisons barricadées, les garants de cautions judiciaires. Des panneaux se dressaient à tous les coins de rue : Nancy Reagan penchée sur le visage d'un enfant noir, avec au-dessus de sa tête, en larges lettres blanches, "DITES NON, C'EST TOUT."

Au feu, Jackie jeta même un coup d'œil dans le rétroviseur sur les barres couvertes de graffitis et jonchées d'ordures. Il y avait déjà dix voitures de police au moins garées dans les parages, et des résidents qui n'avaient rien de mieux à faire semblaient monter la garde sur la pelouse négligée, sur les tours de brique brune avachies. Dans son ancien quartier, le gazon était aussi frais qu'une coupe de cheveux un premier jour d'école, et si elle avait voulu elle aurait pu, sans être inquiétée, dormir toute la nuit sur l'herbe verte et brillante. Mais c'était une maison dans l'est de La Nouvelle-Orléans avec un jardin et son mobilier, et même assez de place pour construire une piscine quand T. C. serait grand, et puis ce quartier-là aussi avait changé.

Elle se surprit à souffler en s'engageant sur l'I-10 Est, puis elle prit la sortie pour Chef Menteur Highway et s'enfonça dans le petit paradis où elle et Terry avaient construit leur premier foyer. L'est avait été la terre promise pour la classe moyenne noire. C'était une zone marécageuse jusque dans les années 1960, quand les promoteurs l'avaient asséchée pour en faire des terrains à bâtir. Des avocats, des médecins, des banquiers et même des enseignants noirs s'étaient installés dans les petites poches de logements pour gens de couleur. Puis, dans les années 1970, la loi donna libre accès aux quartiers jusqu'alors réservés aux Blancs. Ce furent les avocats et les médecins qui s'intégrèrent les premiers ; à peine dix ans plus tard, ses parents, issus de la classe moyenne, fourniront un apport suffisant pour s'offrir la maison qui faisait l'angle à Lake Forest. C'était peu avant qu'elle et Terry aménagent à quelques rues de là.

À présent elle roulait sur Chef Menteur, une avenue animée, avec écoles et magasins, instituts de beauté, boutiques de vêtements, Bessie's Dog Boarding, Inez's Beauty Supply. Elle tourna sur Laine Avenue, une rue résidentielle aux maisons neuves en briques, où des lions en fer gardaient les entrées. Le quartier était tranquille à cette heure, les auvents vidés de leurs voitures, les rideaux tirés ; presque tous les résidents travaillaient, à l'exception ici ou là de mères restées chez elles pour accompagner leurs enfants à l'école.

Jackie se gara devant la maison d'angle aux moulures bleu layette. Elle sortit de la voiture, prit T. C. dans ses bras. C'est sûr, elle était fière qu'à l'âge de six mois il fasse près de treize kilos, mais elle avait du mal à le porter. Il était huit heures et demie du matin, et déjà elle entendait les cris des nourrissons et des petits avant même d'avoir atteint la pancarte "ACTION ACADEMY" écrite en grosses lettres rouges au-dessus de la porte d'entrée. Elle franchit le seuil, contourna les bébés bien droits sur leurs chaises hautes, le menton dégoulinant de gruau de maïs. Après avoir confié T. C. à sa tante Ruby, elle monta à la Salle des Nains, la classe des petits qu'elle avait baptisée ainsi d'après *Blanche-Neige*. Elle aurait voulu garder son bébé avec elle, mais son père lui avait expliqué que ce n'était pas bon pour les affaires ; les clients penseraient qu'elle s'occupait davantage de son fils et se mettraient à guetter des signes de négligence, comme des couches non changées, des visages sales.

“Jamais j’en ferais plus pour T. C. que pour les autres, tu le sais bien. Je les traite tous comme s’ils étaient mes enfants.

— J’en suis sûr. Mais tu connais ces nouvelles mères, elles cherchent toujours une occasion de se plaindre. Ça les rend folles de pas pouvoir garder leurs enfants elles-mêmes, et après c’est notre faute.”

Jackie avait discuté encore un peu mais il avait eu le dernier mot, sans doute parce qu’il avait raison ; il avait toujours raison, pas vrai ? De toute façon, qu’est-ce qu’elle pouvait faire ? Démissionner avec un nouveau-né, sans pension alimentaire, avec un loyer à payer ? Elle n’avait pas étudié le droit comme sa sœur, Sybil, et d’accord, elle était diplômée de Xavier University, mais elle avait postulé pour sept boulots après la fac et n’avait jamais passé le cap des entretiens. Chaque fois elle rentrait tout excitée à la maison, disait à Terry que ça s’était bien passé, et après chaque réponse négative il invoquait un motif pour l’apaiser : “Ils ont sans doute pris quelqu’un qu’ils connaissaient” ou “Ils sont peut-être racistes”. À la fin, lassé de la voir souffrir nuit après nuit, il lui avait suggéré de rester à la maison. C’était avant son licenciement, avant la drogue, à l’époque où il gagnait assez pour les faire vivre tous les deux.

À peine eut-elle franchi la porte de sa classe que les enfants s’accrochèrent à elle en collant sur sa jupe leurs mains poisseuses. Ils lui faisaient presque oublier ses angoisses chroniques, la culpabilité qui lui tenaillait le cœur parce que, malgré tout ce qu’elle avait enduré à cause de Terry, qui sait dans quelle galère il se trouvait en ce moment ? Elle aurait peut-être dû se battre davantage pour qu’il reste.

Elle s'agenouilla à côté de la table où les enfants mangeaient. Les bavards avaient déjà commencé, une avalanche de mots qui ne tarirait pas avant l'heure de la sieste, et c'est ce qu'elle aimait le plus dans son travail : il balayait d'un coup sa vraie vie, elle se lovait dans la fraîcheur de chaque instant. En ce moment même, un garçon du nom de Carter récitait l'alphabet ; puis, sans transition, il attira le visage de Jackie vers le sien et dit : "Puff était triste.

— Puff ? demanda-t-elle.

— Puff, le dragon magique, il était un peu triste. Quand son copain est parti. Il était un peu triste.

— Oh", répondit Jackie. Elle leur avait lu le livre la veille. "C'est vrai, mais quand son nouveau copain est arrivé, il s'est senti mieux, non ?

— Je suis un peu triste, dit cette fois le garçon.

— Oh non."

Jackie le prit dans ses bras malgré l'affiche des émotions qui apparaissait dans son champ visuel. Ils les avaient passées en revue plus tôt dans la semaine, et depuis, ses petits choisissaient un sentiment sans prévenir, ne le lâchaient pas de la journée, s'agrippant à la colère ou au chagrin, et elle pensa : *Qu'est-ce que tu connais de la tristesse ?*

"Son copain est revenu, son copain est revenu ! s'exclama soudain le garçon. Maintenant Puff est un peu joyeux."

Il embrassa Jackie sur la joue.

Durant la sieste, elle alla chercher T. C. et le ramena à l'étage pour la tétée. Il y avait une télé dans l'arrière-salle et Jackie avait piqué une part supplémentaire de ragoût de haricots blancs au rez-de-chaussée. Parfois Maman la rejoignait et elles regardaient *The*

Phil Donahue Show. Jackie mit l'émission mais leva à peine les yeux – une femme dans le public se déclarait prête à renoncer à se marier et à avoir des enfants pour faire carrière. Sybil disait des choses comme ça aussi, mais Jackie savait qu'elle ne les pensait pas.

Elle souleva T. C., lui glissa dans la bouche son sein gonflé, le pressa contre elle, inspira la fraîcheur de nourrisson qui se dégageait de son crâne. Elle aimait le voir téter. La plupart des femmes préféraient aujourd'hui le lait en poudre. "Nourrir au sein te fait tomber la poitrine, l'avait prévenue Sybil. Tu veux te trouver un autre mec, pas vrai ?" Mais Jackie n'arrivait pas à s'imaginer avec quelqu'un d'autre. Au début, quand Terry débarquait et qu'il avait l'air encore lui-même, douché, rasé et plein de bonne volonté, pas si loin du pharmacien biologiste qu'elle avait épousé, elle lui cédait comme s'il était encore son mari. Par la suite, elle lui avait interdit de partager son lit et jetait pour lui une simple couverture sur le canapé. Parfois, debout dans le couloir, elle le regardait. Tantôt il était tellement paranoïaque qu'il arpentait la pièce pendant des heures, tantôt il dormait presque un jour entier. Une fois, à son réveil, il lui avait demandé de lui apporter un *po'boy** de chez We Never Close. Elle était allée jusqu'à Chef Menteur, avait fait la queue et tout, mais le temps de rentrer, il était parti.

La dernière partie de la journée à la crèche semblait toujours passer à toute allure. Une fois que les

* À l'origine, sandwich aux huîtres ou aux crevettes panées (alors bon marché) inventé par des restaurateurs qui le distribuaient aux ouvriers en grève. Il est aujourd'hui plutôt garni de viande.

enfants s'étaient réveillés de la sieste, Jackie et les autres éducateurs les promenaient dans le quartier ; pendant leur absence, Maman préparait le goûter, en général des céréales ou des bretzels. Puis ils formaient un cercle et lisaient *Les Œufs verts au jambon* ou chantaient des comptines sur lesquelles Jackie et sa sœur dansaient petites :

Roule, roule, bébé, roule, roule sur les montagnes russes
Doux, doux bébé, je ne te quitterai jamais

Après, les éducateurs remettaient de l'ordre, incitant les gamins à empiler eux-mêmes les livres sur les étagères et à ramasser leurs Lego. Une fois le dernier enfant parti, Maman et tante Ruby enfilaient leur survêtement de nylon qui bruissait à chaque pas et s'écroulaient à la table de la cuisine.

“La petite Jennifer a l'air de s'en sortir un peu mieux, tu trouves pas ? demanda Maman.

— Mmmmh”, acquiesça Jackie, alors qu'elle trouvait que la fillette pleurait de façon anormale.

Elle feuilletait *Ebony* pour voir les photos de Whitney Houston. On lui avait dit qu'elle ressemblait à une version plus claire de cette femme, et Jackie avait fini par tomber d'accord.

“C'est parce que sa mère la couche plus tôt, à mon avis, continua Maman. C'est important, tu sais. Avec vous, les filles, j'appliquais des horaires stricts.

— C'était trop, l'interrompit tante Ruby. Y avait pas moyen de faire faire quelque chose à Evelyn à moins que j'aille à *sa* maison et que je m'assoie sous *son* porche. Elle n'avait jamais le temps de faire les magasins, jamais le temps de sortir. Tout ça alors qu'elle n'avait que deux gosses. Qu'est-ce qu'elle avait besoin d'appliquer des horaires ? Tu fermes un œil et t'as déjà oublié qu'ils sont là. Moi, je tenais mes sept gosses même sans horaires."

Maman lui coupa la parole : "C'est vrai, j'aurais pu m'en passer. Jackie et Sybil avaient neuf ans d'écart ; quand Jackie est arrivée, Sybil allait à l'école depuis longtemps, elle pouvait s'occuper de la maison toute seule s'il le fallait, mais les enfants ont besoin d'une structure, et si tu ne la leur donnes pas ils font n'importe quoi en la cherchant ailleurs. Et avant même que tu t'en rendes compte, il y a un petit copain pas net dans les parages, ou pire, de la drogue…"

Elle n'acheva pas sa phrase. Jackie savait qu'elle n'avait pas fait exprès de prendre cet exemple. Puis Maman se tourna vers sa fille cadette comme si elle la voyait pour la première fois aujourd'hui.

"Qu'est-ce qui t'arrive, Jackie Marie ? Tu m'as l'air un peu déprimée."

Jackie secoua la tête. "Rien, Maman." Elle plaqua un sourire sur son visage. "Je suis fatiguée, c'est tout.

— Le bébé t'empêche de dormir ? demanda Maman. Eh bien, c'est normal à son âge, ajouta-t-elle avant que Jackie puisse répondre. Mais dans quelques mois il fera ses nuits, tu vas voir. Mes deux enfants ont fait leurs nuits à neuf mois.

— Mes loustics ne font toujours pas leurs nuits, et l'aîné aura vingt-neuf ans demain."

Tante Ruby envoya la tête en arrière et rit, une note cristalline et musicale. Jackie et Maman se contentèrent de sourire.

"C'est sûr, tu les laissais dehors à pas d'heure, après tu t'étonnes que leur lit ne les mette pas d'humeur à dormir, dit Maman.

— Il fallait bien que je travaille." La voix de tante Ruby monta d'un cran. "Il fallait que je fasse vivre mes enfants. Ça doit être bien d'avoir un…

— … homme qui chasse pour nourrir la famille, marmonna Maman.

— Quoi ?"

Tante Ruby se raidit d'un coup.

Jackie ne leva même pas les yeux de son magazine. Incapable de se passer de sa sœur, Maman ne manquait pourtant pas une occasion de la moucher. Dans des moments pareils, le mieux était de ne rien dire.

Son père entra alors dans la pièce, vêtu du même survêtement que Maman, mais avec des rayures bleues au lieu de vert pâle. Quelquefois ses parents étaient tellement synchros que c'en devenait pénible. Il serra le bras de Jackie.

"Ça va, princesse ? Tu m'as l'air un peu déprimée.

— Je lui ai fait la même réflexion, Renard, mais c'est juste qu'elle est épuisée, répondit Maman. Toi qui te levais jamais pour aller voir les petites, tu ne te souviens pas de ce que c'est, d'avoir un bébé, alors que moi oui. Oh oui."

Ils commencèrent à se chamailler gentiment au sujet de qui se levait et quand. Jackie se ferma à leurs voix, répéta intérieurement leur question. D'où lui venait cette humeur noire ? Bien sûr elle avait connu ça lorsque Terry était parti la première fois, mais peu à peu elle avait remonté la pente. Qu'y avait-il aujourd'hui pour que cet équilibre enfin retrouvé lui soit ainsi retiré ? pour qu'elle se sente condamnée à un destin sombre et implacable, un destin qui, à ce moment même, pesait si lourd qu'elle ne parvenait plus à s'en dépêtrer ?

La porte de la crèche s'ouvrit et, au claquement de ses talons contre le parquet en bois dur, à l'odeur de son parfum Armani, Jackie sut que c'était sa sœur avant même de la voir. Depuis que Jackie avait pris ce travail à la crèche quelques mois plus tôt, elle dînait tous les soirs avec ses parents, auxquels s'adjoignait parfois tante Ruby. Rien d'extraordinaire : ce que Maman avait préparé pour le déjeuner des enfants, spaghettis aux saucisses et boulettes, porc mariné aux haricots rouges, ragoût de bœuf ou chou au riz. Au début, Jackie appréhendait ces repas. Sa dépression voulait prendre de l'ampleur, voulait la ligoter à son canapé, chez elle, à regarder *Murder, She Wrote* à la télé en mangeant vite fait, mais c'étaient ces moments partagés avec ses parents qui l'avaient rendue à elle-même. Ils ne parlaient pas beaucoup : de licenciements, de pronostics sur la prochaine saison des Saints*, mais c'était davantage l'alchimie d'être ensemble, son rythme doux, qui lui rappelait si intimement son enfance qu'elle finissait par croire que son plus gros souci était d'arriver à tresser en épis de blé les cheveux de sa poupée avant d'aller retrouver son amie Lucita McConduit.

Maintenant sa sœur était là, avec ses sourcils épilés, du blush rouge et du rose sur les lèvres, les épaules saillant sous la veste de son tailleur-pantalon, et ses escarpins faisaient un tel raffut que Jackie craignit que le bébé se réveille. Elle baissa les yeux sur son propre sweat-shirt délavé et ses jeans fatigués. Elle n'avait pas relevé les yeux lorsque Sybil l'avait embrassée sur la joue, un geste qu'elle trouvait condescendant.

* Équipe de football de La Nouvelle-Orléans.

On ne faisait pas ça dans la famille. Elle imitait sans doute une de ses amies de la fac de droit, et ça passait quand Jackie avait son homme à côté d'elle et qu'elle savait que Sybil étudierait jusqu'à sombrer dans une torpeur solitaire, mais là elles n'étaient que toutes les deux, plus ce sac en croco qui coûtait sans doute le prix du loyer de Jackie.

"Où est mon bébé ?"

Sybil balaya la pièce du regard, en quête de T. C. Maman dut la faire taire : "Il vient juste de s'endormir. Laisse Jackie Marie se reposer un peu.

— Il va se réveiller après dîner, pour goûter à ce que j'ai mangé, glousa Jackie, et Sybil fronça le nez comme si Jackie avait fait une blague de mauvais goût ou qu'elle avait pété.

— Quelle bonne surprise !"

Papa venait de faire un brin de toilette, il s'approcha pour prendre sa fille aînée dans ses bras. Le visage de Sybil s'éclaira quand elle le vit.

"Je suis sortie tôt et je savais que tu serais ici, dit-elle.

— Parfait. Tu as besoin d'une pause. Eh bien, reste à dîner, ma chérie. Maman a fait des haricots blancs et de la salade, pas vrai, Mère ?"

Maman se contenta de hocher la tête. Elle avait déjà sorti les assiettes dans la cuisine et n'eut qu'à ajouter un couvert avant qu'ils prononcent un rapide bénédicité. Sybil n'avait toujours pas parlé quand Jackie en était déjà à la moitié de son repas, et elle pria pour que le reste du dîner se passe ainsi. Ce matin Maman avait préparé du pudding au pain, le dessert préféré de sa fille cadette, mais Jackie était prête à s'en priver plutôt que d'avoir à subir la conversation de sa sœur.

Sybil s'éclaircit la gorge.

“J'ai une nouvelle à annoncer.

— Oh, Seigneur, tu es enceinte ? demanda tante Ruby.

— Mon Dieu, non, tante Ruby ! dit Sybil en levant les yeux au ciel.

— Alors, il y a un homme au moins ? poursuivit tante Ruby.

— Laisse-la parler, Ruby”, intervint Papa, la bouche pleine.

Maman et Jackie échangèrent un coup d'œil avant de regarder ailleurs. Depuis que Sybil avait obtenu son diplôme de droit dix ans plus tôt, toutes deux se sentaient écrasées par elle. Ce n'était pas la réussite en soi. Jackie adorait se rendre au bureau de Sybil : sur le rond-point de Lee Circle, elle dépassait les tramways qui se traînaient vers Poydras Street, levait les yeux vers le Superdome qui escaladait le ciel. Sa sœur voulait être avocate, elle l'avait toujours dit, mais vu qu'elle n'avait pas commencé le droit avant ses trente ans, tout le monde avait cru que son rêve mis entre parenthèses s'évanouirait bientôt. Pourtant elle l'avait fait, et Jackie avait éprouvé une soudaine assurance par procuration quand Sybil avait passé le barreau. Non, ce qui lui faisait redouter la présence de sa sœur, ce n'était pas la réussite en elle-même. C'était la façon dont Sybil essayait de la lui faire sentir.

Papa en revanche ne cachait pas sa fierté. C'était comme si le succès de Sybil les avait rapprochés. Enfant, Jackie était sa préférée. Il était en admiration devant elle, captivé lorsqu'elle décrivait les maisons de ses meilleures amies d'Uptown, avec leurs piscines en plein air et leurs toits en terrasse. Tous deux s'étaient éloignés quand Papa avait ouvert Action Academy. Jackie était au lycée, elle vivait sa vie, participant au club de pom-pom girls ou assistant aux matches de football de Terry, et Sybil, elle, avait aidé Papa presque tous les jours, désinfectant les tables à langer, pliant les vêtements de rechange et se rendant à la halle discount toutes les semaines pour acheter des montagnes de couches. Puis Jackie s'était mariée et Sybil avait commencé l'école de droit. À présent, lorsque sa fille aînée discourait sur ses clients pendant des heures, Papa buvait ses paroles. Si elle s'arrêtait ne serait-ce qu'une seconde, il en profitait pour glisser une question : comment prenait-elle la décision de passer un accord amiable ou de demander un procès ? Avait-elle pensé à faire de la publicité comme Morris Bart ? Auquel cas, il avait pensé à un slogan : "Pas de grabuge, on réglera ça devant le juge."

"Alors tu te souviens du contrat avec Taco Bell que j'essayais de rafler, Papa ? poursuivit Sybil. Je crois bien que ça va marcher ce coup-ci. Ils m'ont appelée deux fois pour un entretien. J'ai rencontré le manager régional.

— Le manager régional, c'est pas Jack Jackson ? Il essayait toujours de me parler, dans le temps", dit Jackie pour ajouter son grain de sel, mais Sybil répliqua sur ce ton sec dont elle usait depuis l'enfance : "Jack Jackson dirige le Taco Bell dans l'est de La Nouvelle-Orléans. Celui dont je parle, c'est le manager des Taco Bell sur tout le Sud-Est de la Louisiane."

Jackie ne répondit pas, baissa la tête et avala un peu plus de riz.

"C'est formidable, ma chérie, c'est un gros coup", reprit Papa, la bouche tellement béante qu'on aurait pu y loger la table.

Sybil rayonnait.

“Je sais, Papa. Ça a mis du temps. Les affaires criminelles, je n’en peux plus. Ça commence à me bouffer, tous ces Noirs qui traînent dans la rue.”

Papa acquiesça : “Sans compter que c’est dangereux.”

On aurait dit un tête-à-tête. Tante Ruby, Jackie et Maman faisaient figure de meubles entre lesquels ils circulaient, un pied de table qui branlait, une chaise qui craquait sous un poids trop lourd. Jackie fouilla dans son propre passé pour tenter de faire diversion : un garçon créole bien né qui l’avait invitée à sortir avec lui, les Haydel et les Davielier avec qui elle allait jouer. C’était peine perdue. Elle fut soulagée en entendant T. C. pleurer, mais Sybil se leva en même temps qu’elle, comme si elle avait autant de droits sur le bébé.

“Laisse-moi y aller, Jackie, ça fait si longtemps.”

Jackie hocha la tête, lissa de ses mains le devant de son pantalon maculé de peinture séchée.

“Je vais d’abord faire la vaisselle”, ajouta-t-elle, mais Sybil avait déjà quitté la pièce.

Elle revint en se pavanant avec le bébé contre l’épaule, qui au grand déplaisir de Jackie ne pleurait plus. Il contempla Sybil puis rejeta la tête en arrière vers sa mère.

“Il essaie de voir avec qui il est, dit Maman.

— Il est perturbé par la ressemblance”, dit Papa en même temps.

En vérité, Jackie et Sybil ne se ressemblaient en rien. Sybil tenait plus de son père, avec son nez resserré et ses lèvres fines ; elle était plus claire que lui, mais à peine, et ses cheveux rebiquaient quoi qu’elle fasse. Jackie, elle, était grande et maigre, avec un bonnet C, et pâle comme l'intérieur d'une amande. Ses cheveux lui tombaient dans le dos et parfois elle se mettait des bigoudis pour les avoir bouclés, mais la plupart du temps elle laissait sa mère les raidir et c'est alors qu'ils tombaient jusqu'aux hanches.

On aurait dit que le bébé attendrissait Sybil. Des mimiques et des mots que Jackie n'aurait jamais associés à sa sœur jaillirent soudain de sa bouche.

"Oh, c'est un beau bébé, ça ! Aussi chou-choupinou qu'un chamallow mou !"

Jackie et sa mère éclatèrent de rire. Bientôt tout le monde était hilare, et le répit procuré par ce moment de gaîté apaisa un peu Jackie tandis qu'elle chargeait le lave-vaisselle et nettoyait les plans de travail.

La question de Sybil fut d'autant plus choquante que personne ne s'y attendait : "Tu as des nouvelles de Terry ?"

Maman, Papa et tante Ruby, qui étaient en train de babiller avec T. C., se turent brusquement. De fait, tout le monde savait que le sujet était tabou.

Jackie secoua la tête au lieu de répondre, comme si elle craignait que la voix lui manque.

"C'est bien. Plus il se tient à distance, mieux c'est. Loin de toi et de ce cher ange", décréta Sybil.

Jackie était plutôt de cet avis, et si quelqu'un d'autre que Sybil l'avait formulé, elle aurait approuvé sans réserves, voire aurait ajouté que, même si elle laissait parfois Terry entrer dans l'appartement, elle barricadait en elle tout ce qu'il pouvait encore atteindre : elle parlait par monosyllabes, ne le regardait pas dans les yeux, ne revenait jamais sur leur passé commun, sur une relation qui à ses débuts lui rappelait tant les histoires que son père lui racontait de l'époque où il courtisait Maman.

Elle avait cru pour de vrai que leur amour était aussi total.

Mais Sybil s'exprimait de façon tellement péremptoire sur des sujets où elle n'avait pas la moindre légitimité ! Jackie lui avait laissé prendre l'avantage dans presque tous les domaines : travail, argent, maison, voiture. Et maintenant Sybil tentait de s'immiscer dans un recoin de sa vie auquel elle ne comprenait rien, et Jackie en avait assez.

"Tu as tout faux", lança-t-elle.

Avec un sourire suffisant, Sybil marqua un temps de silence comme si elle s'interrogeait sur la nécessité de répondre.

"Sur quoi j'ai faux, exactement ? demanda-t-elle enfin.

— Écoute-moi bien, balbutia Jackie, c'est une situation compliquée, tu peux pas la résumer en une phrase comme ça."

Maman s'interposa.

"Tu veux le reste de ce lait pour le bébé ?"

Elle brandit une bouteille, l'agita devant le nez de Jackie pour attirer son attention.

Même tante Ruby fit une tentative : "Tu devrais être prudente, Sybil. *Il faut se méfier de l'eau qui dort.*"

Mais Sybil les ignora.

"Le crack, y a rien de plus simple, poursuivit-elle. Soit il est accro, soit il ne l'est pas, et il y a des chances qu'il le soit. Donc autant qu'il disparaisse."

Le problème, c'est que Sybil n'avait jamais eu de vraie relation amoureuse. Elle avait des idées bien arrêtées sur ce qu'elle ferait à la place de Jackie : dénoncer Terry à la police ou brûler toutes ses affaires. Parfois elle posait à Jackie des questions dont elle connaissait déjà les réponses, simplement pour l'agacer : "Est-ce qu'il t'a appelée le jour de ton anniversaire ? C'est quoi, un type qui n'est même pas capable de se souvenir que sa femme va avoir trente-deux ans ? Et c'est toi qui te retrouves coincée avec le bébé pendant qu'il est dehors à faire Dieu sait quoi."

Mais sa remarque ne fit pas mouche. Jackie se sentait dépassée, c'est vrai : lire des histoires au bébé le soir, penser à le regarder dans les yeux en parlant de manière qu'il voie ses lèvres bouger, choisir la poussette, le siège auto, le pédiatre, etc. Prendre ces fichues décisions toute seule la vidait de son énergie jusqu'à la dernière goutte. Mais Terry n'y pouvait rien si le crack lui bouffait le cerveau, ça, Jackie le savait ; s'il avait été lui-même, il lui aurait envoyé ses fleurs préférées, des pétunias, comme autrefois, ou il l'aurait emmenée dîner au Dooky Chase's. Et même si une part d'elle-même s'était recroquevillée, comme vidée de son air, elle ne pouvait transformer ce sentiment en colère rageuse.

Mais là, devant cette sœur qui n'avait jamais reposé auprès d'un homme ni prêté l'oreille à ses rêves, pour voir ensuite ceux-ci se briser à chaque tournant, qui n'avait jamais noué de lien si fort qu'il lui soit impossible de le rompre sans avoir l'impression de rejeter une part d'elle-même, elle eut soudain l'envie irrépressible de défendre Terry. Jackie voulut dire à Sybil qu'elle était tombée sur le collègue de travail de Terry quelques mois plus tôt, le même qui l'avait initié aux drogues, et l'homme s'était vanté devant elle d'avoir eu une promotion. Elle aurait pu lui parler des deux grands-pères alcooliques de Terry, et même de son père, alcoolique aussi, qui avait lâché Terry quand celui-ci lui avait annoncé qu'il allait en désintox, en lui disant qu'un vrai mec est capable de s'arrêter tout seul ; elle voulait expliquer que Terry avait été capitaine de l'équipe de football, président de leur classe, major de promo de sa fac de pharmacie, et que malgré son dégoût pour la nouvelle voie qu'il avait prise, elle comprenait qu'il ait eu soudain envie de souffler.

Pourtant elle ne dit rien. Elle ferma le robinet, prit le bébé, embrassa ses parents et sortit.

Plus elle approchait de son appartement, plus sa colère montait. Dans la voiture, elle passa en revue d'autres exemples de l'arrogance de Sybil qui rejaillissaient à sa mémoire. C'est Sybil qui avait appris à Jackie que Terry prenait du crack. Une accusation absurde. Terry avait été major de sa promotion à St. Augustine et à Xavier. Puis, alors qu'il avait trois offres d'emploi, il avait accepté un poste aux VA*. Très vite il avait commencé à fréquenter ses collègues, des Blancs de Brother Martin**, qui avaient tous obtenu leur boulot par le biais de relations. Ça ne dérangeait pas Jackie qu'il sorte un soir sur deux avec eux. Ça faisait partie de l'acclimatation, disait-il, et de toute façon Jackie aimait avoir du temps pour elle. Elle avait beau avoir quantité d'amis, elle trouvait grisant de ne pas avoir à peser chaque mot avant qu'il sorte de sa bouche ou à y revenir une fois qu'il s'en était échappé. Puis il y avait eu l'élection de Reagan, avec ses réductions

* Veterans Affairs : sorte de Sécurité sociale pour les anciens combattants et leur famille.

** Lycée catholique privé de La Nouvelle-Orléans fréquenté par les garçons issus de familles riches.

d'impôts et ses restrictions budgétaires, et en peu de temps tous les gens qu'elle connaissait connaissaient quelqu'un qui allait pointer au chômage. Juste après Thanksgiving, c'était au tour des VA, et, avant la Noël, Terry s'était fait virer.

Jackie avait cru que ce n'était pas grave : avec toutes les propositions qu'il avait eues, il n'avait qu'à retourner voir un labo qu'il avait refusé. “Mais ça se passe pas comme ça, Jackie”, avait répliqué Terry d'un ton sec tellement éloigné de lui et de la relation qu'ils avaient. Il se mit à sortir tous les soirs. Ces mêmes collègues de travail, qui avaient conservé leur poste, apprenaient à Terry comment en trouver un autre, disait-il. Elle remarquait cependant qu'il avait les lèvres crevassées quand ils s'embrassaient, qu'il n'était jamais à la maison et que lorsqu'il y était, il dormait, que ses jeans pendaient à l'entrejambe, et que le Service pour l'eau et la voirie l'avait appelée pour dire que leur facture aurait dû être réglée depuis deux mois. Elle mit ça sur le compte du stress lié au chômage, annonça même qu'elle allait se remettre à chercher du travail. Mais à nouveau il la rembarra. Et puis un soir, alors que Sybil était venue dîner, Terry passa en coup de vent, se montrant fébrile dans ses paroles et ses gestes, et après son départ Sybil se tourna vers Jackie pour lui déclarer d'un air apitoyé qu'elle avait vu les mêmes signes chez certains de ses clients : amaigrissement, surexcitation. Jackie lui avait demandé de partir, l'avait menacée d'appeler les flics en voyant que l'autre ne bronchait pas. Bien que peu disposée à croire Sybil, Jackie avait interrogé Terry à son retour. Il pleura, lui dit qu'il avait un problème, qu'il avait besoin d'aide mais ne savait où la trouver. Il avoua qu'il avait commencé avec ses collègues de travail. D'abord les cachets, puis la cocaïne, et maintenant il claquait leurs économies dans le crack. Elle avait juré de rester avec lui. Elle ne comprenait pas la drogue alors. Il passa deux mois en désintox dans le Nord-Ouest de la Louisiane, en revint avec une lumière dans les yeux et une sérénité nouvelles. Mais le marché était encore tendu et personne n'embauchait.

Après la première rechute, ses parents la sommèrent de le mettre à la porte. Mais comment quitter l'homme avec qui elle était devenue adulte, le capitaine de l'équipe de football, celui qui l'avait choisie pour des raisons qu'elle n'aurait su expliquer ? Pendant quelques années elle attendit qu'il arrête, ballottée entre ses regains de sévère abstinence et ses rechutes. Elle était prête à s'en remettre à ses parents quand elle découvrit qu'elle était enceinte. Elle le lui annonça en espérant qu'il trouverait dans son fils la motivation qui lui manquait, et il fut clean les premiers mois. Il rentrait tous les soirs, il était le père dont elle avait toujours rêvé pour ses enfants, puis un jour, sans prévenir, il sortit boire un café malgré la cafetière pleine sur la table et elle ne le revit jamais.

Terry parti, au lieu de penser au fantôme hagard qui avait hanté la maison les dernières années, elle se rappelait la façon dont son moi de seize ans se penchait sur le combiné pendant des heures, enroulant le fil du téléphone autour de son pouce, la façon dont Terry appuyait sa main sur son dos et la conduisait à la chambre, la façon dont il l'apaisait quand quelqu'un lui parlait avec mépris : "S'ils ne te voient pas telle que tu es, ça en dit davantage sur ce qu'ils sont que sur toi, Jackie Marie", et même maintenant elle se répétait cette phrase lorsqu'elle avait besoin de force. Mais c'était comme si elle avait perdu à jamais ses repères. L'addiction de Terry l'avait déséquilibrée, et depuis elle regardait par terre en marchant, sur le point de tomber d'une falaise imaginaire.

Elle s'arrêta sur Stately Grove, descendit de la voiture, sortit le bébé. L'ascenseur ne marchait pas. Elle rassembla tout son courage pour monter l'escalier. Elle ouvrit la porte de l'appartement, entra, la referma et s'avachit contre elle ; elle pouvait déjà entendre les voisins se disputer à l'étage au-dessus.

"Tu m'traites de salope ? Réponds, fils de pute, tu m'traites de salope ?"

Ça commençait au moment du dîner, un grondement de faible intensité qui dégénérait jusqu'à l'heure du coucher. La veille, Jackie avait failli appeler la police avant de se rappeler qu'elle était coincée à Stately Grove – se faire un ennemi *ad vitam aeternam*, il valait mieux éviter. L'homme qui hurlait à présent avait un revolver sur lui ; elle le savait parce qu'un matin elle avait vu son canon glissé sous la ceinture marron écaillée, et puis il y avait la femme au rez-de-chaussée, avec ses bijoux en or et son rouge à lèvres écarlate, une belle-de-nuit, d'après ce qui se disait.

Jackie passa devant la fenêtre de sa chambre, qu'elle n'avait pas pris la peine de couvrir d'un rideau ; les voitures de police encadraient le pâté de maisons, comme autrefois les rangées d'arbres dans son ancien quartier, ou les plantes en pot postées en sentinelle devant les pelouses fraîches. Peut-être qu'en se dépêchant elle aurait le temps d'aller signaler le bruit qui augmentait sans cesse et de remonter avant que quelqu'un puisse la remarquer. Mais bon, les rues avaient des yeux parfois ; il ne lui manquerait plus que ça, un voisin qui se venge et appelle la police une nuit pour dénoncer Terry.

Le mugissement des sirènes se déclencha comme elle faisait couler le bain de T. C. Elle le chassa de son esprit en reprenant sa routine du soir : elle le lavait, le frottait soigneusement, en particulier dans les plis du cou où le lait avait tendance à se loger, enduisait son ventre et ses jambes de vaseline, cueillait un body propre dans le panier à linge puis installait l'enfant à côté d'elle. Avant, elle pliait les vêtements, bon sang ; elle faisait même la vaisselle et lavait le parterre aussi, mais c'était bien fini, tout ça. Non, elle allait lui donner le sein encore une fois, et puis ils dormiraient jusqu'à cinq heures.

"Quelle chance tu as, lui avait dit sa mère un soir. Toi, tu n'as pas fait tes nuits avant d'avoir neuf mois. Sybil non plus."

Jackie appréciait les compliments de ce genre, mais elle n'avait pas besoin qu'on lui rappelle que son fils était un cadeau du ciel. Sans lui, elle n'aurait jamais pu s'en sortir après le départ de Terry.

La dispute reprit chez le couple du dessus, sur fond de musique venant d'un ghetto-blaster au-dehors. Du rap, se dit-elle.

I came in the door, I said it before.
I never let the mic magnetize me no more
*but it's biting me**.

* Extrait d'Eric B. and Rakim, *Eric B. Is President* : "Sur scène je suis monté, je l'ai raconté. / J'ai plus laissé le micro m'hypnotiser / mais il me mord."

“Fils de pute racaille petite merde, j’ai failli crever pour toi et tu m’as jetée pour cette pouffe.” Ça, c’était à l’étage au-dessus. Jackie se demandait ce que l’homme avait fait pour déchaîner la fureur de cette femme. Elle avait envie d’aller le lui demander, de lui dire que personne ne valait qu’elle abdique sa dignité, mais elle se rappela qu’elle devait rester en dehors de tout ça. Au départ elle avait cru qu’ils ne resteraient à Stately Grove que pour un temps, mais elle arrivait tout juste à mettre de côté cinq cents dollars par mois, et Terry était plus malade que jamais. Ce qui commençait à se profiler, c’est que son fils entrerait à l’école primaire et que, pour l’accompagner, elle aurait encore à traverser ce parking délabré, dont le centre s’ornait d’un panneau de travers et tout écaillé. Son père avait offert de verser un acompte pour qu’elle s’achète une maison dans l’Est.

“J’ai plus qu’il ne faut, chérie”, disait-il.

Et c’était vrai. Il n’avait pas terminé l’université mais il s’était bien débrouillé depuis. L’aisance avait été longue à venir – son magasin de vins et spiritueux avait fait faillite, l’entreprise de nettoyage avait été cambriolée, sans compter les années à vendre de vieilles voitures pour des concessionnaires véreux – mais Jackie et Sybil avaient toujours eu des manteaux de Maison Blanche*, et quand Jackie avait été élue reine de la fête des anciens élèves, son père lui avait acheté une Lincoln. Pourtant elle avait refusé sa proposition. Toute sa vie elle avait été dépendante d’un homme. Elle avait rencontré Terry au lycée

* Grand magasin fondé en 1897 à La Nouvelle-Orléans sur Canal Street, aujourd’hui occupé par un hôtel Ritz-Carlton.

et avait grandi à ses côtés. Et c'est seulement après son départ, lorsqu'il avait fallu sortir les poubelles et payer les factures à temps, qu'elle s'était rendu compte qu'elle n'avait pas terminé sa croissance, comme les gamines qu'elle voyait en bas certains matins, avec cette croûte de fond de teint qu'on n'imaginait pas sur des visages si jeunes, un tee-shirt au ras du nombril révélant un ventre rebondi.

Jackie coucha le bébé à plat ventre, comme sa mère le lui avait appris. Il dormait avec elle ces derniers mois. Elle avait dit à sa mère que c'était à cause de lui, qu'il s'agitait trop dans son berceau. Mais la vérité c'est que, sans son fils à ses côtés, elle restait éveillée toute la nuit, le mugissement des sirènes de police s'insinuant comme un serpent à l'intérieur de son cerveau. Sans s'attacher les cheveux ni même se changer, elle alluma la télévision, éteignit la lumière, pria pour que ses yeux se ferment bientôt. Il y avait une édition spéciale sur les drogues aux infos, et tout en somnolant elle entendait des bribes : "crise", "cauchemar à votre porte", "une menace sur chaque banlieue en Amérique". Sans même regarder elle savait qu'il y avait des Noirs menottés et embarqués dans des voitures de police. Marrant, la façon dont on présentait les choses, alors qu'elle avait vu, la semaine précédente, des manifestants sur tout South Claiborne qui criaient : "La guerre contre les drogues est une guerre contre nous."

Jackie ne savait où se situer. Elle considérait ses maigres options quand elle entendit frapper à la porte.

Comme personne ne venait jamais sans prévenir, notamment à cette heure, elle ne broncha pas ; sans doute un dernier sursaut à l'étage au-dessus.

Elle ne pensait pas que l'homme battait la femme, mais aux bruits de choc et de casse qu'elle entendait parfois, elle devinait qu'ils se jetaient des choses.

On cogna de nouveau, cette fois plus fort.

Elle s'agenouilla lentement, tâtonna dans le noir à la recherche de la batte de baseball qu'elle gardait sous son lit, la posa sur son épaule, approcha de la porte sur la pointe des pieds, retenant sa respiration de peur que la personne de l'autre côté l'entende. Elle se demandait encore ce qu'elle ferait une fois qu'elle aurait atteint la porte.

C'est alors qu'une voix d'homme résonna. "C'est moi, ma puce."

Jackie ouvrit, fit un pas en arrière et regarda Terry se glisser comme une ombre dans le salon. Il était tout en longueur et peau brune : au lycée, rares étaient les garçons plus grands que Jackie, mais il en faisait partie, même à quatorze ans, et sur les photos du mariage elle lui arrivait tout juste aux épaules.

"C'est moi, ma puce", répéta-t-il.

Les cheveux bien taillés et le visage rasé de frais, il avait les joues pleines comme s'il avait recommencé à se nourrir.

"Qu'est-ce que tu fous là ?"

Elle tenta de prendre un ton sévère, qui serait sorti spontanément si Terry s'était manifesté la veille, mais après la dispute avec Sybil elle se sentait un regain de tendresse pour lui.

"J'étais chez Maman, expliqua-t-il. Après une nouvelle désintox. J'avais touché le fond, j'imagine, je ne me rappelle même plus, mais rien ne vaut l'amour d'une mère, crois-moi. Je me suis repris en main. Ça fait un mois que je suis sorti. Je voulais venir vous voir tout de suite, toi et le bébé, mais

Maman m'en a empêché. Elle a dit n'y va pas avant d'être assez fort pour rester. C'est ce que j'ai fait. Désolé de t'avoir effrayée. J'étais tellement impatient. J'ai été à ma réunion et on m'a donné ça." Il sortit un jeton vert. "Je sais, c'est pas grand-chose, je sais que deux mois c'est pas si long, mais j'aurais jamais cru pouvoir tenir une semaine, tu vois, alors ça me paraît énorme. Ça me paraît énorme. Tu es la première personne à qui je voulais annoncer la nouvelle. J'ai dû me laisser prendre à mon propre enthousiasme, j'imagine. Je m'en vais si tu veux."

Qu'est-ce que ferait Sybil ? se demanda Jackie. Au lycée, c'était la question que son père lui avait dit de se poser quand elle ne savait pas si elle devait accepter un verre à une fête ou rester une heure de plus à un concert parce que la musique était bien. Et c'était un bon conseil : la solution lui venait avec une telle évidence – sauf que le plus difficile était de l'appliquer. Elle s'assit pour se laisser le temps de répondre. Ne pas lui demander de partir était une réponse en soi. Il s'assit à son tour, non pas à côté d'elle mais sur le canapé opposé, entre des tas de linge en vrac. Voyant devant lui un bol de lait oublié sur un plateau-repas, elle s'attendait à ce qu'il fasse un commentaire sur l'état de l'appartement, qui avait l'air d'avoir subi le passage de l'ouragan Betsy. Depuis un moment déjà, sa famille ne se privait pas de le lui faire remarquer.

"Ma fille, y a-t-il un centimètre de moquette dégagé dans cette maison ?" Ça, c'était sa mère la semaine où Jackie avait payé un déménageur pour installer son lit dans le salon – dormir près de l'entrée calmait sa crainte des cambrioleurs.

Ou : "Tu n'as jamais pensé prendre une femme de ménage ?" Ça, c'était sa sœur la semaine où

Jackie avait cuisiné une marmite de gombo, un rôti entier, une salade de pommes de terre et du riz en sauce, mais n'avait jamais réussi à faire la vaisselle.

Ces réflexions hantaient toujours Jackie des semaines plus tard, parce qu'après toute cette histoire avec Terry elle était encore la même femme, au fond : celle qui, sans être jamais vraiment parfaite, cherchait à plaire, celle qui se faisait les ongles, se frottait la corne des pieds, se rasait le minou et le douchait, qui essayait chaque semaine un nouveau régime, comme celui où on mange pareil que les autres mais en se servant dans une soucoupe plutôt qu'une assiette.

Pourtant il semblait ne s'être aperçu de rien. Il se tourna vers elle et demanda : "Le bébé dort ?"

Elle hocha la tête.

"C'est bien. C'est bien. Tu as besoin de souffler.

— Je suis si fatiguée, Terry."

C'était sorti tout seul. C'est lui qui avait débusqué la vérité, alors qu'il était si facile de la cacher aux autres, à sa mère, à son père, à sa sœur ; elle avait appris à sourire dès que les gens la voyaient, de manière à ne pas faire peser son désespoir sur eux. Elle avait appris à étirer ses joues pendant trente secondes, sans compter vraiment ; à répondre ce qu'ils avaient envie d'entendre, sans le penser réellement. "Je vais bien", disait-elle, mais il fallait le dire avec la bonne intonation, en traînant sur le dernier mot pour qu'il tinte comme un carillon éolien. Le seul avec qui elle n'avait pas à faire semblant, c'était son bébé : comme si les mots tendres, les câlins et la patience pour aller le cajoler même quand elle venait de s'endormir étaient inspirés par une sorte de grâce. Mais maintenant son père était là, et elle était tellement, tellement fatiguée.

Terry s'approcha, s'assit à côté d'elle, la tête basse, apparemment conscient d'être la cause de cette douleur. Il la prit dans ses bras. Et tout le temps qu'elle pleura, à gros sanglots, contre sa poitrine, peu lui importait si sa sœur avait raison, si c'était juste une nouvelle trêve – et bien sûr ça l'était, elle n'était pas idiote –, elle était contente qu'il soit là aujourd'hui, parce que son besoin de réconfort était plus grand qu'elle ne l'aurait imaginé.

Elle ne ressentit aucune gêne de s'être abandonnée. Elle s'essuya le visage avec son chemisier et il se leva pour aller lui chercher des mouchoirs en papier dans la salle de bains.

"Désolée pour le désordre, dit-elle quand il revint.

— Arrête, tu as assez à faire comme ça pour te soucier du ménage."

Elle haussa les épaules.

"J'ai toujours bien tenu ma maison, dit-elle en reniflant à nouveau. J'étais connue pour ça. Tu te souviens, les gens qui passaient pour goûter mon gombo et mon quatre-quarts ? Quelle que soit l'heure, j'avais toujours quelque chose à leur offrir, du gombo, des biscuits ou de la tarte aux patates douces, n'importe quoi. Là j'aurais honte de faire entrer quelqu'un, encore plus de servir un plat qui sort de cette cuisine dégoûtante."

D'un mouvement de la tête elle montra l'arrière de l'appartement, où elle n'avait plus fait la vaisselle depuis des jours. Le réfrigérateur était d'un vide sidéral, et même en s'y mettant à fond, elle ne pourrait jamais ôter la crasse des fissures dans le linoléum.

Il soupira, secoua la tête, tendit la main. Jackie avait de petites mains, et celles de Terry étaient presque deux fois plus grandes. Souvent ils les posaient l'une contre l'autre pour s'amuser de la différence. Elle eut soudain envie de reprendre ce jeu.

"Ne culpabilise pas, ma puce, dit-il. Tout ça c'est à cause de moi mais je vais..." Il s'arrêta. "J'allais dire : je vais m'améliorer, mais je ne vais pas faire de promesses. C'est ce que mon parrain me rappelle chaque fois, qu'il y a une autre face aux promesses, comme les pièces de monnaie, et ça s'appelle la déception, et donc il nous conseille de ne rien brusquer, de faire chaque chose en son temps, et pour moi ça marche."

Jackie soupesa ce discours pendant un moment. Son baratin, elle l'avait entendu un million de fois, mais ça, c'était nouveau. Pas de promesses. Chaque chose en son temps. Tout ce qu'elle rejetait : l'incertitude, synonyme pour elle d'impuissance, de désespoir. Dans des moments comme ceux-là, elle s'évertuait à se fabriquer un credo. La dernière fois elle avait juré à ses parents que c'était différent, elle s'était vantée devant ses amis qu'ils allaient sous peu retourner dans leur maison de Rosalia Drive, voire dans quelque chose de mieux. Elle croyait à ce qu'elle disait alors, mais en y repensant aujourd'hui, à quoi cette confiance l'avait-elle menée ?

Le bébé s'agita, et elle se leva pour aller le voir. Elle fit signe à Terry de la suivre mais quand ils furent dans la chambre T. C. s'était déjà calmé. Jackie se laissa tomber sur le lit, la joue contre l'oreiller. Elle n'avait pas fait le lit ce matin et Terry dut pousser de côté un drap entortillé pour trouver un espace où s'asseoir. Jackie ferma les yeux, juste une minute. Elle savait qu'elle ne ferait rien avec lui ce soir.

Il avait l'air en forme. Elle l'avait bien regardé quand il était parti à la salle de bains, et elle avait constaté qu'il n'avait pas seulement grossi pendant le séjour chez sa mère mais retrouvé une démarche normale, et regagné assez de stabilité mentale pour s'exprimer posément. Néanmoins il lui avait trop souvent brisé le cœur pour qu'elle arrive à partager avec lui autre chose que des paroles.

L'année précédente étant un sujet tabou, ils voyagèrent à une époque antérieure. Le lycée par exemple : se souvenait-elle de leur premier rendez-vous, lorsqu'il l'avait ramenée dix minutes après le couvre-feu et qu'il avait changé l'heure du tableau de bord de sa voiture en prétendant qu'il pensait avoir cinq minutes d'avance ?

Elle rit. Bien sûr qu'elle s'en souvenait.

"Je suis restée debout toute la nuit, je revivais chaque moment : quand on approchait du bar à daïquiris puis qu'on s'arrêtait à St. Claude Seafood pour prendre des langoustines…

— … Et qu'on les mangeait sur le toit de la voiture à Lakefront, ajouta-t-il.

— Je ne me suis même pas brossé les dents ni démaquillée, poursuivit Jackie. C'était comme si j'étais trop shootée pour reprendre un rythme de vie normal."

Sa phrase à peine terminée, elle regretta d'avoir dit le mot "shootée" mais Terry ne semblait pas l'avoir remarqué.

"J'avais l'impression que si je faisais quelque chose d'ordinaire, ce serait la descente.

— Je t'ai emmenée au bar à daïquiris, c'est vrai, se rappela-t-il. Je pouvais m'envoyer des fleurs sur ce coup-là. C'était pas mal trouvé, hein ? Pour un gars de dix-sept ans ? Toi avec ton petit short et tes escarpins roses. Tes boucles dans les cheveux.

— C'était pas mal, dit-elle en souriant malgré tout. Pas aussi bien que le Commandant pour mon anniversaire."

Elle continuait de sourire.

"Oh, eh ben, ouais, c'était plus tard, quand j'avais un peu de thunes.

— C'était le bon temps", dit-elle.

Il acquiesça. "Ouais, vraiment.

— Tu te souviens de la première fois qu'on a emmené Sybil au Dooky Chase's ? demanda Jackie pour éviter de sombrer dans la nostalgie. Elle avait commandé tellement de plats, et après le départ du serveur, tu lui as demandé : « Sybil, tu commandais ou tu lisais le menu ? »"

Ils rirent. Sybil était alors une étudiante en droit fauchée, et lorsqu'elles étaient petites, Maman cuisinait des repas délicieux mais les sorties au restaurant restaient rares.

"Si tu la voyais maintenant, Terry. Elle se prend pas pour de la merde, quand elle se promène dans ses tailleurs de chez Brooks Brothers."

Il acquiesça, haussa les épaules.

"Ouais, ça m'étonne pas, quand j'y pense. On pouvait le sentir pointer dans sa façon d'être."

Des vêtements étaient empilés dans un panier à côté du lit. Il se baissa et se mit à les plier, en les étendant sur le coin du drap-housse qu'il avait lissé.

"Si tu réfléchis, elle passait toujours après toi quand vous étiez enfants. Imagine ce que ça fait, d'être la grande sœur qu'on ignore à cause de la cadette. Tu as toujours été brillante, Jackie Marie."

Elle faillit se laisser prendre au compliment, elle en avait besoin aujourd'hui plus que jamais, mais les sirènes interrompirent Terry, hurlant avec une intensité rare, comme si la voiture de police s'était plantée juste devant la porte. Jackie crut voir les yeux de Terry s'embuer. Elle éprouva le besoin de le réconforter, de lui faire savoir qu'elle ne lui en voulait pas de la façon dont les choses avaient tourné.

"Et dire que leur présence est censée me rassurer la nuit", dit-il.

Elle se força à rire, leva les yeux au ciel.

Il posa le tee-shirt qu'il était en train de plier, se pencha et la pressa contre lui. Elle ne résista pas mais ne se détendit pas non plus à son contact. Il sembla percevoir son malaise et s'éloigna doucement avant d'ajouter : "Je vais t'emmener loin d'ici."

Elle eut un sourire narquois.

"Je croyais que tu ne faisais plus de promesses.

— Ce n'est pas une promesse, c'est un fait." Il se tut, avant de reprendre : "Quand j'étais parti tout ce temps, c'était pas parce que je t'aimais pas. Je sais que tu le sais mais j'avais besoin de te le dire. Mon amour pour toi, pour T. C., c'est la seule chose qui m'a fait revenir, la seule. Ne l'oublie pas."

T. C.

Été 2010

T. C. n'avait aucun souvenir de son père. Mais le vieux s'appelait Terry, Terry Cleveland Lewis, et bien que T. C. ne soit pas tout à fait un "Junior*" (sa mère, qui croyait aux noms saints, remplaçait subrepticement "Cleveland" par "Gabriel"), on l'appelait T. C. depuis sa naissance. Si bien que même maintenant, alors qu'il était tellement grand, avec ses deux mètres, qu'il devait se baisser pour entrer et sortir de sa cellule, les autres détenus hurlaient : "Fais gaffe à ta tête, T. C. !" Les gardiens l'appelaient bien sûr Lewis. Parfois il se disait que son problème venait de là, du fait qu'il n'était pas vraiment un Junior. Non pas que s'accrocher à l'héritage de son père aurait fait de lui un homme meilleur – d'après ce qu'il avait entendu dire, pendant des années le vieux n'avait pas travaillé, sinon dans un restaurant à moitié mort du Vieux Carré. Mais c'était juste un autre exemple de son incomplétude, de déficiences qu'il avait mesurées pour la première fois quand on l'avait fait redoubler en

* Quand deux hommes d'une même famille portent les mêmes nom et prénom, on ajoute *Junior* au nom du plus jeune.

maternelle et qui avaient culminé lors de son séjour à l'Orleans Parish Prison.

Toujours est-il qu'il en sortait aujourd'hui, et c'était déjà ça. Il n'en était pas à son premier séjour, mais il pouvait difficilement compter le week-end en prison que lui avait valu un vol de vélo dans Bourbon Street. Il avait omis de mentionner l'incident à ses potes, y avait pas de quoi faire de lui un gangsta. Non pas qu'il se soit mis à vendre de la drogue pour impressionner les autres. Non, il avait commencé à fumer à la fac, le second semestre après s'être blessé, et il avait compris qu'il pouvait se permettre d'acheter en grosse quantité s'il fournissait ses voisins et ses potes. En plus, pour être franc, il y avait quelque chose de flatteur à entendre les gars du quartier l'appeler sur son portable à toute heure du jour ou de la nuit. C'était loin d'être le cas à l'école primaire, alors que ça l'aurait bien aidé à ce moment-là. Avant de commencer le basket, c'était un gosse en surpoids, et il avait pissé au lit jusqu'à l'âge de douze ans. Il évitait de passer la nuit chez les autres – T. C. n'était pas idiot – mais le souvenir d'avoir été incapable de contrôler une fonction aussi élémentaire jusqu'à un âge tellement plus avancé que la normale continuait de le hanter.

"Tu sors aujourd'hui, hein ?"

Le maton était blanc, petit – même selon des normes excluant Lewis –, tellement petit qu'il lui fallait tendre le cou pour s'adresser à T. C.

"Il va revenir aussi sec", assena l'autre gardien. Noir comme T. C. mais débordant de malveillance à son égard. Le genre de chose qui lui arrivait parfois.

Le Blanc rit.

T. C. se joignit à eux, valait mieux qu'ils l'aient à la bonne. Mais ce qu'avait dit le gardien n'était pas vrai, pas ce coup-ci.

"Noooon, dit T. C. J'ai un petit bonhomme en route.

— Alors il viendra te rendre visite ? Lui et sa maman." Ça venait du Noir.

T. C. secoua la tête mais ne protesta pas. Comme lui répétait toujours sa grand-mère : "Si t'es obligé d'expliquer aux gens qui t'es, c'est fichu d'avance." Peu importe, il était de bonne humeur. La fille qu'il voyait avant d'être bouclé avait bien voulu qu'il l'appelle tous les soirs, et elle lui écrivait de temps en temps. Elle s'appelait Natalia mais il l'avait surnommée Bon Bon. C'était un petit bout de nana canon, et elle l'attendait chez sa maman à Uptown. Ils n'avaient pas fait grand-chose avant son départ, à peine tiré quelques coups vite fait mal fait qui lui rappelaient ses beaux jours au lycée, mais il n'arrivait pas à se l'enlever de la tête et tout ce désir accumulé allait s'épanouir ce soir dans quelque chose qu'il ressentait déjà.

"Tout ce que tu veux, chef."

Il sourit au gardien qui lui tendait ses vêtements. T. C. avait oublié qu'il portait un survêt' et un tee-shirt à son arrivée quatre mois plus tôt. Il était en route pour l'épicerie quand on l'avait arrêté. Le truc marrant, c'est que sa mère lui avait dit de ne pas y aller, elle le lui avait rappelé lors d'une visite.

"Les gens, y croient que je suis tapée, disait-elle, mais je me trompe jamais. S'il m'avait écoutée, ton copain Daryl, il serait encore en vie. Miss Patricia, c'est plus la même depuis, et elle le sera jamais plus ; il aurait mieux valu que miss Patricia meure en même temps que son fils.” Elle s’était tue avant de continuer : “C’est une foutue honte, la façon dont la ville a explosé la digue. C’est comme l’ouragan Betsy. On dirait que les tornades aussi, elles sont du côté des Blancs.”

T. C. ne l’écoutait pas quand elle partait là-dessus, même si c’était vrai : sa mère avait prédit que Katrina causerait des morts. Tout le monde savait que l’ouragan approchait, mais la moitié de ses copains misaient sur le fait que ce serait comme les tempêtes de l’an passé qui avaient changé de trajectoire ou perdu de leur puissance avant de toucher la ville. Juste avant que l’ouragan frappe, le matin même, la mère de T. C. avait fait un rêve ; elle avait appelé T. C. depuis son travail, le suppliant de faire sa valise. Comme elle s’était mise à pleurer, il avait obéi. Ils étaient à mi-chemin entre la Louisiane et l’Alabama lorsque les digues avaient cédé. Daryl, son frère d’une autre mère, l’ami qui pendant quinze ans l’avait accompagné tous les jours sur le chemin de l’école, avait pris le risque de rester. Ils apprirent trois semaines plus tard que son corps avait été retrouvé au grenier sous un canapé moisi.

D’un autre côté la mère de T. C. se répandait en détails inutiles, théories du complot, anecdotes du temps de sa jeunesse que personne n’avait envie d’entendre, inventions pures, remarques lâchées à mesure qu’elles lui venaient, critiques caustiques qui parfois contenaient du vrai, parfois non. Comme le jour où elle avait reproché à miss Patricia de l’ignorer depuis qu’elle avait sa nouvelle maison, sauf que, de nouvelle maison, y en avait pas. Ou bien le jour où, alors qu’elle déversait son monologue devant l’écran de sa télé, T. C. l’avait entendue dire qu'elle avait perdu sa mère à l'âge de trois ans. Mais Mamie était toujours là, même qu'elle avait accepté d'héberger T. C. lorsqu'il avait perdu sa bourse, et d'ailleurs si elle n'avait pas été là, il aurait fait bien pire que de vendre de l'herbe.

Une fois habillé, il alla signer, encadré par les gardiens, ses formulaires de sortie. Puis on lui remit l'argent qui lui restait de sa cagnotte et il fut libre de partir.

La veille, T. C. avait appelé Tiger et, comme il s'en doutait, son pote était là à l'attendre sur le parking, appuyé sur le devant de sa Honda Civic argentée, qui était montée en grade depuis la dernière fois que T. C. l'avait vue, avec ses jantes neuves de cinquante-six centimètres peintes en noir. Ils s'étaient rencontrés quelques années plus tôt en jouant au basket entre élèves du même établissement à Joe Brown Park. Tiger traînait toujours avec la mauvaise bande, il avait même fait un séjour en prison quand ils étaient au lycée, et la mère de T. C. avait interdit à son fils de fréquenter des gamins pareils. Mais les choses avaient changé : Tiger avait aussi été l'ami de Daryl, et après l'ouragan ça valait mieux qu'une bonne réputation.

"Whao, négro !" hurla Tiger.

Aujourd'hui encore, l'expression provoquait chez T. C. une forme de panique. Techniquement ça voulait juste dire "Ramène-toi" ou "Faut qu'on parle", mais c'est toujours ce que criaient les types du lycée avant de lui tomber dessus, et une fois, avant même qu'il ait eu le temps de réagir, trois types l'avaient coincé en lui gueulant ces mots et lui avaient collé un revolver sur la tempe.

"C'est juste pour te charrier." Tiger s'avança. "Tu le sais que c'est juste pour te charrier, répéta-t-il, les épaules secouées par un énorme rire. T'as sacrément pris du volume, hein ?"

Il tâta les biceps de T. C.

"Y a rien d'autre à faire là-bas, t'sais bien", dit T. C. en sentant les battements de son cœur s'apaiser.

Ça le démangeait de casser la gueule à son pote pour lui avoir fichu une trouille pareille, mais il prit quelques inspirations profondes pour se calmer, comme le psy de la prison lui avait montré.

"Non mais mate-moi ça, les machins sur lesquels tu roules, hein ? s'exclama-t-il au bout d'un moment en faisant un signe de tête vers les jantes.

— Ouais ouais, tu me connais."

Ils s'approchèrent de la voiture.

"Non mais mate-moi ça, avec tes dreads tout emmêlées, et longues avec ça. Presque aussi longues que les miennes."

Tiger palpa les cheveux denses et noirs de T. C. Les siens dépassaient le bas de son tee-shirt vert clair, atteignant presque le haut de son jean fuselé. Il traînait les pieds chaussés de sandales Adidas.

"T'es toujours un peau-claire, et même presque un putain de Blanc, dit-il en le charriant. C'est pour ça que t'es sorti plus tôt ? Je croyais que t'avais encore deux semaines à tirer.

— Non, surpopulation, mec, répondit T. C. en riant. Fallait de la place pour les vrais dangers publics."

T. C. avait de la chance : il partait refaire ses stocks quand on l'avait arrêté et n'avait que quelques grammes d'herbe sur lui ; un jour plus tard, bon sang, quelques heures plus tard, et il en avait sûr pour deux ans minimum.

"Eh ben, négro, y se sont bien plantés en te relâchant", lança Tiger.

Ils rirent ensemble cette fois, choquèrent le poing droit et s'étreignirent avant de s'écarter l'un de l'autre.

"T'as l'air en forme, quand même, ajouta Tiger. Faut que tu prépares ton retour, parce qu'on a de la concurrence maintenant, mec. Spud a débarqué juste après qu'on t'a mis en zonze.

— Quoi ?"

T. C. s'appuya contre la voiture, devinant qu'il allait être mis au parfum vite fait ; après il demanderait à Tiger de se tirer d'ici.

"Ouaip, il essaie de se replacer. J'ai fait courir le bruit que tu revenais mais personne a écouté. La moitié du quartier se fournit chez lui.

— Ah ouais ?" T. C. laissa échapper un rire nerveux. "Eh ben, c'est p't-êt' mieux comme ça.

— Ça veut dire quoi, négro, « C'est p't-êt' mieux comme ça » ?"

Tiger le regarda comme s'il plaisantait, et c'était bien possible. Comment savoir ?

"Ça veut dire quoi ? répéta Tiger. Faut bouffer, non ? Et alors, t'as prévu de retourner chez Winn-Dixie* ?

— Putain, jamais", répondit T. C.

Il éclata d'un rire soudain, un éclat de voix incongru, mais il y avait réfléchi, il avait même calculé combien d'heures il lui faudrait travailler pour se payer un appartement à Lakewind East, sur Bundy Road. Au bout du compte il en fallait beaucoup mais y avait des gens qui y arrivaient, même parmi ses anciens camarades de classe, et quand il allait combler ses fringales de fumeur, tard dans la nuit,

* Chaîne de supermarchés implantée dans les États de Floride, Alabama, Louisiane, Géorgie et Mississippi.

il tombait sur eux en train d'emballer les courses pour les clients.

"Frangin, je vais pas me prendre la tête avec ça maintenant", éluda T. C.

Il ouvrit la porte passager. En fait il avait pas arrêté d'y penser. C'était la règle en prison de jurer qu'on recommencerait plus. Tout le monde l'avait hurlé au moins une fois du fond de sa cellule, dans un accès de rage ou de désespoir, ou répété comme une formule magique en faisant la queue à la cantine, et ça voulait pas dire qu'on y croyait pas. On y croyait, mais quelque chose se produisait une fois qu'on avait franchi les portes de la prison : la liberté et sa nature exubérante donnaient l'illusion que ça durerait toujours. Les promesses qu'on s'était faites étaient vite refoulées dans un coin obscur de la conscience. C'était drôle mais déjà, à peine assis dans la voiture qui allait l'emmener loin de tout ça, il pouvait se rappeler le prestige, l'argent facile, le pouvoir immédiat qu'offrait son ancienne vie. La vérité, c'est qu'il était vraiment bon là-dedans, et il ne pouvait plus en dire autant pour le reste.

"Oublie, reprit T. C. Faut que tu m'emmènes à Uptown.

— Tu déconnes ? C'est à l'opposé de la maison !

— Si loin que ça ?"

Il fit son grand sourire niais qui lui avait valu tant de vannes en dernière année de primaire. Après, il n'avait plus souri pendant un moment, mais des fois ça sortait tout seul.

Tiger démarra le moteur. Lil Wayne se mit à chanter *Right Above it*, toujours en tête du classement de la radio Q93 même après ces quatre mois en taule. T. C. se reposa sur l'appuie-tête et soupira quand ils sortirent du parking de la prison. Ils passèrent devant le cimetière St. Louis avec ses tombes en ciment blanc comme de petites maisons surgissant de terre, puis l'ancien St. Bernard Projects*. Après Katrina, la municipalité avait abattu les barres d'immeubles, arraché les fenêtres, rasé les hauts murs de brique. On avait presque fini de construire un nouvel ensemble à la place mais T. C. ne savait toujours pas où étaient partis les anciens résidents.

"Il fait une chaleur d'enfer, dit-il. T'as pas l'air conditionné ?

— Tu vois bien que les vitres sont baissées. Le système est niqué, négro.

— Ça sert à rien d'avoir les vitres baissées. Tu fais juste entrer l'air chaud, négro.

— Ben faudrait p't-êt' que je ralentisse et que je tej' ton gros cul ? P't-êt' que l'air est plus frais sur le trottoir."

T. C. rit, sentit la sueur couler le long de ses couilles.

"Tu vas pas chez Alicia, alors, hein ?" demanda Tiger.

En entendant prononcer son nom, T. C. redressa la tête.

"Ooh, putain, non. Elle beaucoup** enceinte, frangin. Faut pas baiser une femme quand elle est grosse comme ça. Je f'rais un trou dans la tête de mon p'tit bébé."

Tiger rit.

* Énorme complexe de logements sociaux dont la construction commença dans les années 1940, il fut détruit à la mi-2008 pour laisser place à un nouvel ensemble appelé Columbia Parc.

** En français dans le texte.

“C’est n’importe quoi, frangin. Pour tous mes gosses, j’ai pris mon pied avec ma douce jusqu’au dernier moment.

— Et t’as pas un seul débile ?

— Nan, frangin, tous mes gosses sont nickel.

— Nan, frangin, tu m’as dit qu’un de tes négros a essayé de taper un prof et qu’il a fallu le mettre dans une classe pour teubés.

— Nan, frangin, un jour y a un prof qu’a essayé de lui tomber dessus par-derrière, tu vois. Mon gamin s’est senti un instinct de killer, comme son papa. C’est pas le genre de connerie qu’il laisse passer. Et puis c’est toi qu’étais dans la classe pour débiles, mon négro.

— Ouais, justement, c’est pour ça que j’vais pas essayer de baiser ma nana enceinte. Mon gosse, il naîtra avec une plus grosse cervelle que les autres.”

Tiger tourna au niveau de Tulane. Il écoutait, c’était déjà ça. T. C. devait seulement s’assurer qu’il n’essaie pas de s’arrêter chez Popeyes. Cet idiot raffolait de leurs crevettes panées accompagnées de haricots rouges et de riz, et il allait essayer de se faire inviter par T. C. Un autre jour, ç’aurait pu être un bon plan mais quatre mois c’était trop long pour finalement se retrouver à piquer des pornos et à se branler jusqu’à l’aube. Il avait besoin de se soulager ; l’envie était si lourde qu’elle creusait un trou dans son putain de cerveau.

“Super, dit T. C., la circulation est pas mauvaise, au moins.

— Ooh, frangin, tu me bassines encore avec cette nana. Tant qu’à aller à Uptown, on pourrait se casser une graine sur Napoleon. Tu vas quand même pas me faire faire tout ce détour sans partager un morceau avec moi, mon pote ? Ça se fait pas, ça. Tu sais que ça se fait pas.

— Mec, t'as pas touché le gros lot depuis un bail, tu sais plus comment c'est. Faut que j'y aille. Elle m'attend, c'est vrai, quoi."

Ses mots s'échappèrent à toute allure et en désordre, ça lui rappela sa mère ; c'était bien ça : ses besoins prenaient le contrôle de son corps, maintenant.

— On s'arrête juste chez Popeyes, mon gars, décréta Tiger. On se prend deux fritures cajuns. C'est sur le chemin. En une heure c'est plié, je t'emmène là-bas et t'auras tiré ton coup d'ici midi."

Il rit, jetant un œil à l'horloge du tableau de bord pour voir l'heure.

T. C. secoua la tête. "On a qu'à y aller demain. Et je t'invite, j'te promets. J'apprécie vraiment que tu sois venu me chercher et tout ça, mais pas aujourd'hui, frangin. J'suis pas de bonne compagnie, de toute façon.

— Eh ben, mon pote", soupira Tiger.

T. C. n'aurait su dire s'il l'avait convaincu. Tiger avait tourné sur South Broad, puis pris à gauche sur Napoleon Avenue, mais c'était aussi le chemin pour aller chez Bon Bon.

"C'est même pas ta régulière. Elle est censée être ta pouffe et tu la traites comme une reine."

Tiger se tourna une seconde pour jauger la réponse de T. C. avant de se concentrer à nouveau sur le trajet. Il savait qu'il avait touché le point sensible de T. C.

Celui-ci sentit la culpabilité revenir en force. Tiger était proche d'Alicia et pensait que T. C. aurait déjà dû l'épouser. C'est aussi ce que pensait T. C. à l'époque, quand ils baisaient vraiment comme des dingues. Mais elle lui faisait tout le temps des crises et elle était pas bien dans sa tête. Ils parlaient, ils rigolaient, il avait l'impression d'être dégagé de tout le poids de l'existence, il fermait les yeux, et puis elle se mettait à crier à propos d'un truc qu'elle avait trouvé sur son téléphone.

"Mais pourquoi tu fouilles dans mon portable ? hurlait-il à son tour.

— Je peux pas te faire confiance, T. C., soupirait-elle. J'aimerais, mais je peux pas."

En fait, elle n'était jamais tombée que sur des messages aguicheurs qu'il échangeait avec des p'tites nanas, et d'accord, elles lui envoyaient des photos de leurs seins de temps en temps, mais il ne l'avait jamais trompée ; il n'en avait même pas envie.

"C'est bon, mec, je fais encore un p'tit bout d'chemin avec toi, j'te prends une crevette."

C'était trop tard de toute façon. T. C. sentit la voiture ralentir devant le store rouge du restaurant. Un kilomètre de plus et ils étaient chez sa poulette, mais tant pis. D'une manière ou d'une autre, il lui fallait changer de sujet.

"Toi et tes putains de crevettes. À croire qu'y mélangent du steak et du homard dans la pâte.

— Nan, frangin, je vais pas te supplier. J'ai du fric à moi. Je voulais juste passer un peu de temps avec toi, revoir notre stratégie, tout ça."

T. C. ne répondit pas. Il pensait toujours à Alicia.

— Comment elle va, au fait ? demanda-t-il.

— Elle va super, elle s'accroche. Elle vit chez sa mère, elles préparent la chambre pour le bébé. Je pense qu'elle a tout sauf le siège auto.

— Je l'achèterai."
Tiger ne dit rien.
"J'avais déjà prévu de l'acheter, insista T. C.
— Personne a dit le contraire." Tiger se tut un moment. "Elle pleure encore quand elle entend prononcer ton nom.
— Oh, frangin, crois pas ces conneries. C'est elle qui m'a viré. J'aimais Alicia. J'l'aime toujours. Mais…"

Il s'arrêta. C'était plus la peine d'y revenir. Il sentait son excitation pour Bon Bon diminuer à mesure qu'il parlait d'Alicia, son incertitude s'engouffrer, sa tristesse, sa crainte. À vingt-cinq ans il n'était pas prêt à être père. Bien qu'il l'ait dit à Alicia, elle n'avait pas fait attention avec la pilule, et c'était loin d'être une allumeuse, mais T. C. se demandait si elle n'avait pas fait exprès.

"Allez, gars, qu'est-ce que tu prends ?" Il interrompit ses réflexions. "Encore des haricots rouges et du riz ? J'me taperais bien des cuisses de poulet, j'crois."

Tiger ne répondit pas.

"J'dis pas que c'est rien que ta faute. J'sais qu'elle est dingue. Comme toutes ces salopes. Et elle est sûrement à quatre-vingt-dix-neuf pour cent tarée, tu me suis ?"

T. C. rit. "À fond.
— Surtout maintenant qu'elle est enceinte.
— C'est sûr, convint T. C. C'est sûr. Mais faut bien qu'Alicia comprenne qu'y a des conséquences à ses actes. Elle arrête jamais. Faut que ça aille trop loin. Pas un jour sans m'accuser de tout, et c'est ça qui m'a fait me tirer avant qu'elle me vire. À force de se faire traiter de salaud, on le devient. Là encore,

elle me donne l'impression que j'fais quelque chose de mal alors que c'est elle qui m'a dit d'me barrer. C'est elle qui voulait pas que j'revienne. Le premier mois, j'y allais tous les jours, mais elle a dit à sa mère de me claquer la porte à la face. Combien de fois j'y suis retourné ? Quel genre de mec je serais si je le faisais aujourd'hui ?"

Ils se garèrent sur le parking de Popeyes, sortirent de la voiture. Un véhicule de police passa devant T. C., et il sentit son cœur s'emballer avant de se rappeler qu'il n'était pas le même homme que quatre mois plus tôt. Il n'avait rien sur lui. Même si ces flics l'abordaient, le pire qu'ils puissent lui faire serait de le plaquer contre la voiture, de fouiller les poches vides de son pantalon et de lui mettre une claque pour leur avoir fait perdre leur temps. Il entra dans le restaurant en ayant regagné toute son arrogance, il se retourna même pour regarder un de ces connards dans les yeux. À l'intérieur, bien sûr, il y avait la queue. T. C. se rappela qu'il ne supportait pas l'odeur, un mélange d'huile frite rance et de détergent. Sans compter les gosses qui couraient partout et se cognaient dans ses jambes. Une gamine le fixa comme s'il était un clown monté sur échasses. "Maman, dit-elle, c'est un géant." Sur un ton presque geignard.

Tiger était écroulé de rire.

"C'est bon d'être chez soi, hein, mon négro ?" lança-t-il.

T. C. hocha la tête, avec son sourire de gros débile. "Ouais, c'est bon."

Tiger parlait non-stop du quartier.

Spud avait envahi le territoire dès le départ de T. C. ; il se faisait deux mille dollars par semaine, avait même des intermédiaires qui se risquaient jusqu'à Chalmette*, et on disait que son herbe était bonne, presque aussi bonne que celle de T. C.

"Presque aussi bonne, souligna de nouveau Tiger. Et c'est parce que la moitié seulement touchaient la beuh que t'achetais, pas celle que tu produisais."

T. C. ne pouvait même pas dire le contraire. Il faisait pousser la meilleure herbe qu'il ait jamais fumée. Il y avait quelque chose de grisant à sélectionner les graines, tester le niveau de THC, couper les feuilles, sécher les têtes. Mais il ne pouvait se permettre d'en cultiver assez pour satisfaire sa clientèle, alors il complétait, et si certains avaient droit à sa création personnelle, les autres se contentaient du cannabis ordinaire.

"Une fois que tu seras revenu sur le marché, poursuivait Tiger, et qu'ils auront la vraie came, ce sera comme d'enlever une sucette à un gosse. Le truc..." Il fit une pause. "Le truc, c'est la production. Regarde Spud, il touche même plus à sa beuh à lui. Il en avance un tout p'tit peu à son intermédiaire puis il ramasse les profits des ventes et en laisse une part à son p'tit négro, et c'est moins dangereux parce que c'est pas lui qu'est dans la rue. Si tu faisais comme ça, t'aurais plus de temps pour ta prod, plus de temps pour être le génie créatif que t'es."

Sans cesser de hocher la tête, T. C. trempait ses morceaux de poulet dans une mare de ketchup et

* Ville située sur la rive est du Mississippi, à trois kilomètres au sud-est de La Nouvelle-Orléans. En grande partie détruite et submergée par l'ouragan Katrina, insalubre en raison des produits toxiques échappés des raffineries de pétrole dévastées, elle a été abandonnée par la moitié de ses habitants.

les rejetait dans l'assiette. Il pensait aux nénés de Bon Bon.

"T. C. ? Hé, T. C. ?

— Ouais ?"

Il devina que Tiger essayait d'attirer son attention depuis un moment.

"T'as entendu ce que j'disais ? Quand tu rentres ce soir, on pourrait p't-êt' réfléchir à comment doubler les plants ?"

T. C. acquiesça. "Ça marche", dit-il, bien qu'en vérité l'idée de Tiger lui parût débile. Ajouter des intermédiaires, ce serait perdre le contrôle. Une des raisons pour lesquelles il s'était fait prendre seulement une fois à dealer, c'est parce qu'il vendait à des vieux copains du basket, des étudiants à Dillard. D'un autre côté, ça n'était pas tenable. On ne pouvait pas vendre éternellement sans se faire choper un jour ou l'autre, et s'il se mettait de nouveau à magouiller il en prendrait pour cinq ans minimum. Il n'imaginait pas rester enfermé aussi longtemps, pas avec un gamin dans l'histoire. S'il déléguait la vente, il pouvait faire pousser plus de plants, mettre assez de côté pour monter sa propre affaire. Il avait toujours pensé devenir basketteur professionnel, ça n'avait pas marché, mais peut-être qu'il pourrait entraîner d'autres gosses comme lui et veiller à ce qu'ils ne commettent pas les mêmes erreurs que lui.

Mais il n'allait pas aborder le sujet avec Tiger, pas tout de suite. Il avait encore besoin qu'il l'emmène à Uptown. Et peut-être que cette rencontre ferait de lui un autre homme. Qui sait s'il n'allait pas trouver, entre les jambes de Bon Bon, l'étincelle dont il avait besoin pour changer de voie ?

Tiger avait toujours eu un bon coup de fourchette mais là il avait descendu deux *po'boys*, sans compter les haricots rouges et les frites. Il n'arrêtait pas de se lever pour se resservir en Coca, et après trois voyages il envoya la tête en arrière et lâcha un rot tonitruant. Sans surprise, il ne leva pas le petit doigt en direction de son porte-monnaie au moment de payer.

"Ooh, merci, dit-il, feignant d'être étonné quand T. C. allongea ses billets. J'te l'dois. Ce soir, j'te ramène."

T. C. hocha la tête, sans savoir ce qui l'attendait ce soir-là.

Quitter Tiger n'avait pas été une mince affaire ; même après avoir garé sa voiture devant la maison, Tiger continuait à débiter des conneries.

"Ooh, mec, ce serait bien l'genre de filles à emmerdes. Jamais sortie d'Uptown, pas de bagnole. Au moins Alicia avait sa piaule à elle. D'accord, c'est pour le bébé qu'elle a déménagé, mais elle s'est toujours débrouillée. Elle va passer un diplôme d'infirmière. C'te fille-là, T. C., elle a un boulot ?"

Il ne répondit pas, souleva le sac plastique contenant ses affaires et le passa à l'épaule. Il lui faudrait appeler Tiger pour qu'il vienne le chercher le lendemain matin mais il préférait attendre pour lui en parler. En fait, malgré la distance entre Uptown et La Nouvelle-Orléans proprement dite, T. C. aimait se rendre là-bas. Les gens de ce quartier avaient eux aussi été touchés par Katrina mais ça ne se voyait pas, contrairement à chez lui. Parfois il se réveillait en hurlant, au souvenir du mur marqué par la crue à un mètre de haut, le réfrigérateur projeté dans sa chambre, les photos de lui bébé méconnaissables, et cette odeur, cette odeur horrible de putréfaction et de moisissure, comme si un cadavre de putois traînait quelque part sous les décombres et qu'on ne savait pas où chercher.

"J't'appelle un peu plus tard, mon négro", lança T. C. derrière son épaule, en se dirigeant vers la porte d'entrée.

Il sonna, puis attendit en regardant Freret Street. Des restaurants d'un nouveau style avaient ouvert, des chérots aussi, des endroits où il ne se donnerait même pas la peine de lire le menu. Ça voulait pas dire que c'était pas bien – il se rappelait le quartier avant Katrina, les devantures vides, sa mère qui fermait à clé les portières quand elle y passait en voiture. C'était différent, voilà, fallait juste s'y faire, mais peut-être qu'un jour il pourrait emmener Bon Bon dans un de ces endroits chics, la laisser commander tout ce qu'elle voulait sans qu'il sente une contraction dans la poitrine.

Il s'attendait à ce que Bon Bon vienne l'accueillir, peut-être vêtue d'un truc transparent, mais non, c'était sa mère avec son gros cul qui avait ouvert, toujours enveloppée de son boubou alors qu'il était déjà onze heures passées.

"Eh, comment va ? Bonjour", dit-il de sa voix la plus civile. Il tenta de faire son grand sourire niais mais, comme il disait, ça marchait pas à tous les coups. "Je suis venu voir Bon Bon, je veux dire Natalia. Elle m'a dit que je pouvais passer.

— Bay Bay !" cria la mère vers le fond de la maison.

Pendant qu'ils patientaient, la mère le regarda de haut en bas comme si elle pouvait renifler la cour de la prison dans ses dreads, la bouffe immonde dans son haleine. Enfin Bon Bon apparut. Elle ne portait pas du Victoria's Secret mais ça allait. Jean moulant et brassière. Il pensa de nouveau à Alicia. La dernière fois qu'il l'avait vue, elle avait l'air d'une baleine et son nombril se dressait déjà comme un pouce. À vrai dire, il avait trouvé ça magnifique, de la voir porter sa progéniture. Bien sûr qu'il aurait aimé être casé avec une femme et un boulot, mais c'est pas parce que les choses se passaient pas comme ça qu'il pouvait pas trouver le bonheur.

La mère finit par dégager du milieu pour céder la place à sa fille. Bon Bon ouvrit la porte en grand et il l'attira dans ses bras. Ils passèrent du temps à s'embrasser. Au bout de quelques minutes elle s'écarta mais il ne pouvait pas s'arrêter de la toucher. Il sentait qu'il se gonflait comme un ballon prêt à éclater.

Il la suivit le long d'un petit couloir en lui tenant la main ; Bon Bon lui arrivait tout juste à l'épaule ; il essaya de rester suffisamment loin derrière pour qu'elle ne le sente pas appuyer dans son dos.

La pièce portait son odeur, shampooing et détergent Tide. Il n'y avait pas grand-chose question meubles : un lit, un bureau, une armoire, mais elle avait une chaîne, des enceintes au mur derrière la fenêtre, une télé grand écran et deux iPad. Des posters de ce gros lourd de Drake étaient accrochés partout dans la chambre et c'était bien la dernière personne que T. C. avait envie de voir quand il se tapait une nana aussi jolie que Bon Bon, mais faudrait faire avec. Il s'écroula sur le lit ; il y avait si longtemps qu'il ne s'était pas couché sur un vrai matelas, qui rebondissait sous son poids. Il leva les yeux ; elle se tenait à l'autre bout de la pièce.

"Viens par ici, dit-il. Laisse-moi te regarder."

Elle avança de quelques pas, s'arrêta à mi-chemin devant l'ordinateur et se pencha pour consulter ses e-mails.

Il s'obligea à rester calme. S'il avait patienté jusque-là, il pouvait attendre quelques minutes de plus.

"Quoi ? demanda-t-il comme elle lui tournait le dos. T'es nerveuse ?"

Elle gloussa, puis fit volte-face, en jouant avec ses longs cheveux noirs. Il la regarda, la regarda vraiment : la peau noisette satinée, les dents blanches bien alignées, les lèvres épaisses. Il avait envie de ces lèvres autour de sa…

"Non, je suis pas nerveuse", dit-elle.

Elle avait la voix si douce. Alicia, elle, l'avait tellement grave qu'on la prenait parfois pour un homme au téléphone. Alicia se comportait comme une adulte, c'était pour ça, et sa voix s'accordait avec cette façon d'être.

"Viens par là", répéta-t-il en lui tendant ses longs doigts fins.

Elle obéit avec réticence, s'asseyant sur le lit à côté de lui, et non sur ses genoux comme il aurait voulu.

"On pourrait parler un peu, commença-t-elle.

— Ben quoi ? On a déjà parlé !", s'exclama T. C.

Un autre jour il se serait mordu la langue, mais la vérité c'est qu'ils avaient passé leur temps à ça. Il l'appelait plus souvent que sa Mamie, et elle ne se faisait pas prier pour répondre. Des fois, quand ils avaient épuisé les sujets habituels, ses cours à la UNO*, les caresses qu'ils se feraient le moment

* University of New Orleans.

venu, elle restait là au téléphone et elle respirait. À l'époque pour lui c'était énorme, mais maintenant...

"De quoi tu veux parler ? demanda-t-il en soupirant.

— Je sais pas. C'était comment, ta journée ?"

Il rit. C'était plus fort que lui.

"C'était comment, ma journée ? Je sors juste de prison, t'es au courant ?"

Elle hocha la tête.

"T'es au courant ? Donc ma journée, ben rien. J'me suis réveillé, j'ai pris mon petit-déj', j'me suis levé quand on m'a appelé, j'ai suivi la procédure de sortie, et là j'suis avec toi.

— T'es content de me voir alors ?"

Elle souriait. Elle le taquinait, elle avait l'air plus à l'aise.

"Putain, ouais, je suis content de te voir."

Elle se mit à promener ses doigts sur sa poitrine. Ça le démangeait de lui prendre les mains et de les ramener plus bas, mais il se retint.

"Dis-moi combien t'es content de me voir", reprit-elle.

Il commençait à se détendre. C'était bien la fille qu'il connaissait, celle qui voulait bien qu'il lui glisse la main dans le jean mais ne le laissait pas voir ce qu'il touchait. D'après ce qu'elle disait au téléphone, pourtant, elle était prête à faire ça pour de vrai.

Elle se mit à genoux et le chevaucha. C'était parti. Il l'attira plus près de lui, l'embrassa, ses mains bataillaient avec ses vêtements dans une fièvre maladroite. C'était pas son style. Alicia lui disait qu'il faisait l'amour comme une femme. Il n'aimait pas cette façon de dire les choses, mais il comprenait ce qu'elle entendait par là : qu'il prenait son temps, utilisait sa bouche, s'occupait de son corps comme si c'était la terre sainte, mais ça c'était une autre histoire et il se ferait pardonner plus tard.

Il la renversa sur le dos et monta sur elle. Il était stupéfait de voir combien sa taille était fine, ses seins aussi ronds que les gouttes de babeurre de chez McKenzie avant que ça ferme. Il les mit dans sa bouche l'un après l'autre, alternativement, se sentant enfin comme s'il était chez lui dans ce corps, comme si Dieu l'avait mis ici avec lui pour s'excuser, et Il était pardonné : pour la mère à moitié folle, le père défaillant, les difficultés d'apprentissage, les rêves de basket avortés. Parfois, quand il émergeait au petit matin, il croyait que Dieu approuvait son trafic de hasch. Sinon, d'où lui seraient venus cette inspiration si pure, ces plans si minutieusement préparés ? Et lorsqu'on l'avait arrêté, il s'était mis en colère contre son Créateur, comme s'il avait été trahi par le véritable auteur du crime, mais à présent tout était pardonné. S'il était encore un homme inachevé en venant au monde, ce n'était désormais plus le cas.

"À moi", dit-elle, et elle glissa son visage plus bas, toujours plus bas. Sa bite palpitait maintenant, alourdie de tout son désir. D'habitude c'était le moment qu'il préférait, mais les seins de cette fille le fascinaient, on aurait dit qu'ils concentraient en eux la totalité de l'existence, et s'il pouvait juste ne pas les quitter des yeux…

Elle n'eut pas à le ramasser pour le glisser dans sa bouche, il était déjà dressé. Elle enroula ses lèvres épaisses autour et les fit aller et venir, aller et venir. C'était pas une débutante. Lui manquait d'élan. Après ça, il la lécherait. Il n'aimait pas vraiment ça.

Les odeurs de chatte le dégoûtaient et, aussi propre que soit la fille, elles semblaient toujours omniprésentes, cachées ici ou là, mais elle avait bien mérité ça. Elle lui redonnait vie et, sous peu, une parcelle de cette même force vive allait exploser en elle.

Il était tellement ensorcelé dans l'univers de cette chambre qu'il n'entendit pas frapper à la porte, et il fallut que Bon Bon retire d'un coup sa bouche pour qu'il se rende compte du bruit qu'ils faisaient depuis un moment. Ce devait être sa foutue mère, mais Bon Bon saurait quoi lui crier pour la faire partir, et dans une minute ils se remettraient aux choses sérieuses.

Comme on pouvait s'y attendre, Bon Bon hurla : "Pas maintenant", mais elle fonça sur ses vêtements éparpillés dans la chambre, enfila sa culotte et un short. Avant qu'elle ait passé la tête dans son tee-shirt, la porte s'ouvrit brusquement et un type déboula, aussi large que T. C. était grand. T. C. se figea ; il n'avait pas encore assimilé les coups à la porte, encore moins cette irruption, et il n'eut pas le réflexe d'attraper son boxer et d'en couvrir sa bite qui, en dépit de tout, pointait comme une flèche.

"Putain, qu'est-ce qui se passe ici ?" cria l'homme.

Il allongea le bras par-dessus le bureau et envoya valser l'ordinateur. T. C. l'entendit se fracasser par terre. Puis l'homme se dirigea vers les tiroirs, attrapa celui du haut, le retourna et répandit chaussettes, culottes et soutiens-gorges. Un reçu s'en échappa en voletant jusqu'à la moquette. T. C. le suivit des yeux ; il indiquait la somme de 13,10 dollars, un prix dérisoire pour un objet qui devait l'être tout autant, mais pour quelque obscure raison Bon Bon avait gardé le ticket.

Enfin T. C. revint à lui et répéta presque à l'identique la phrase du type : "Putain, qu'est-ce qui se passe ?"

Bon Bon ne répondit pas. Elle avait réussi à enfiler son tee-shirt. Elle balança son pantalon à T. C. Il se glissa dedans, le regard braqué sur le fou qui lui faisait face, avec ses yeux verts qui brillaient comme s'ils étaient électriques.

"C'est pas ce que tu crois, chéri", dit-elle.

T. C. se demandait à qui elle s'adressait. Il avait décidé qu'aussitôt rhabillé il bondirait jusqu'à la porte. Tiger serait tout juste rentré à la IXth Ward, mais y avait urgence. Ce fils de pute était dingue, pas de doute là-dessus, et Bon Bon, qui se contentait de le regarder saccager la chambre comme s'il venait tous les samedis pour lui vider son bordel, devait être dingue aussi.

Il passait son tee-shirt quand l'homme lui sauta à la gueule. Bon Bon s'avança pour tenter de le protéger mais elle faisait cinquante-cinq kilos tout mouillés, et quand l'homme l'écarta de son chemin elle tomba sur le lit avec un bruit sourd. Il n'y avait plus d'obstacle entre eux et T. C. ne pouvait que reculer à mesure que l'autre avançait. Le temps de dire "ouf", il se retrouva coincé contre un mur entre le lit et l'armoire ; impossible de s'échapper.

"Écoute, mec, commença-t-il. J'savais pas pour toi. J'pensais qu'elle était libre, on sort pas du tout ensemble, il se passait rien de sérieux. Faut juste qu'on oublie cette histoire."

Il n'avait jamais connu une telle situation, mais comme il était toujours celui qui calmait les embrouilles avec ses potes, comme il n'aimait pas cette fille et que le confort de son propre lit l'appelait, ses mots se répandirent comme de la sauce sur un plat de riz.

L'homme ne broncha pas. T. C. n'avait pas peur de se battre, c'est juste qu'il était fatigué. Les premières semaines de prison l'avaient obligé à devenir quelqu'un d'autre. On aurait pu penser que sa taille serait dissuasive, mais à la Orleans Parish Prison, des types arrachaient des bouts de métal du plafond pour s'en faire des couteaux, les cachaient dans leurs bottes et les sortaient si on s'avisait seulement de les dépasser dans la queue. Il porterait à vie la cicatrice qui s'étirait comme un Y le long de son ventre, et ça lui suffisait. Péter le crâne à ce négro – ce qu'il aurait pu faire sans problème, il en était sûr – c'était comme demander à un type qui vient de courir le marathon de se lancer dans l'ascension de l'Everest. Non, puisqu'il n'allait pas se vider les couilles, il lui fallait s'excuser et appeler Tiger. Il aurait peut-être dû rentrer chez lui pour commencer, pour voir si sa mère lui avait préparé un repas de fête.

T. C. reprit : "Je te l'ai dit, il allait rien se passer entre elle et moi, mais le type ne bougeait toujours pas.

— Y a rien, Bakari, je te jure, rien ! couina Bon Bon.

— Écoute, j'te promets, tu devrais pas insister, dit T. C. d'un ton plus ferme cette fois. Je vais te défoncer, ajouta-t-il comme le type n'avait toujours pas reculé. Je vais te défoncer !" répéta-t-il d'une voix dure comme le silex.

L'homme le poussa. T. C. ne tomba pas, mais à sa surprise il tangua un peu. Il se demanda si l'accumulation de la journée – voir ses espoirs s'envoler, franchir les portes de la prison et être tout près d'y retourner – n'avait pas détruit quelque chose de vital en lui. L'homme le poussa encore, plus fort cette fois, et le temps que T. C. retrouve l'équilibre, l'autre avait sorti un couteau. En voyant ça, Bon Bon, qui essayait jusque-là de faire l'arbitre sur la ligne de touche, s'arrêta net de parler et se mit à crier.

T. C. la regardait elle, pas le couteau. L'adrénaline qu'il avait sentie monter lors des accrochages en prison, cet instinct de survie, semblait évanouie à présent, et il se demandait s'il serait capable d'arracher l'arme des mains du type sans se faire amocher un truc qu'on pouvait pas recoller avec trois sparadraps.

Il fixa le visage de son adversaire. Où l'avait-il déjà vu ? Bien sûr, tout le monde à La Nouvelle-Orléans avait la peau claire, presque foutrement blanche, mais ce gars-là en plus avait les cheveux roux, et ces yeux – il l'avait vu quelque part, même si c'était qu'en photo. Il était sûr de lui maintenant.

L'homme agita le couteau sous son menton et l'aurait planté si T. C. avait reculé la tête une seconde trop tard. T. C. leva les yeux vers la fenêtre derrière lui. Il pouvait tenter d'y grimper mais l'autre lui tailladerait les jambes avant qu'il arrive à comprendre le système d'ouverture. Il se retourna vers Bon Bon, implorant son aide avec le même regard qu'il avait eu pour la supplier quelques minutes plus tôt, dans des circonstances différentes, mais elle était aussi paralysée que lui, ses hurlements rappelaient les sirènes d'il y a quatre mois, quand il n'était qu'à un kilomètre de la maison et que son monde s'était écroulé. T. C. revint au couteau et entendit le clic d'une détente. Tous trois se tournèrent vers la porte. La mère de Bon Bon était là, et des deux mains elle pointait en l'air un Glock 19.

"Je vais exploser vos têtes de fils de pute si vous m'écoutez pas, dit-elle. J'ai essayé d'élever Bay Bay comme y faut. Faut croire que ç'a pas suffi, mais j'ai fait c'que j'ai pu. Là je vous donne une minute pour ramasser votre bordel et foutre le camp d'chez moi."

L'homme glissa le couteau dans sa poche et quitta la chambre en courant. T. C. n'était plus coincé mais il resta où il était. Qu'allait-il faire ? S'il fuyait maintenant, il se ferait larder dans la rue, peut-être encore plus sauvagement, sans Maman pour le défendre. À nouveau il regarda Bon Bon. Cette fois elle pleurait.

"Maman, prononça-t-elle d'une voix douce, tremblante. C'était pas T. C'était Bakari. Tu sais comment il est.

— Tout ce que j'sais, c'est que j'veux pas de ça chez moi", répliqua la mère.

Elle avait l'air assez furieuse pour tourner le flingue contre sa propre fille. Même si pour l'instant c'était toujours T. C. qu'elle visait.

Bon Bon se leva et lui fit baisser l'arme.

"C'est OK, dit-elle. C'est OK."

Mais sa mère fit signe que non.

"C'est pas une maison comme ça, ici. J'veux pas qu'on croie que j'dirige une maison comme ça."

Elles pleuraient toutes les deux, maintenant.

"Personne pense ça, Maman. C'était juste une dispute idiote. Tout le monde en a, des disputes comme ça.

— Putain non, pas tout le monde !"

Ses mains tremblaient. T. C. se dit que le flingue allait tomber par terre et que le coup partirait.

"Et certainement pas ici !"

Elle se tourna vers T. C.

"J'sais que ce négro est dehors en train de t'attendre. Tu restes ici cinq minutes, le temps qu'il s'en aille et qu'tu traînes ailleurs ton p'tit cul de moineau. C'est une heure. J'vais dans ma chambre regarder mon feuilleton. Si t'es toujours là quand j'aurai fini, j'appelle mon mari. Il a un permis pour ce flingue et il sait s'en servir, et je jure devant Dieu que si t'es ici quand il rentre, tu vas regretter que ce type-là dehors t'ait pas coupé la bite.

— Maman ! cria la fille.

— Arrête avec tes « Maman » !" La femme sortit en chancelant, l'ourlet de son boubou traînant derrière elle. "Toi et tes histoires de cul !"

Bon Bon ferma la porte.

"Putain, c'était quoi, ça !" s'écria T. C., pas aussi fort qu'il aurait voulu – il n'était guère rassuré par la présence de Maman Boubou dans la pièce voisine.

"Je suis désolée." La porte était à peine refermée que Bon Bon était aux petits soins avec lui, le caressant, lui couvrant le visage de baisers. "Je savais pas qu'il viendrait.

— J'm'en doute, ouais, dit T. C. Et me colle pas comme ça."

Il la repoussa d'un coup d'épaule et elle glissa jusqu'au bord du lit. Elle se remit à pleurer.

"Me traite pas comme ça, gémit-elle. Je t'ai attendu.

— T'as pas dû attendre longtemps, avec Hulk qui se pointe ici comme s'il avait un droit sur toi.

— Non, t'as tout faux, chéri. J'ai plus été avec ce négro depuis un bail, et même à l'époque c'était pour mes petites affaires à moi, mais il est dingue. Il me laisse jamais tranquille. Il débarque puis il disparaît pendant des mois. Je pensais que c'était fini parce que je l'avais plus vu depuis un moment, mais c'est reparti. Il est dingue, tu peux me croire, je t'ai attendu." Elle s'approchait de T. C. en parlant, lui caressait la poitrine. "Je t'ai attendu", répéta-t-elle. Elle avait tout juste fini de parler qu'elle l'enlaçait déjà. "Il arrête pas de me menacer, mais ç'avait jamais dégénéré à ce point."

Elle appuya la tête contre sa poitrine.

"Il te menace de quoi ? demanda T. C.

— Que s'il me voit avec un autre homme, il va me tuer, ce genre de truc."

Elle lui chuchotait dans l'oreille. Il se remit à bander.

"Je le laisserai pas faire, dit-il. J'suis fatigué aujourd'hui avec tout ça, mais s'il vient encore ici comme il a fait, je m'occuperai de lui, tu peux être sûre.

— Je sais que tu le ferais, T. C., c'est ce que j'aime chez toi."

Elle le chevaucha à nouveau. Il la laissa faire. Putain. Avec Maman Boubou dans la pièce à côté qui regardait *Amour, Gloire et Beauté*. Il pouvait entendre le générique en pénétrant sa fille. Ce n'était pas du tout comme ça qu'il s'était imaginé la chose durant ces quatre mois, pas avec la panique du dernier quart d'heure qui ne le lâchait plus. Non, c'était plus un défoulement physique qu'une satisfaction émotionnelle, mais c'était toujours bon à prendre.

Il ne tint pas longtemps, et il roula sur le côté dès qu'il eut terminé. C'était la fin du feuilleton maternel, il entendait la musique qui reprenait. Allongée à côté lui, Bon Bon ronflait ; il était peut-être un bon coup, tout compte fait. Il appela son pote Tiger.

"Déjà, mon négro ?

— Ouais, et grouille-toi aussi. J'en ai une bonne à te raconter."

Quand le klaxon retentit vingt minutes plus tard, T. C. ouvrit la porte d'entrée, regarda à droite et à gauche, puis courut comme dans un *suicide run** à l'entraînement de basket. Il sauta dans la voiture et Tiger démarra en trombe.

* Technique de course très rapide.

La mère de T. C. n'avait pas préparé de repas de fête et n'était pas non plus d'humeur spécialement festive. Pourtant, sa rue avait l'air OK. T. C. n'avait été absent que quatre mois, et il n'avait pas fallu davantage à miss Patricia pour terminer enfin sa maison et se débarrasser de ce mobile home qui recouvrait l'herbe brune à côté. L'Est de La Nouvelle-Orléans n'était pas Uptown mais ça en prenait le chemin. La plupart des maisons en briques de son enfance avaient été déblayées et restaurées. D'accord, certaines au loin avaient encore les fenêtres barricadées et le toit arraché. Mais pour les voir, T. C. devait plisser les yeux.

Sa mère tendit les bras et le serra très fort, longtemps, puis elle remonta la main pour lui prendre l'oreille comme elle faisait avant.

Elle en était à sa deuxième bière et se rassit pour en profiter. Du linge en vrac recouvrait le reste du canapé et des miettes de chips étaient incrustées dans la moquette à ses pieds. T. C. s'assit à une table où s'empilaient des coupons-réponses et des enveloppes de factures qu'elle n'avait pas ouvertes. Sans même être allé dans la cuisine derrière lui, il devinait à l'odeur la vaisselle sale entassée dans l'évier.

D'après Alicia il avait un TOC, un besoin maniaque de ranger les placards et de faire le lit, mais jusque-là le seul endroit qu'il pouvait garder propre avait été sa chambre, tout au fond du couloir.

"Je croyais que t'en avais encore pour deux semaines, dit sa mère.

— Surpopulation. Ils voulaient faire de la place pour les vrais criminels, M'man."

Il rit, un grommellement brusque. Elle ne réagit pas.

"Pff. Je serais venue te chercher."

Elle avait mis sur pause son feuilleton enregistré mais elle fixait toujours l'écran en se bourrant de Curly au fromage. Le bout de ses doigts luisait de sel orangé.

"T'inquiète, M'man, Tiger est passé me prendre", dit-il.

Elle ouvrit la bouche pour répondre mais la referma avant que les mots en sortent. T. C. savait qu'elle reprochait à Tiger de vendre de la drogue.

"Je l'aurais fait, tu le sais bien, insista-t-elle en le regardant dans les yeux pour la première fois. C'est pas mon boulot de prof qui m'en aurait empêchée, cette fois."

Pendant quinze ans elle avait enseigné l'éveil artistique à l'école élémentaire Schaumburg mais, après l'ouragan, l'État avait pris le relais des districts scolaires et licencié quatre mille cinq cents enseignants ; sa mère se trouvait parmi eux.

Il décida de changer de sujet.

"J'ai vu que miss Patricia avait enfin viré son mobile home, commença-t-il. Ça rend bien.

— Mmmh. Et elle a enfin eu la pièce qu'elle voulait ajouter de l'autre côté. Table de billard et tout.

— J'savais pas qu'elle jouait au billard.

— Elle y joue pas."

T. C. et sa mère avaient eux-mêmes passé trois ans dans un mobile home. Comme la plupart des habitants du quartier. Les gens ici n'avaient pas l'argent pour reconstruire tout de suite. Le programme Road Home était censé payer les frais, mais pour calculer le montant de l'aide le gouvernement se basait sur la valeur des maisons avant l'ouragan. Pour T. C. et ses voisins là-bas dans l'Est, où l'on ne trouvait ni centres commerciaux, ni jolis restaurants, ni Blancs, cette somme était bien inférieure au prix d'une remise en état.

"Et d'après Tiger ils veulent faire un hôpital par ici, poursuivit-il.

— Pourquoi ? T'as prévu d'être malade ? Au fait, ta tante Sybil a appelé", dit-elle avant qu'il ait pu répondre.

T. C. leva les yeux au ciel. À une époque il adorait sa tante, mais elle lui avait tourné le dos après sa condamnation.

"Pourquoi, pour m'emmerder parce que j'ai été en taule ?

— C'est pour ton bien, et c'est ta tante", rétorqua sa mère, mais ça sonnait faux. Sa mère n'aimait pas non plus sa sœur aînée.

"Ben je suis sorti maintenant, dit T. C.

— Rappelle-la. Je veux pas qu'elle pense que je t'ai pas transmis le message." Elle se tut un instant. "Ta Mamie est encore en dialyse, faut que tu le saches aussi."

T. C. hocha la tête. "Je m'en doutais.

— Encore deux ans, d'après les docteurs, et puis…" Elle se passa le tranchant de la main sur le cou. “Tu ferais mieux de lui rendre visite tant que c’est possible.

— J’y allais.”

Elle eut un sifflement agacé comme pour dire : “Fais pas ton malin avec moi, mon petit. T’es pas trop grand pour que je t’en colle une.” Mais elle se contenta d’un : “On sait jamais. T’as filé avec Tiger avant même de rentrer à la maison. J’te préviens, c’est tout.” Puis elle descendit le reste de sa bière. “Pendant que t’étais bouclé, tante Ruby a enterré son troisième mari, ajouta-t-elle après un long rot caverneux.

— Je sais, Maman, tu me l’as déjà raconté.”

Elle ignora sa réponse.

“On aurait cru une épave, cette fois encore. C’est lui qu’elle a aimé le plus, j’crois bien. Dommage que t’aies pas été aux funérailles. Y avait tout le monde : Mookie, Alonzo, Cynt…”

Il s’éloigna vers le fond de l’appartement tandis qu’elle continuait de débiter des noms.

“Burger maison dans le frigo”, cria-t-elle d’une voix rauque comme du gravier, bien qu’elle n’ait jamais fumé.

Il eut un haut-le-cœur.

“J’ai mangé”, gueula-t-il en réponse.

Il avait cessé de prendre ses repas chez elle après ce jour où, revenant du collège – il s’en souvenait encore –, il lui avait dit que son gratin de macaronis à base de lait en poudre avait un goût de bouffe de pauvres. Elle l’avait giflé avant de quitter la cuisine en pleurant. Par la suite, il avait surtout mangé chez sa Mamie. Sa mère continuait de préparer des plats pour lui, et parfois il lui faisait plaisir en acceptant des choses simples : crêpes et biscuits, ou son gombo annuel. C’est pas que sa cuisine était mauvaise, mais il y avait la vaisselle croupissant dans l'évier, les torchons jamais lavés et, parfois, avant qu'elle quitte les toilettes, il entendait le bruit de la chasse et pas celui du robinet qui coule.

Elle n'avait pas toujours été comme ça. C'est elle qui l'avait mis au basket. Elle n'y connaissait pas grand-chose mais elle avait fait appel aux meilleurs coachs ; elle livrait des pizzas l'été pour lui payer les meilleurs camps d'entraînement ; elle venait à chaque match tirée à quatre épingles, et tous ses potes hurlaient comme des loups en la voyant. Mais on aurait dit que cette version classe d'elle-même était trop ambitieuse pour durer. Au bout de quelque temps elle retombait dans ce qu'il voyait aujourd'hui. Enfant, il regardait parfois les photos de sa belle époque – mince comme ces mannequins de magazines pour Blancs, dans ses tailleurs beiges, les cheveux dans le dos – et il se demandait ce qui s'était passé. Son apparence n'avait pas été la seule à se dégrader. Quand elle était à l'ouest, elle lui faisait des crises pendant des heures pour des affronts imaginaires ou regardait à travers lui avec un visage figé. Dans ces moments-là il se disait qu'elle ne le voyait pas vraiment.

Il avait besoin de s'allonger une minute pour réfléchir. Tiger voulait passer à la vitesse supérieure. T. C. avait compté sur Bon Bon pour lui mettre les idées au clair mais il les avait plus embrouillées que jamais.

Quand il se réveilla, la nuit était tombée. "Merde !" cria-t-il à personne en particulier. Il consulta son téléphone : neuf heures. Sa mère, qui s'occupait la nuit d'une vieille femme atteinte de démence, devait être partie. Mamie veillait jusqu'à minuit mais il ne voulait pas arriver trop tard pour ne pas la déranger. Il n'avait qu'à se dépêcher ; hors de question qu'il n'aille pas la voir, sa mère le savait bien. Et c'est ça qui l'avait mise en colère ?

Il farfouilla pour trouver du shit, explora la planque sous le matelas ou l'unique étagère de livres, mais non, sa mère avait dû faire le grand nettoyage. Fut un temps, sa Mamie était la seule personne avec qui il n'avait pas besoin d'être défoncé, mais il n'aimait pas comme elle était maintenant, froissée comme une nappe en papier roulée en boule pour être jetée, et il aurait pu prendre sur lui si elle disparaissait aujourd'hui ou demain, mais sa mère parlait de deux ans.

Il s'habilla pour les trois kilomètres de marche.

Leur déménagement dans le quartier, alors qu'il n'avait que dix ans, avait été pour lui un miracle. Il ne voyait pas la maison comme un palace, même à l'époque, avec ses trois chambres et ses cent dix mètres carrés, mais ils vivaient en appartement depuis sa naissance, et lorsque sa mère avait été licenciée ils avaient passé un mois aux Magnolia Projects*. Ç'avait été le rêve, de s'installer à l'Est, ne serait-ce que pour la tranquillité et le silence. Sa mère l'avait inscrit à l'école catholique au bout de la rue et il s'y rendait à pied sans avoir peur de se faire agresser. Mais depuis Katrina, personne ne traînait dehors après la tombée de la nuit. Bien que l'ouragan ait eu lieu plus de cinq ans auparavant,

* Quartier d'immeubles construits entre 1941 et 1955, situé dans Uptown, et dont le taux de criminalité était l'un des plus élevés aux États-Unis. Il avait été en partie abandonné par ses habitants bien avant Katrina en raison de l'anomie et de la pauvreté qui y régnaient.

la quasi-totalité de la Lower IXth Ward était toujours dévastée, et les habitants qui avaient fui pour s'installer dans des lieux comme Houston ou Baton Rouge y étaient restés. Seuls les pauvres et ceux qui avaient tout perdu étaient rentrés, et depuis, l'Est avait connu un déclin progressif. La Ville n'avait rien arrangé en installant dans le quartier des allocataires de la section 8*. En un an à peine, les voisins de T. C. – des professeurs et des secrétaires – cédèrent la place à des voyous et à des prostituées. Avant Katrina, T. C. était clean. Même après avoir perdu sa bourse à Louisiana State University, il suivait des cours à Dillard et emballait les achats des clients au supermarché, mais La Nouvelle-Orléans qu'il avait connue n'avait pas survécu à l'ouragan, et il n'avait pas tardé à devenir quelqu'un d'autre.

Pour autant, ce n'est pas parce qu'il dealait de l'herbe qu'il n'avait plus rien à craindre. Bien au contraire. Tous les gens qu'il croisait savaient qu'il avait des plants dans la chambre d'amis de sa mère, qu'il transportait toujours sa production sur lui ainsi que le produit des ventes. En ce moment il était à sec, mais qui aurait pu le deviner ? Et puis un nouvel élément arrivait sans crier gare : des voitures qui n'avaient rien à faire dans ce coin pourri, comme la Grand Prix noire qu'il n'avait jamais vue auparavant et qui se traînait à dix kilomètres-heure puis repartait dans l'autre sens vers Hammond. Avant qu'il aille en prison, le quartier avait connu une

* Avec la section 8 de la loi sur le logement de 1937, les bénéficiaires de l'aide au logement ne paient que trente pour cent du loyer au propriétaire (privé), qui reçoit directement le complément de l'État. Elle prévoit aussi des programmes de construction et de réhabilitation immobilière.

épidémie de cambriolages et de vols à main armée et, aux dernières nouvelles, ça ne s'était pas calmé. En ce moment même, il ne pouvait s'empêcher de tourner la tête en se demandant où étaient les flics. Au moindre faux pas, ils seraient là à l'encercler.

T. C. commença à se calmer en approchant de chez Mamie. Les maisons sur Lake Forest avaient toujours été plus jolies et, après l'ouragan, leurs habitants n'avaient pas tardé à les rendre à leur état originel. Mamie par exemple n'avait jamais vécu dans un mobile home. Elle avait loué un appartement à Baton Rouge jusqu'à ce que les entrepreneurs aient fini de reconstruire. À son retour, tout était presque redevenu comme avant, au point que T. C. se demandait parfois si elle se rappelait ce qui s'était passé.

Il gravit les marches du porche, contourna les chaises de jardin et les plantes en pot – l'une avec une fleur rose ouverte, un pétunia, lui avait dit sa Mamie, il aurait pu le jurer – et frappa à travers les barreaux qui protégeaient la porte.

Elle lui demanda son nom avant d'ouvrir. Ça ne faisait que quatre mois, mais il s'était préparé à ce qu'elle soit différente de la femme qui l'avait élevé, la femme qui se faisait faire les ongles chaque semaine et s'offrait du fond de teint MAC. Elle qui se vantait de n'avoir jamais eu à gaspiller de l'argent dans un institut de beauté portait à présent une perruque qui lui enserrait le crâne comme un casque. Ses clavicules saillaient de son décolleté, et elle avait ôté son dentier pour la nuit. Néanmoins il se surprit à étudier son visage. Sa peau n'était-elle pas aussi lisse et fine qu'à l'époque où, enfant, il la regardait éplucher des langoustines au-dessus d'un journal, suçant leur tête entre ses lèvres roses ?

Lorsqu'elle vit que c'était lui, elle lâcha sa canne dans un bruit métallique et lui tendit les bras.

"Ta maman ne m'a pas prévenue que tu sortais. Viens par ici, mon garçon, et donne-moi un baiser.

— On m'a libéré plus tôt, je voulais te faire la surprise", répondit-il.

Il répéta presque mot pour mot la phrase qu'il avait dite à Tiger et à sa mère, qu'il fallait faire de la place pour les vrais criminels, mais durant cette visite à Mamie, il voulait éviter autant que possible d'avoir à prononcer le nom de l'endroit qu'il venait de quitter.

"Tu le sais, pourtant, qu'il faut éviter les surprises aux gens qui souffrent du cœur", plaisanta-t-elle, et son sourire illumina ses yeux marron clair et son teint pâle. Elle l'examina. "Eh bien, tu m'as l'air en pleine forme." Elle eut un rire sonore, doux pourtant, si doux qu'il ne découvrit pas ses gencives vides.

Ils allèrent s'asseoir sur le canapé. La télé, en marche, trônait dans la pièce, réclamant autant d'attention que la voix d'une autre personne. Elle la laissait toujours allumée depuis que Papy était mort.

"Ta tante Ruby vient juste de partir et j'en suis ravie, dit-elle, bien que T. C. sache qu'il n'en était rien. Je n'aurais pas pu supporter ses plaintes une minute de plus. Un autre de ses petits-enfants a emménagé chez elle. Je lui ai dit : « Ruby, si tu ne voulais pas une famille nombreuse, il ne fallait pas faire sept enfants. »"

T. C. ricana. Apercevant une photo du frère de Mamie sur un des plateaux-repas, il la ramassa.

"Ruby et moi parlions justement de Frère, poursuivit Mamie. C'était son anniversaire aujourd'hui. Il aurait eu quatre-vingts ans."

T. C. essaya de ne pas regarder la photo trop longtemps ; les gens disaient toujours qu'il ressemblait à son grand-oncle ; en l'observant, il constata qu'ils avaient les mêmes yeux. Il était mort à quarante-deux ans d'une overdose d'héroïne.

Mamie lui prit la photo des mains, la glissa dans un de ses albums, qu'elle rangea.

"Et toi, alors ? demanda-t-elle. Maintenant que tu es sorti, tu ferais mieux de ne pas y retourner, tu entends ?" Puis elle regarda ailleurs. "Autant que tu le saches, ta Mamie ne va pas très bien."

Il hocha la tête. "Tu as l'air en forme, pourtant.

— J'ai l'air horrible et tu le sais, répliqua-t-elle en froissant son chemisier comme s'il était en cause. Mais c'est ainsi. C'est pour ça qu'on a des enfants. C'est le secret, tu vois. De la vie éternelle. Enfin, il y a d'abord Jésus, mais l'autre moyen, celui dont on ne parle jamais, c'est la reproduction. J'ai fait ma part, et à travers vous tous je compte bien être immortelle."

Elle rayonnait en expliquant cela et la lumière de son sourire semblait fortifier son corps. Toute frêle et fragile qu'elle soit, elle se tenait bien droite sur son fauteuil, et on l'aurait dite capable de porter T. C. dans la cuisine pour le faire dîner, si elle l'avait voulu. Elle se pencha et lui tapota le genou.

"Ta petite amie ? Elle est enceinte, ta maman m'a dit ?"

Il acquiesça, sentant le sang lui monter au visage. Mamie était une créole de la haute. Il aurait été sacrilège pour elle de tomber enceinte avant d'être mariée. Elle leur avait montré le droit chemin, mais il avait dévié et lui faisait honte.

Pourtant Mamie lui souriait. "C'est ton ticket de sortie : tu t'es bien amusé, tu as mené la belle vie, à présent il est temps de te stabiliser, de fonder une famille. Tu l'aimes, cette fille ?"

Il haussa les épaules.

"Je sais pas, c'est compliqué, Mamie.

— Vraiment ? Qu'est-ce qui est compliqué ? L'argent ?"

Elle glissa la main dans son chemisier. Il leva la sienne.

"Non, Mamie, j'ai ce qu'il faut.

— Ne sois pas fier. Je sais que ce n'est pas facile pour les jeunes gens, on vous jette en prison par dizaines, et c'est toujours au moment des élections. Tu avais remarqué ? Quand on t'a mis derrière les barreaux, le lendemain matin je me suis levée pour voter. Je suis d'abord allée à l'église, j'ai prié le Rosaire pour le salut de ton âme et puis j'ai voté.

— Ooh, de toute façon, j'allais pas me déranger pour des élections sans intérêt, Mamie", dit-il pour la rassurer.

Elle se redressa de toute sa hauteur sur le fauteuil.

"Je voterais pour élire le chauffeur du bus scolaire, si je le pouvais !

— Ben, je le fais quand c'est important. Comme pour Obama." Il sourit. "Ouais. Pour Obama, je suis allé voter.

— Et tu crois que ça suffit, hein ?" Sans s'appesantir sur ce qu'elle en pensait, elle poursuivit : "Trouver du travail de nos jours devient impossible, aussi. Oprah disait justement quelque chose de ce genre. Comment s'attendre à ce que tu puisses joindre les deux bouts ? Pas étonnant que tu ne veuilles pas prendre femme…

— C'est pas à cause de l'argent, dit-il sans réfléchir.

— Ah bon ?”

Elle se radossa à son fauteuil. Il regrettait d'avoir parlé.

“Pour quelle raison, alors ?” demanda-t-elle en tapotant son soutien-gorge là où se trouvait l'argent.

Il ne répondit pas. Il ne savait pas quoi dire. Pourquoi était-il si inconcevable qu'Alicia et lui se rangent, achètent une maison, élèvent leur gosse et, dans quelques années, agrandissent la famille ? Tout ce merdier coûtait cher, c'est vrai, mais il n'y avait pas que ça qui coinçait, et il n'arrivait pas vraiment à mettre le doigt dessus.

“Je regrette que tu n'aies pas connu ton père”, dit-elle en soupirant.

Il éluda cette remarque. Fut une époque où il n'avait que ça en tête. Si quelqu'un avait vu ce salaud traverser la rue, il l'aurait supplié de lui décrire sa démarche. Il allait au lit en priant pour qu'il réapparaisse, le convoquait dans ses rêves la nuit. Mais tout ça était bien fini.

“J'ai pas eu besoin de lui.”

Il embraya sur le discours qu'il servait chaque fois qu'on mentionnait son père. Mamie lui coupa la parole.

“Je sais, c'est moi qui t'ai dit de raconter ça. Et c'est sûrement vrai, sauf que tu n'y crois pas. C'est bien le problème. Si tu l'avais connu, du moins si tu l'avais connu une fois adulte, je n'aurais pas besoin de te convaincre.”

Elle se leva pour lui préparer à dîner. Il ne voulait pas être un poids pour elle. Il savait qu'elle avait sa dialyse le lendemain matin et, bien qu'elle s'endorme tard, elle se couchait vers dix heures pour regarder les infos au lit. Mais comme toujours elle insista, lui servit une assiette de haricots blancs sur du riz et une salade de tomates. Quand il était petit, elle allait le chercher à l'école tous les jours et il mourait de faim, mais lorsqu'elle le ramenait chez elle, elle lui faisait un double sandwich avant de préparer son propre dîner. Une fois que c'était cuit, elle lui servait autant de parts qu'il pouvait engloutir, essayant de combler une faim jamais satisfaite.

Ce soir-là, lorsqu'il eut rangé l'assiette dans le lave-vaisselle, elle l'accompagna à la porte et lui glissa un chèque dans la poche arrière du pantalon. Sa perruque avait glissé et les boucles en dessous étaient grises et clairsemées. Dans la salle de bains, il avait vu un pack de couches pour adultes dont on faisait la publicité à la télé. Le poids de ces menus détails lui tiraillait le cœur. Il n'avait rien trouvé à fumer avant de partir et il lui fallait quelque chose, vite. C'était peut-être le moment de refaire ses stocks.

Quand il arriva chez lui, la porte était ouverte, alors qu'il était sûr de l'avoir verrouillée. Il secoua la poignée pour avertir d'éventuels intrus de son arrivée. Une fois à l'intérieur il entendit un bruit de pas traînant.

Il éclaira le couloir et lança : "Qui c'est ?"

Il déplia son vieux canif qu'il avait retrouvé dans le placard.

"Hé, mec, qui c'est, j'ai dit !" cria-t-il de nouveau.

Nouveau bruit de pas. Ça venait du salon.

Comme il passait l'angle, il entendit un hurlement. "Whao, négro !" Puis un rire. T. C. alluma l'interrupteur.

Assis sur le fauteuil de sa mère, Tiger était plié en quatre.

“J’t’ai eu, brailla Tiger entre deux gloussements. T’étais genre : « Qui c’est, j’ai dit ! »”

Il regarda les mains de T. C. et se mit à rire de plus belle. “Mon p’tit, qu’est-ce t’allais faire avec ce couteau ? Rien ! Tu sais que tout le monde ici a un flingue, pas vrai ? Et pas qu’un seul.

— Putain, mais comment t’es entré ? hurla T. C.

— Comme quand j’allais voir tes plantations, mec. Tu te souviens pas de l’été que j’ai passé à cambrioler des baraques ? Beaucoup trop dangereux maintenant. Tout le monde s’est acheté des alarmes avec des caméras. Au fait, t’as dit qu’on se verrait ce soir.”

T. C. s’assit.

“On dirait que t’as vu un fantôme, fils de pute. C’est quoi qui t’a rendu si parano ?

— Cet endroit, négro, la prison, c’est ça qui m’a rendu parano.”

T. C. était surpris de s’entendre crier ainsi. Il devait être encore vidé par sa visite chez Mamie. En plus c’était pas drôle.

“Ooh, désolé, mec, calme-toi. Calme. T’as dit qu’on se verrait ce soir, t’as oublié ?” répéta Tiger.

T. C. secoua la tête.

“Laisse-moi d’abord t’expliquer un truc ou deux, mon pote. En taule tu bouffais à l’œil, mais moi j’ai faim, négro. J’t’ai dit pour Spud, il se fatigue pas à écouler la beuh, il laisse les autres se faire chier pour lui, du coup il est pas sous les projecteurs. Ça te ferait gagner vingt heures par semaine, au moins. Aujourd’hui tu fais pousser cent grammes par mois ; là tu pourrais en faire quat’ fois plus. Tu vends la même quantité, mais les bénéfices sont tout pour toi, et un p’tit peu pour moi, bien sûr”, ricana-t-il.

T. C. ne le regardait même pas, il contemplait ses propres pieds, ses chaussettes blanches dans les sandales Adidas. Il n'avait jamais été gourmand. Même quand il était jeune et que Mamie lui achetait les toutes dernières Jordan, les jeans Girbaud, il acceptait parce qu'il sentait que ça la rendait heureuse mais il n'avait pas vraiment besoin de tout ça.

"Avant de l'ouvrir, écoute-moi, poursuivit Tiger. C'est ça, le problème ; tout à l'heure j'avais l'impression que t'écoutais pas, et c'est un truc compliqué. C'est plus comme avant. On peut pas juste vendre à tes potes à la con. T'es trop bon dans ce que tu fais pour priver la collectivité, mec ; c'est une mine d'or et faut capitaliser sur ça tant que c'est chaud."

Et puis Mamie qui se mettait à lui parler de son père. Il n'avait plus pensé à lui depuis des années, pas à la façon dont il y pensait maintenant, avec ce manque, cette vieille blessure qu'il avait enfouie et qui resurgissait soudain.

"Donc, avec mon cousin qui se casse, je me suis dit qu'on allait reprendre sa vieille piaule, y mettre l'hydro et faire pousser douze plants, des qui donnent cent vingt grammes chacun. En tout, ça fait un kilo cinq, et ça, négro, c'est rien que pour nous."

Et puis il y avait son petit garçon. Il avait passé son enfance à imaginer combien il serait différent avec son gosse à lui, mais il n'était pas sûr d'y arriver. Il n'était pas idiot. Dans le monde de la drogue, quand on atteint un certain niveau, on se fait prendre, c'est inévitable, mais il faut des années pour ça ; il continuait de miser sur la chance du débutant, et tout ce qu'il lui fallait c'était quelques mois de plus pour opérer un revirement. Un gros truc pour l'aider à amorcer le prochain tournant de sa vie.

“Et c’est pas pour toujours. J’te parle de six mois à tout casser, on fait une grosse récolte, on encaisse le bénef de la vente et on est parés ; tu veux ouvrir un restau, vas-y. Tu veux ouvrir un magasin de fringues, vas-y. Le monde est à nous, mon négro. Mais faut que tu sois prêt à monter d’un cran.” Il fit une pause. “Ma seule question, c’est : pour acheter plus de plants, combien faut sortir ?”

Les plants, y en avait pas pour si cher que ça. C’étaient les lampes, l’électricité. Mais qui sait ? Mamie avait-elle entrevu ce qui se profilait à l’horizon de sa vie ? L’avait-elle aperçu à l’orée d’un brillant avenir dont elle pouvait, sans déterminer sa forme exacte, distinguer les grandes lignes, mesurer la portée ?

“Ça marche, chuchota presque T. C.

— Quoi ? C’est tout ?”

T. C. hocha la tête. Tiger resta silencieux.

“Très bien, dit-il au bout d’une minute. Très bien, mon pote. Ta tit’ chérie a dû te donner ce dont t’avais besoin, parce que tu flippais grave ce matin. J’me disais que la taule t’avait vidé, mon pote.

— Quand c’est qu’on peut commencer, à ton avis ? demanda T. C.

— Aujourd’hui, mon négro. J’ai trouvé mon contact pour les graines. Ils ont la bagnole et tout. Ils arrivent tout de suite.

— Appelle-le alors.”

T. C. se leva pour aller aux toilettes. Il se rappelait Mamie, la couche qui faisait une bosse dans son pantalon, le chemisier ample révélant son omoplate. Il chassa l’image de son esprit. S’il refaisait ses stocks, il pourrait au moins se rouler un splif. Lui et Tiger se gaveraient de pizzas assis dans le patio, comme au bon vieux temps, ou resteraient à l'intérieur à jouer à *Mario Kart*. Vu qu'il avait gagné un trophée en bronze juste avant de partir en taule, il pouvait bien s'entraîner pour celui en argent.

EVELYN

Été 1944

Quelques semaines après le dîner, Evelyn terminait ses devoirs dans sa chambre quand Ruby déboula en trombe.

Sans lever les yeux, Evelyn lui demanda ce qui n'allait pas. Elle avait peine à imaginer qu'un événement de quelque importance se fût produit. Ruby avait Andrew, elle avait l'approbation de Papa, que lui fallait-il de plus ?

Ruby marmonna quelque chose qu'Evelyn ne comprit pas et, au lieu de chercher à en savoir davantage, elle se prépara au coucher.

"Il me quitte", répéta Ruby, cette fois en vociférant à l'autre bout de la chambre.

"Oh", dit Evelyn avec plus d'émotion qu'elle n'avait manifesté la fois précédente, mais bien moins que la situation ne semblait exiger.

Elle était surprise sans l'être. Plus elle avait affaire à Andrew, plus il lui apparaissait comme le type même de l'homme raisonnable. Elle ne comprenait pas pourquoi il lui avait fallu si longtemps pour s'apercevoir que sa sœur n'était en rien comparable. D'un autre côté, ils avaient l'air de si bien s'entendre.

"Tu n'as rien de plus à dire ? demanda Ruby. Tu vas continuer à te déshabiller, et puis c'est tout ?"

Evelyn soupira.

"Y en a-t-il une autre, Ruby ?

— Quoi ?" Ruby gesticulait derrière elle. "S'il y en avait une autre, tu crois que je serais ici à pleurer ? Je serais quelque part dehors à hurler, oui ! Ou même en train de cogner, mais je ne pleurerais pas."

Vraiment ? avait envie de dire Evelyn. Elle se rappelait Ruby dans la situation décrite, quand ce cher Langston l'avait trompée. Elle se contenta de hocher la tête en disant : "Alors c'est parfait."

Lassée d'attendre une réponse convenable, Ruby jeta son mouchoir par terre.

"Il part à la guerre", bafouilla-t-elle.

Les mots se bousculèrent dans sa bouche, sauf le dernier, "guerre", qui parvint à rendre le tout cohérent.

Evelyn leva les yeux. "Que veux-tu dire ?

— Oh, il t'en a fallu, du temps ! Ce que je veux dire ? À ton avis ? Il part à la guerre. Il s'en va dans deux semaines. Il pourrait ne jamais revenir. Qu'est-ce que tu veux savoir de plus, Evelyn ? Il semblerait que tout se résume à ça, pas vrai ?"

C'est alors que Mère ouvrit la porte et, comprenant aussitôt le problème aux hurlements que poussait Ruby, elle prit son enfant dans ses bras.

"Ça va aller, mon beau bébé ; *ah, la pauv' piti.*"

Pour Evelyn, voir sa sœur se faire consoler fut la goutte d'eau, et lorsque Mère lui chuchota d'aller chercher une serviette, elle s'exécuta volontiers.

Quand Evelyn revint, Mère sourit et Evelyn lui rendit son sourire. Depuis le dîner, elle avait gardé pour Josephine une tendresse particulière, et à l'égard de son père une répulsion difficile à contenir. C'était comme si toute l'affection qu'elle portait à ce dernier s'était déplacée vers Renard. Et voyant son galant croire aussi naïvement à l'approbation de son père et s'en trouver conforté, elle ne l'en aimait que plus.

Abandonnant sa mère et Ruby à leur triste sort, elle sortit sur le porche. Elle pouvait entendre Frère et ses camarades jouer aux gendarmes et aux voleurs à l'autre bout du pâté de maisons. C'était l'été, les narcisses orange et les zinnias rouges s'épanouissaient en face, à côté du rocking-chair de miss Georgia. Evelyn avait déjà retrouvé Renard ce jour-là sur North Claiborne, mais certains soirs, quand il ne pouvait patienter jusqu'au lendemain après-midi pour la revoir, il venait la chercher. Il s'approchait de la maison, s'agenouillait derrière le pétunia et sifflait. Ils gagnaient un banc à quelques rues de là et, bien qu'ils ne s'accordent que quelques baisers, elle brûlait de le laisser faire d'elle une femme. Tout en l'attendant, elle se demandait si ce serait pour cette nuit.

Pendant près d'une heure elle rêvassa sur la balançoire – le pic de chaleur en plein jour était devenu insupportable mais la brise nocturne lui rafraîchissait agréablement la peau. Comme il ne venait pas, elle se dit qu'il était sans doute avec Andrew et elle rentra. Ruby dormait ; sa mère s'était retirée à l'étage. Evelyn se pencha au-dessus de sa sœur et l'examina avec attention, essayant de déceler un changement. Qu'advenait-il au visage d'une femme brisée ? Changeait-il pour exprimer la perte ou conspirait-il avec le cœur pour la cacher ? En la regardant elle conclut à la seconde solution. Elle se rappelait la mine consternée de Ruby, toute petite, quand sa mère l'abandonnait pour sortir. Maintenant qu'elle était adulte, Evelyn ressentait à l'égard de Ruby une compassion sincère pour la première fois de sa vie. Elle s'assit au bord du lit de sa sœur et lui caressa les cheveux, mais lorsque Ruby bougea, Evelyn se replia dans son coin de chambre à elle, dans sa propre vie.

Le lendemain matin elle partit à la recherche de Renard. C'était un samedi et elle croyait se souvenir qu'il travaillait au restaurant du Vieux Carré ce week-end. Elle choisit une de ses robes du dimanche, se releva les cheveux et mit des petites touches de rouge à lèvres sur ses joues comme elle avait vu faire Ruby. En dehors d'Andrew, il ne l'avait présentée à personne de son entourage, et elle voulait faire bonne impression.

Elle marcha jusqu'à North Claiborne, puis St. Bernard, se retrouva entre les mères qui achetaient des pois gourmands et des poulets pour le repas du soir, les boulangers qui déchargeaient des montagnes de pain blanc. Elle monta dans le bus. Il était tellement bondé que les Blancs étaient assis dans la section des Noirs. Pourtant Evelyn ne voyait pas d'inconvénient à être debout, pas ce jour-là. Plus elle approchait de sa destination, plus elle devenait fébrile. Avant que le bus marque l'arrêt, elle aperçut Renard derrière la vitre du restaurant. Elle le regarda en attendant que les Blancs soient descendus. Il ne savait même pas qu'elle était là. Il se penchait pour fermer les cartons, les scotcher, puis il les soulevait et les ajoutait à une énorme pile, tout cela à un rythme régulier. Une sensation de paix émanait de lui tandis qu'il travaillait, presque comme s'il se confondait avec le geste lui-même et qu'ils étaient liés l'un à l'autre pour une mission qui allait au-delà de celle dont il avait visiblement la charge. Elle ne voulait pas l'interrompre ; elle ne voulait pas interrompre quelque chose d'aussi sacré ; elle dirait un rapide bonjour puis rentrerait à la maison. Elle descendit du bus et se dirigea vers lui. Elle n'était qu'à quelques pas lorsqu'un policier approcha de la vitrine du restaurant. Il tambourina dessus jusqu'à ce que Renard sorte puis il cria : “La rue est pleine d'ordures qui viennent de cette boutique, p'tit gars. Des fruits pourris, tout ça. Ça commence à puer.

— Je suis rudement désolé, monsieur. Rudement désolé.” Renard baissa les yeux devant l'officier. “J'envoie quelqu'un nettoyer ça tout de suite.”

Sur le visage du policier, un sourire s'étira lentement, qui semblait plus malveillant que joyeux. “C'est vrai, p'tit gars ? Tu envoies quelqu'un s'en occuper ?” Le sourire s'élargit encore et l'homme bascula sur les talons de ses chaussures noires cirées. “Mais tu te prends pour qui, p'tit gars ?

— Non, monsieur, je veux dire, oui, monsieur, je m'en occupe tout de suite, monsieur.

— C'est mieux comme ça, p'tit gars. C'est mieux comme ça.”

Le policier se recula afin d'observer Renard qui se penchait dans la rue pour ramasser les déchets près du restaurant, et même des bouteilles vides provenant de la salle de billard voisine. Lorsqu'il eut fini, il s'essuya à son tablier blanc et revint vers le policier, mit la main à la poche et glissa un billet à l'homme. Ce dernier le lui arracha, et ce fut

Renard qui dit merci. Il regarda le policier s'éloigner jusqu'à ce qu'il soit hors de vue, puis il rentra tête baissée dans le restaurant.

Evelyn aurait aimé le rejoindre à ce moment-là. Renard reprenait son travail, le dos voûté au-dessus des cartons ; il ignorait tout de sa présence et elle aurait eu envie de le toucher, de partager cette ignorance. Chaque fois qu'un carton cognait contre le chariot, elle prenait son élan. Elle se disait qu'elle devait y aller maintenant mais elle était comme collée au trottoir, et quand il sortit vérifier une dernière fois s'il restait des ordures dans la rue, elle s'enfuit pour qu'il ne la voie pas.

Evelyn ne le revit que deux jours plus tard, et encore, elle dut lui tomber dessus devant le Sweet Tooth à la façon dont elle voyait parfois l'assureur sauter sur les voisins dans l'allée. Après avoir quitté le restaurant l'autre jour, elle avait attendu en vain Renard sur sa balançoire. Elle s'était demandé s'il fallait y voir un lien avec le policier, la façon dont il avait traité Renard, mais elle n'avait nulle raison de croire que l'homme ne lui parlait pas ainsi tous les jours. Pourquoi cet échange-là en particulier aurait-il tout changé ? Elle était cependant soulagée de ne pas avoir manifesté sa présence. Elle n'éprouvait pas de la honte pour lui, seulement de la tristesse. Mais s'il avait su qu'elle était là, c'est lui qui aurait eu honte, et ce sentiment ne l'aurait plus quitté.

À voir aujourd'hui son attitude – les mains dans les poches, la tête basse comme si le monde lui avait tourné le dos – elle en venait à se demander si c'était bien son Renard ou si elle avait des hallucinations. Bien sûr que c'était lui. Elle s'approcha lentement. Quand il l'aperçut, c'est à peine s'il la reconnut. Il lui adressa un hochement de tête au lieu de lui parler.

Elle le tira par le bras.

“Renard, où étais-tu ? Je m’inquiétais tellement pour toi !

— Pas de quoi s’inquiéter, fillette.”

Il eut un sourire distant.

“Que veux-tu dire, « pas de quoi s’inquiéter » ? Tu étais censé venir hier et avant-hier. Où étais-tu ?”

Il détourna le regard. Ses yeux étaient brumeux, non d’avoir pleuré, mais comme s’il les avait obscurcis pour ne plus voir.

“Écoute, Andrew et moi on avait un truc à faire. J’ai pas pu venir, c’est tout.

— Tu n’as pas pu venir ?”

Tout le monde se retourna sur eux mais c’est tout juste si elle était consciente d’avoir haussé le ton. Elle leva les mains pour lui frapper la poitrine, et alors seulement il parut réellement la voir. Son visage sembla s’adoucir, elle n’en était pas sûre, il devait revenir de si loin.

“Qu’y a-t-il, chéri ?” demanda-t-elle.

Il lui prit le poignet et l’entraîna à sa suite. Ils passèrent sept rues avant de ralentir puis tournèrent plusieurs fois dans un dédale confus. Quand enfin il s’arrêta dans une allée à l’écart dont elle ignorait l’existence, il lui lâcha la main. Il leva les siennes puis les laissa retomber sur les côtés, comme un ballon qui grossit puis se dégonfle.

“Je pars à la guerre”, dit-il.

Evelyn soupira. Au vu de son comportement elle s’attendait à pire, encore que, en y réfléchissant, elle n’aurait pu imaginer pire scénario. Non, c’était bien le pire qu’elle puisse concevoir. Elle secoua la tête, voulant faire barrage à ce qu’elle venait d’apprendre.

“Mais cela signifie que tu ne peux plus passer me voir ? que tu m’oublies ?”

Il eut un soupir de profond et lourd soulagement.

"Je ne t'ai pas oubliée, Evelyn. Je ne pourrais jamais t'oublier. Mais je voulais que tu m'oublies. De plus en plus de Noirs sont autorisés à prendre les armes. Il se peut que je ne revienne pas, et si je reviens, qui sait dans quel état ? Le frère d'Andrew a perdu ses jambes. Il n'est plus bon pour personne."

Il parlait d'une manière détachée, comme s'il expliquait comment il tordait le cou aux poulets le dimanche.

"Eh bien, tu ne peux pas leur expliquer que la situation a changé ? Tu es étudiant maintenant, et en médecine. Je pensais qu'en montrant une attestation tu pourrais…

— Même si ça marchait…" Il hésita. "Je ne voulais pas que tu t'inquiètes mais l'argent que la maman d'Andrew me donnait n'est pas tombé ce semestre, donc je ne suis pas étudiant. Donc il n'y a pas de dispense."

Pendant un moment Evelyn ne dit rien. Qu'aurait-elle pu dire ?

"Et si j'en parlais à Papa ? commença-t-elle. Il saura trouver un moyen. Il a toujours un plan. Il le répète sans cesse : « Une solution à chaque problème. » C'est une loi, selon lui. En vertu du fait qu'il y ait un problème, il doit y avoir une façon de s'en sortir. Il ne te reste qu'à l'identifier."

Renard secoua violemment la tête.

"T'es naïve à ce point ?"

Es-tu…, faillit-elle corriger.

Il la saisit par le coude et la secoua sans ménagement.

"Alors, t'es comme ça ? Tu crois que ton papa connaît comment empêcher ce que le gouvernement dit de faire ? Tu crois que ton papa connaît comment arrêter la guerre aussi ? Il est là-bas à vivre comme un Blanc, j'vois bien, ça veut pas dire qu'il va s'changer en Jésus-Christ du jour au lendemain."

Cette soudaine éruption de colère semblait lui avoir fait retrouver ses esprits. Son corps s'apaisa en même temps que sa voix.

"Je voulais pas dire ça, se mit-il à balbutier. J'ai toujours respecté ton père."

Evelyn aurait eu bien des raisons de pleurer, avec les événements de ces derniers jours – la conscription si ce n'est l'explosion de rage, l'éloignement si ce n'est la guerre –, mais elle réprima toute envie de le faire sur-le-champ, s'interdisant d'éclater en sanglots devant un homme dont la colère pouvait prendre le pas sur son amour ; si les rôles avaient été inversés, aurait-elle laissé une autre émotion éclipser ce qu'elle ressentait pour lui ? Elle releva la tête.

"Tu n'avais pas à parler ainsi de Papa, répliqua-t-elle. Il a toujours été gentil avec toi. C'est un homme honnête et il gagne sa vie honnêtement. Est-ce devenu un crime, tout à coup ?"

Elle s'en tenait au discours moralisateur qu'il lui revenait d'adopter en la circonstance. Elle ne se souciait pas tant des paroles de Renard – elle n'avait pas pardonné à son père les propos qu'il avait tenus – mais c'était sa capacité à prendre ses distances qui l'avait blessée.

"Non, non, absolument pas, dit Renard.

— Eh bien, nous voilà d'accord." Elle ramassa son sac, qu'elle avait lâché dans le feu de l'action. "Je ferais mieux de m'en aller, conclut-elle, s'obligeant à ravaler ses larmes. Je suis terriblement désolée d'apprendre que tu es enrôlé, et je prierai pour toi."

Elle se tourna et marcha vers le banc où elle avait déposé ses livres. À peine s'était-elle éloignée qu'elle entendit des pas derrière elle. Elle fit volte-face. Il l'avait suivie. Elle sentit une vague de soulagement monter en elle, mais au souvenir de la colère qu'il avait manifestée à l'instant, tout retomba.

"Il n'y a vraiment plus rien à dire, lança-t-elle.

— Je pars dans un mois pour l'entraînement militaire.

— Allez-vous au même endroit, Andrew et toi ?"

Il hocha la tête.

"Au moins pour l'entraînement.

— Alors c'est bien. Vous pourrez vous tenir compagnie, veiller l'un sur l'autre."

Sa voix se lézarda sous le poids de cette énorme comédie.

Il l'attira à lui.

"Je suis tellement désolé. Je ne savais pas comment présenter ça. Et puis ton père, qui je suis pour dire du mal d'un homme si bon, j'étais pas moi-même, c'est tout. J'ai si peur, et t'es la première à qui je suis capable de dire ça tout fort, j'ai si peur."

Ses mots jaillissaient en violentes saccades, se bousculant, reculant et filant en sens inverse pour se percuter de nouveau.

Evelyn sentit que tout s'effondrait en elle.

"Oh, quel dommage que tu n'aies pas dit cela dès le départ. Nous aurions pu éviter tout le reste…

— Je savais pas comment le dire. Je l'aurais fait si j'avais su, mais je savais pas comment le dire."

Ils se serrèrent plus fort.

"C'est long, un mois, reprit-elle. Certains ont encore moins, paraît-il. Nous pourrions faire tant de choses en un mois.

— Être avec toi comme je le suis maintenant suffirait à me rendre heureux."

Evelyn regarda autour d'elle. La soirée commençait à peine et la rue se remplissait de gens qui se hâtaient de rentrer dîner.

"Il est encore tôt, dit-elle. Il me reste quelques heures au moins avant que Papa se lance à ma recherche."

La semaine suivante, Ruby garda le lit. Leur mère lui passait toutes ses envies, telles que roulés au miel ou pleins bocaux de lèvres de porc. Pendant que Ruby faisait une sieste, Mère, assise à la table, égrenait son rosaire dans un mouvement silencieux de la bouche. Pendant qu'elle priait, Evelyn se tenait devant le miroir de la salle de bains, s'aspergeait les poignets avec le parfum de sa sœur ou se rosissait les joues avec le bâton de rouge. Elle empruntait même les vêtements neufs de Ruby ; sa tenue préférée était une robe en soie satinée noire qui lui arrivait aux genoux. Pour couvrir ses épaules dénudées, Evelyn supplia miss Georgia de lui donner des bandes de tissu pour s'en draper. Puis elle se planta devant le miroir et examina son reflet. Elle commençait à comprendre pourquoi il fallait plus d'une heure à Ruby pour se préparer à ses rendez-vous avec Andrew : alors que, depuis un moment déjà, ses préparatifs étaient quasiment terminés, elle étudiait son œuvre, l'admirait, tournait autour et l'examinait sous divers angles.

Maintenant que Renard devait partir, Evelyn avait l'intention de passer tout son temps avec lui. Elle mentait de façon éhontée sur son emploi du temps, plus par habitude que par crainte de ce que ses parents en penseraient. Sa mère levait à peine la tête quand les talons d'Evelyn claquaient contre le plancher, mais son père disséquait ses excuses, l'air plus fasciné par la manifestation de ce soudain mépris que par leur contenu.

Cette nuit, comme elle attendait Renard assise sur le porche, son père sortit fumer un cigare.

“Je vais aller réviser avec des filles de mon école”, s'empressa-t-elle de dire afin de couper court à toute discussion.

Silence.

“Les examens de fin d'année approchent et j'ai rejoint le groupe d'études.”

Son père s'assit à côté d'elle et la balançoire grinça sous son poids.

“Ne me mens pas, Evelyn.

— Les filles sont venues me voir. Je n'ai pas besoin de réviser mais je voulais offrir mon aide à des gens qui n'ont pas la chance d'être riches comme moi, poursuivit-elle.

— Tu sais qu'on ne se ment pas dans cette maison.

— Je t'assure, je n'en avais pas besoin, et puis j'ai repensé à ta maxime préférée : « Donner, c'est recevoir. Aux yeux du Seigneur tous les hommes sont égaux, et ils doivent l'être aussi à nos yeux. » Donc je n'en avais pas besoin mais je me suis rappelé ta façon de voir les choses, et j'ai accepté de leur rendre ce service.”

Il soupira. Elle espérait qu'il avait senti la charge.

“Écoute, ma petite fille, je suis au courant de ce que tu fais et je ne peux pas te retenir contre ton gré.” Il leva les mains puis les laissa retomber sur ses hanches. “Ta mère a dû te rapporter mes propos. Aujourd'hui tu n'es sûrement pas d'accord, mais je te promets qu'un jour tu verras cela d'un autre œil. Si tu attends ne serait-ce que quelques semaines, tu comprendras que ton vieux père sait de quoi il parle. Je ne suis pas le plus intelligent des hommes mais je ne suis pas né d'hier, Evelyn. Je vous ai tellement protégées, ta sœur et toi, que vous croyez que le monde est comme Miro Street. Vous ignorez que vous avez la vie facile uniquement parce que je l'ai rendue ainsi. Avec un autre type d'homme, il pourrait en aller différemment.

— Il va être médecin, exactement comme toi, Papa, objecta Evelyn, mais sa voix tremblait.

— Il va essayer d'être médecin, corrigea son père, et Dieu sait que je souhaite le voir réussir, mais il n'est pas impossible qu'un obstacle se mette en travers de sa route. Cela n'a rien à voir avec ce qu'il est, c'est le monde dans lequel nous vivons, ma chérie ; c'est le monde dont je veux te protéger."

Il voulut lui prendre la main mais elle la lui retira et la laissa retomber sur ses cuisses.

"J'ai appris qu'il partait à la guerre, hein ? Vraiment héroïque. Aller se battre à la place des autres quand le vrai combat est à mener ici. Imagine combien de vies il aurait pu sauver à La Nouvelle-Orléans. Je ne parle pas au sens littéral. Je pense aux petits garçons noirs tout ébahis quand j'entre chez eux pour accoucher leur mère. Je le vois dans leurs yeux à chaque fois, et c'est un tel enchantement de sentir cette fierté naître en eux.

— Il n'a pas eu le choix. Il a été appelé."

Elle entendit le léger gloussement de son père avant d'apercevoir son sourire narquois.

"Oh, d'accord, dit-il d'une voix douce. Tu as raison."

Mais face à cette résignation apparente, Evelyn comprit qu'elle avait tort. Elle se rappela la discussion qu'ils avaient eue quelques jours plus tôt, dans l'allée ; en effet, Renard n'avait jamais dit qu'il avait été appelé. C'est elle qui l'avait déduit. Mais pourquoi se serait-il engagé ? Bien sûr elle avait entendu parler d'hommes qui l'avaient fait, qui pensaient que se ranger aux côtés de ce pays leur vaudrait certains avantages à leur retour. Renard et Andrew en avaient débattu lors de ce premier dîner mais c'était la position d'Andrew. Elle avait cru comprendre que Renard n'était pas d'accord. Le plus dur à accepter était bien entendu le fait que, s'il s'était engagé – et le ton de son père l'avait convaincue que c'était le cas –, il n'en avait pas discuté d'abord avec elle. Que fallait-il en conclure sur ses sentiments ? sur leurs chances de traverser cette épreuve ?

Elle chassa la question de son esprit ; il lui restait si peu de temps pour être avec Renard, elle ne voulait pas le gaspiller, mais à cet instant elle détesta son père pour la raison même qui le lui rendait si cher, qu'il avait toujours raison, et sa colère la priva de ce qu'elle aurait pu dire. Elle fulminait intérieurement, mais elle tremblait aussi. Elle craignait, en s'obligeant à parler, de se mettre à le frapper ou à hurler.

"Tu aurais pu avoir n'importe quel garçon dans ce quartier, dans ce pays, oserai-je dire. Tu as toute la vie devant toi. Qui sait quelle rencontre tu pourrais faire ? Tu es si jeune. Tu ne sais pas ce que c'est qu'avoir le choix. Ne gâche pas ta vie par manque d'imagination."

"Manque d'imagination", c'était presque devenu son surnom, tant elle avait entendu ces mots en grandissant, mais jamais dans la bouche de son père.

Non, c'était l'expression dont sa mère la gratifiait au moins une fois par semaine, en général quand Evelyn lui disait que la cuisine était vide alors qu'il y avait du riz, des haricots verts et du petit salé. Ou quand elle achetait la viande que lui proposait le boucher au lieu de demander un morceau de choix. Et voilà que son père s'appropriait l'arme de sa femme, l'enfonçait de ses propres mains dans le cœur de sa fille.

À ce moment-là miss Georgia se glissa discrètement sur son porche et Papa lui fit signe. Puis, une fois de plus, il saisit Evelyn par le bras. Elle le rejeta avec de grands gestes, de manière à être vue de miss Georgia. Avec un soupir, il fit tomber la cendre de son cigare et rentra dans la maison.

Evelyn lança ses jambes en avant pour se donner plus d'élan. L'air frais lui giflait le visage tandis qu'elle se balançait, et elle se calmait un peu plus à chaque remontée. Plus besoin de faire semblant. Elle irait voir Renard et resterait dehors aussi longtemps qu'il lui plairait, et personne ne saurait où elle était, y compris miss Georgia, aux aguets derrière ses zinnias.

"Quelle magnifique journée, ma petite fille, n'est-ce pas ?" lui dit miss Georgia, mais Evelyn ne répondit pas.

Elle jeta un regard en arrière sans que sa détermination en fût entamée ; ses yeux versaient des larmes mais elle les sentait à peine.

Il fut plus difficile de se protéger de Renard. Il avait repéré un carré d'herbe en face du Sweet Tooth où ils pourraient s'asseoir, et il avait acheté un sac de langoustines chez Dufon, en avait extrait la chair pour elle, comme son père le faisait toujours, et le jus des têtes lui maculait les lèvres. Mais elle y toucha à peine.

"Qu'est-ce qui t'arrive ?" demanda-t-il à plusieurs reprises.

Elle ne répondit pas. Si elle lui parlait de sa discussion avec son père, elle devrait lui révéler l'opinion de celui-ci à son sujet et elle ne voulait pas l'offenser. Ce qu'il traversait était déjà assez dur. Il n'avait pas évoqué sa peur depuis le jour où il lui avait annoncé son départ pour la guerre, mais elle la percevait dans sa voix, trop haut perchée, tandis qu'il énumérait les sœurs auxquelles il devait rendre visite et sa lassitude alors qu'il n'en avait vu que la moitié, parce que toutes lui servaient du gombo et qu'il était tellement dégoûté de l'*okra* qu'il craignait de vomir la prochaine fois qu'il le sentirait.

Entre deux histoires il la regardait, s'attendant à ce qu'elle rie. Elle tordit sa bouche et déforma sa voix en essayant d'émettre un son approchant, mais ne réussit qu'à lâcher un cri. Alors elle déballa tout, dans les moindres détails, depuis ce dîner qu'il avait cru si réussi. Elle le fixait en parlant, cherchant étrangement le signe de sa trahison dans son regard de manière à partager sa propre déception avec quelqu'un, mais il avait les yeux dans le vague, hochait la tête, le visage froid comme la pierre.

Quand elle eut terminé, il ne dit pas un mot.

"C'était trop beau pour être vrai, lâcha-t-il enfin.

— Quoi donc ?

— L'approbation de ton père. J'y croyais parce que je voulais y croire, mais maintenant, avec le recul, je vois bien que tout ça était trop beau pour être vrai." Il se tut un moment. "Et je le comprends. Je veux dire, si j'avais une fille, moi aussi je voudrais mieux pour elle, mieux qu'un fils de concierge. Ma mère, elle, était maîtresse d'école."

Il parut alors chercher dans son regard une lueur de confirmation, mais il n'y en avait pas. Evelyn n'avait pas changé d'opinion sur lui ; il lui suffisait tel qu'il était.

Il baissa de nouveau les yeux.

"Mais c'était il y a si longtemps et je l'ai jamais connue. J'ai été élevé par un concierge et…"

Il rit, un rire si naturel qu'il en était dérangeant, le même qui ponctuait les anecdotes d'Evelyn quand elle évoquait le temps nécessaire à Ruby pour se préparer ou les supplications de Frère pour avoir d'autres sandwiches au fromage de tête.

"J'avais un instit' en fin de primaire, poursuivit-il, qui nous disait toujours : « Personne ne recevra de traitement de faveur dans cette classe. Pour rien au monde je ne priverais la société d'un bon éboueur. »" Renard rit de nouveau, ses yeux s'embuaient, sa voix s'échappait en tremblotant dans les graves. "J'aurais jamais pensé que c'est à moi qu'il s'adressait.

— Ce n'était pas à toi", affirma Evelyn.

Renard prit son temps pour répondre.

"Peut-être. Peut-être que si. Peu importe. Je veux simplement profiter de ces moments avec toi."

Il l'attira à lui et elle céda, mais sans poser la tête sur sa poitrine. Malgré ses efforts elle n'arrivait pas à se détendre.

"Je n'aime pas t'entendre parler de toi ainsi, ce que tu racontes à propos du concierge et de l'éboueur, dit-elle.

— Ooh, je parle, je parle, Evelyn, y a pas de quoi s'inquiéter. Tu me connais. Je suis triste, c'est tout. Ç'a été une rude semaine.

— Sûr ?

— Sûr."

Elle se serra davantage contre lui.

"Bon, Renard, je ne te connais pas depuis longtemps mais je te connais bien, et l'homme dont je suis tombée amoureuse est un battant. Il ne laisse personne lui dire qui il est. Il ne perd pas espoir, pas là, pas quand il lui en faut plus que jamais.

— Écoute, si j'arrive à revenir entier, tu n'auras pas le moindre souci à te faire, je te le promets.

— C'est bien ce que je dis. Pas de « si ».

— Quoi ?

— Pas de « si », « quand ». Tu n'as qu'à décider ici et maintenant que tu vas revenir."

Il la regarda comme s'il voyait une étrangère.

"Ce n'est pas quelque chose que je peux décider.

— Si", répliqua-t-elle. À nouveau elle allait citer son père lorsqu'elle se rappela qu'il s'agissait de la Bible. *"Un homme est ce qu'il pense."*

Il hocha la tête.

"C'était un des proverbes préférés de ma mère. On m'a raconté qu'elle l'a brodé sur un coussin, tellement elle l'aimait. Ce coussin, je l'ai encore. Je te le donnerai quand je rentrerai."

Evelyn se redressa, le corps tendu d'excitation.

"C'est ce que je voulais dire, chéri. Tu dis « quand ». Pas « si », mais « quand »."

Elle rayonnait.

"Eh bien, si quelque chose doit me ramener ici, ce sera toi.

— Qu'est-ce que tu entends par là ?"

Elle sourit.

Il passa les doigts le long de la bretelle de son soutien-gorge. Elle se pencha pour l'embrasser dans le cou. Chaque jour depuis la nouvelle de la conscription, ils allaient plus loin que la veille. Le soir précédent elle lui avait permis de lui caresser la culotte, et elle avait dû la rincer une fois rentrée et la suspendre au-dessus de la baignoire. Jusqu'où cela irait, elle n'en savait rien. Elle avait toujours cru qu'elle attendrait jusqu'au mariage, mais maintenant qu'il partait, l'ordre des choses qui lui avait été inculqué depuis la naissance semblait s'effondrer sur lui-même, et elle songea que cette nouvelle version d'elle pouvait bien être un produit de l'époque, affiné par sa rigueur, affûté et transformé.

"Ces yeux, ces lèvres, répondit-il. Quand je les embrasse j'ai envie de poser ma bouche sur tout ton corps, chérie."

Elle gémit en se frottant contre lui.

"Andrew a dit que je pouvais emprunter sa voiture, reprit-il. Je pourrais passer te chercher. Ça te plairait ?"

Sa voix s'était adoucie en un murmure, dont l'intensité s'accordait avec l'ardeur de son désir. Elle acquiesça. Elle s'attarda un moment sur lui, glissant d'avant en arrière contre son pantalon jusqu'à ce qu'il n'en puisse plus. Lorsqu'ils se levèrent pour partir, elle plongea les yeux dans les siens.

"Pourquoi avoir fait cela ? demanda-t-elle.

— Fait quoi ?

— Pourquoi t'es-tu engagé ?"

Il secoua la tête, soupira, haussa les épaules.

"Ils ont dit qu'ils financeraient mes études. La mère d'Andrew ne peut plus payer, et je me suis promis d'accomplir quelque chose, peu importe quoi. Qu'est-ce que je ferais, sinon ? Bosser chez Todd pour le restant de mes jours, à dire « Oui m'sieu » au directeur en baissant les yeux sur mes chaussures, donner au policier la moitié de ma paye pour qu'il me laisse en paix ?" Il s'arrêta, la regarda, ses yeux bruns brillaient. "C'est pas une vie, mais j'aurais supporté ça si je ne t'avais pas rencontrée. Je veux mieux pour toi, je veux mieux pour nous."

Evelyn se rappela la scène entre lui et le policier, et elle se sentit coupable de ne même pas lui avoir posé de questions. Elle l'attira contre elle.

"Mais tu n'es pas d'accord avec Andrew, tous ces boniments sur le fait d'accomplir notre devoir, de revendiquer l'égalité. Tu as dit à Papa que tu n'étais pas d'accord.

— Je ne savais pas quoi penser. Je ne prenais pas parti, je m'exprimais seulement sur ce qui me paraissait vrai, mais au fil des discussions avec Andrew, je ne sais pas. Je me demande si ce n'est pas le droit à payer pour devenir des êtres humains à part entière dans ce pays. Peut-être pas pour moi, mais pour mes enfants."

Quand Evelyn fut rentrée, Ruby, allongée à plat ventre sur le lit, feuilletait un des vieux numéros de *Life* de leur mère.

Evelyn s'assit à côté d'elle.

"Tu ne devais pas être avec Andrew ? demanda-t-elle.

— Pff, je ne suis pas encore mariée, tu sais. Je vis ma vie. De toute façon il est avec sa famille. D'habitude il me demande de l'accompagner, mais ce sont des circonstances difficiles, pas vrai ?"

Evelyn sourit. Elle était contente d'avoir pris de la distance vis-à-vis de sa sœur mais celle-ci lui manquait aussi. Elle posa la tête sur son dos.

“Qu’est-ce que tu trames ? demanda Ruby en essayant de se décaler, sans y parvenir.

— Je ne peux pas passer du temps avec ma sœur sans éveiller des soupçons ?

— Pff. Tu ne m’as pas dit plus de deux mots en un mois et maintenant tu te couches sur moi alors qu’il fait trente-cinq degrés dans cette maison. Ma fille, il fait trop chaud pour ça.”

Evelyn se redressa, sans cesser de sourire. Sa sœur avait replongé dans son magazine mais Evelyn devina qu’elle souriait aussi.

Evelyn se pencha et attrapa Ruby à la taille. Elle avait appris, enfant, où se situaient ses points sensibles. Quand Ruby était de mauvaise humeur, Evelyn la chatouillait sous les côtes, la plante des pieds ou les bras. Sa sœur riait et riait jusqu’à ce que de la bave lui dégouline sur le menton et qu’elle supplie Evelyn d’arrêter par des grognements incompréhensibles. Cette fois c’était pareil. Elles riaient toutes les deux à en pleurer et Ruby cria : “Tu es folle, ma fille. Je crois vraiment que Renard te met la tête à l’envers !”

Cette nuit-là Evelyn pensa à sa sœur. Elle se demandait si, sans le savoir, c’était la raison pour laquelle elle avait eu besoin d’être si proche de Ruby – s’asseoir sur son lit, sentir le parfum qu’elle mettait sur ses poignets et entre ses jambes. Ruby n’avait jamais avoué ce qu’elle faisait avec les hommes, mais Evelyn pouvait le déduire des entrées secrètement gardées de son journal intime, les regards suffisants que sa sœur lui lançait certains matins, et peut-être que se connecter avec elle ce jour-là avait été une préparation pour maintenant, quand elle prononçait des mots si sales qu'elle n'aurait jamais cru avoir en elle, quand elle venait sur Renard avec des grognements de chien, quand elle se touchait en gémissant comme si elle était possédée.

Imaginer à quel point il était excité l'avait excitée en retour. Au moment où il la pénétra, elle était si trempée que la douleur fut bien en deçà de ses craintes, et tout en se mordant les lèvres pour s'empêcher de crier, elle se colla à lui et le supplia de continuer.

Renard était parti depuis deux mois lorsque Evelyn découvrit qu'elle était enceinte. Elle décida de taire la nouvelle. Obligée depuis si longtemps de tout partager en famille, elle trouvait, à traiter seule une affaire d'une si haute importance, un sentiment de plénitude. Sinon la maison semblait prête à s'effondrer sous le poids de sa propre morosité : les parents ne se parlaient plus guère depuis que Papa et Mère avaient exprimé leur désaccord au sujet de Renard ; Ruby avait cessé de manger depuis le départ d'Andrew ; Frère passait son temps dehors ; Mère égrenait son rosaire ; et la solitude d'Evelyn était plus cruelle qu'elle l'avait jamais été.

Elle occupait ses journées à remâcher les sempiternelles mêmes questions, dont elle changeait la formulation pour tromper son cerveau engourdi. Que faisait Renard là-bas, sur un autre continent ? Était-il sain et sauf ? Reviendrait-il ? Quand ? Voudrait-il l'épouser à son retour ? Et cette ultime interrogation s'imposait non pas au vu de son état, qui n'avait pas la moindre réalité pour elle, mais parce que l'absence de Renard avait rendu le temps extensible. Ces derniers mois lui avaient paru des années. Ses sentiments n'avaient pas changé, mais depuis qu'ils étaient tombés amoureux c'est à peine si elle avait quitté la maison dans laquelle elle avait vécu. Lui n'était pas en Europe pour prendre des vacances, mais il connaissait sûrement des moments de joie dans le sombre quotidien de la guerre ; il y découvrait de nouvelles têtes, voyait du pays. Dans ses moments les plus égoïstes et désespérés elle se demandait s'il pensait seulement à elle.

En attendant, elle avait tout juste la force d'aller chercher le courrier et elle épuisait, à apprendre et à mémoriser, toute l'énergie qui lui restait. Elle somnolait en classe, rentrait à la maison pour manger, puis se retirait dans sa chambre pour dormir. Au début elle avait bien tenté de faire ses devoirs, mais après les avoir négligés pendant quelques jours, elle avait l'impression d'en avoir une montagne, et les régions de son cerveau qu'elle aurait pu mobiliser pour rattraper son retard semblaient bouchées et engourdies, hors d'usage.

Cependant, tout en ayant vaguement conscience que la vie qu'elle avait connue lui glissait entre les doigts, elle fut surprise quand le directeur la convoqua dans son bureau et l'incita à prendre un congé. Étrangement, elle ne fut en rien perturbée par ce changement de routine et fit semblant de continuer les cours. Elle se levait le matin à la même heure et marchait avec Ruby jusqu'au centre de formation professionnelle, puis tournait à la rue suivante – où naguère elle aurait rejoint directement son propre campus – et se dirigeait vers le Sweet Tooth pour manger une tarte aux pommes. Son esprit résistait à l'envie dévorante de crème glacée, ce dont elle lui était reconnaissante, car elle redoutait les effets que le souvenir de ce goût pourrait provoquer. Elle avait réussi à ne pas pleurer et comptait bien continuer ainsi.

Un jour, alors qu'elle rentrait chez elle à la même heure que lorsqu'elle était encore étudiante, son frère lui passa une enveloppe timbrée en provenance de France. Elle s'enferma dans les toilettes et la déchira avant même de s'asseoir. Elle lut d'abord le dernier paragraphe, sachant que le plus important pouvait être déduit de la fin. Renard avait signé de ces mots : "Tout ce que mon cœur peut donner est à toi." Ses jambes se dérobèrent et elle tomba. Une fois qu'elle eut tout lu de bout en bout, elle recommença au début.

Il allait bien, disait-il. Et Andrew aussi, d'après les nouvelles. Il faisait tous les jours la même route pour transporter du gaz, du pétrole et de la nourriture entre les têtes de pont et la ville de Chartres, non loin de Paris. Ils avaient rencontré des hommes vraiment bien, parmi les meilleurs qu'il ait jamais connus, et ils avaient passé beaucoup de temps à parler, à jouer aux cartes et à se vanter de leurs femmes. Chacun prétendait avoir remporté le gros lot, mais plusieurs l'avaient pris à part pour lui dire qu'il avait vraiment de la veine. La nuit, il gardait une photo d'elle au-dessus de son lit pour s'assurer qu'elle était sa première et dernière pensée du jour. Il saurait bientôt la date de son retour et alors il la préviendrait. Il concluait par : "Ne te fais pas de souci, je suis en bonne santé et je suis à toi." Evelyn retourna cette phrase encore et encore dans sa tête jusqu'à en avoir épuisé toute la magie.

Non seulement cette lettre entretenait son amour pour Renard, mais elle raffermit sa conviction que, lorsqu'il rentrerait, ils commenceraient une vie commune.

Alors elle se frotta le ventre de beurre de cacao, non pour éviter les vergetures, mais parce qu'elle voulait que son enfant sache qu'on le choyait. Elle mangea deux saucisses que Ruby avait abandonnées à son petit-déjeuner. Et elle réfléchit à des noms comme Sybil ou Jacqueline, le dernier étant celui d'une des filles de Dillard qui, en l'absence d'Evelyn, finirait sûrement première de la classe.

Au fil des mois, une fois que sa fatigue eut diminué, Evelyn enfla brusquement et se mit à subtiliser des vêtements de Ruby lorsque celle-ci était en cours. Ruby ne tarda pas à s'en apercevoir. Elle arborait un sourire narquois au dîner quand Evelyn se resservait, ou bien lui pinçait le gras qui débordait au-dessus de l'élastique de ses culottes. Celle-ci s'attendait à ce que sa sœur la poursuive pour connaître la raison de sa métamorphose, mais si Ruby avait deviné pourquoi Evelyn grossissait elle n'en fit rien paraître. Et, un soir de la même semaine, Evelyn découvrit sur son lit, bien pliées et empilées, des culottes et des jupes que Ruby avait choisies pour elle dans son placard.

Mais il fallait aussi éviter sa mère. Evelyn prenait garde de ne pas se retrouver seule à la maison avec elle. S'il y avait d'autres personnes présentes dans la pièce, sa mère ne lui prêtait pas attention, mais lorsqu'elles n'étaient que toutes les deux, Mère ne pouvait faire autrement que de remarquer la quantité de mayonnaise dont Evelyn tartinait ses sandwiches au sucre, ou son temps de réaction, trop bref ou trop long – Evelyn n'aurait su dire –, quand on lui posait une question sur ses cours.

Jeudi après-midi, pourtant, alors que Ruby était en cours, Frère avec les jumeaux et Papa au travail, Evelyn avait tellement faim qu'elle ne put attendre, pour remédier à la situation, que sa mère ait fini son café.

Elle marcha pour ainsi dire à reculons dans la cuisine, sans jamais faire face à la table où sa mère feuilletait son journal. Tendant le bras pour atteindre le bocal géant de lèvres de porc, elle essaya d'être assez discrète pour que sa mère ne lève pas la tête, mais lorsqu'elle réussit enfin à dévisser le couvercle et qu'elle pencha le récipient pour prélever le plus gros morceau, le jus éclaboussa sa robe en faisant un cercle noir qu'elle ne prit pas la peine d'essuyer.

C'est alors que sa mère reposa le journal et s'éclaircit la gorge.

“Depuis quand manges-tu des lèvres de porc ?

— J'en ai toujours mangé, dit Evelyn en se tournant vers sa mère.

— Non, c'est pour Ruby que je les achète, pas pour toi.”

Puis le moment tant redouté arriva. Mère regarda la robe que portait Evelyn. C'était une des plus larges de Ruby, que celle-ci portait une semaine après avoir découvert les infidélités de Langston, et néanmoins elle serrait Evelyn au ventre. Evelyn cessa de mâcher, attendant la réflexion de sa mère.

Mais celle-ci retourna à son journal. Evelyn poursuivit son goûter, se noyant dans le sel, l'amertume, le gras spongieux.

“Tu es contente de toi, d'avoir tellement grossi ? demanda sa mère sans même lever les yeux, alors qu'Evelyn venait de finir une lèvre et s'apprêtait à en pêcher une autre. Crois-tu que ce soit le meilleur moyen pour attirer un autre garçon, d'engraisser au point d'être méconnaissable ?"

Evelyn fut tellement stupéfaite par la question – convaincue qu'elle était d'être passée entre les gouttes – qu'elle tarda à trouver la réponse.

"Ruby n'a jamais eu de problème pour séduire, répliqua-t-elle au bout de quelques secondes. Et je ne suis pas encore aussi enrobée qu'elle.

— Tout le monde ne porte pas l'embonpoint avec la même aisance."

C'était un fait. Evelyn fut pourtant tentée de prendre une autre lèvre de porc. Ayant presque fini la deuxième, elle envisageait d'en déposer une troisième sur une tranche de pain blanc et d'étaler une cuillerée de mayonnaise par-dessus.

La mère d'Evelyn soupira en regardant les pieds de sa fille. Sans les quitter des yeux, elle dit : "J'imagine ce que tu peux ressentir, et c'est pourquoi je te donne trois mois. Je sais que tu aimais ce garçon et qu'il t'aimait aussi, mais je ne veux…" Elle s'interrompit. "*Bon-temps fait crapaud manque bounda*. Je ne veux pas que tu gâches ta vie.

— Ce n'est pas du tout cela, Mère, protesta Evelyn."

Elle se retint à temps de dire que sa vie venait seulement de commencer et que, même si les épisodes ne suivaient pas l'ordre requis, personne ne s'en souviendrait une fois que Renard serait rentré.

"Je ne te vois quasiment plus travailler.

— On est en vacances, Mère.

— Tu ne lis même pas tes vieux livres. Tu traînes comme une âme en peine, tu manges et tu dors, on dirait une veuve. Ce n'est pas ainsi que je t'ai élevée, pas pour que tu t'effondres parce qu'un homme t'a quittée. Regarde Ruby, elle a pleuré un moment, mais au moins, maintenant, elle sort. Elle reprend sa vie d'avant…

— Ce n'est pas juste *un homme*, Mère", l'interrompit Evelyn.

Sa mère soupira de nouveau.

"Ce n'est pas mon propos, Evelyn. Que tu l'aies bien connu ou pas…

— Ce n'est pas vraiment la question, que je l'aie bien connu ou pas.

— Tout ce que je veux, c'est ne pas te perdre, mon cœur."

Sur ces mots, son père entra, et sa mère se leva pour lui préparer une assiette. Evelyn remarqua pour la première fois qu'elle n'était pas seule à avoir changé ces derniers mois, lui aussi : le sommet de son crâne commençait à se dégarnir et ses pantalons lui pendaient entre les jambes. Il ne la regarda pas. Il ne regardait plus personne. Il n'occupait pas la pièce, il ne faisait que passer, la tête basse, les épaules voûtées.

Evelyn détourna les yeux ; elle se raidissait contre toute pitié à son égard, à la manière dont elle avait fait barrage à sa tristesse depuis que Renard était parti, et elle se rendit compte combien sa vie était fade avant de le rencontrer.

Renard allait rentrer, pourtant ; c'est ce qu'il écrivait à la fin de sa dernière lettre, celle qu'il avait conclue par : "Ne te fais pas de souci, je suis en bonne santé et je suis à toi." À l'époque, comme elle ne cherchait qu'à y lire une marque de son amour pour elle, le sens même de ces mots lui avait échappé.

Elle retourna au bocal.

Elle imaginait Renard dans un lieu incroyable de l'autre côté de l'océan, regardant au-dessus de son lit la photo qu'on avait prise d'elle à son dernier bal de débutantes, et elle se sourit à elle-même. Ouvrant le réfrigérateur, elle cueillit du doigt une motte de mayonnaise dans le pot et la colla dans sa bouche avant de mordre dans une lèvre de porc.

Le mois de novembre à La Nouvelle-Orléans était d'une chaleur anormale pour la saison. Evelyn vivait donc à l'abri des rideaux, sous des lumières tamisées, et se passait des glaçons sur la peau. Elle affectait toujours d'aller en cours et se couchait parfois avec un livre, sur lequel elle finissait par s'endormir. Sinon la maison continuait de ronronner sans elle. Ruby, qui remontait la pente, comme l'avait dit Mère, sortait presque tous les samedis soir. Evelyn ne pensait pas qu'il y eût déjà un autre homme dans le paysage mais, connaissant Ruby, il n'allait pas tarder à apparaître. Papa rentrait dîner comme par fidélité à la famille qu'ils avaient été, mais au lieu de faire honneur au repas que leur mère avait préparé, il chipotait dans son assiette puis se retirait. Et à toute heure du jour on pouvait trouver Mère à l'étage, affalée au milieu des rideaux et des tapis.

Un tel cadre aurait pu déprimer Evelyn si elle y avait vécu, mais il était indécelable depuis son monde de promesses. Elle savait exactement où sa propre famille allait habiter, un petit appartement à Tremé, assez près pour voir ses parents, mais à distance suffisante de la maison de son enfance pour que Renard et elle commencent une nouvelle vie.

Elle n'avait rien décidé sur la façon dont elle se procurerait de l'argent mais elle savait qu'en ayant étudié près de deux ans à l'université, elle pouvait prétendre à un poste de secrétaire. Sa grossesse était trop avancée à présent mais une fois que le bébé serait né, elle le confierait à miss Georgia et se mettrait à prospecter. Dans ses rêves les plus fous, son mari le Dr Renard August Williams était à la tête du service d'hématologie à l'hôpital noir de Flint-Goodrich et faisait souvent appel à ses services en tant qu'infirmière diplômée de Dillard, parmi les premières de sa promotion.

Elle aurait volontiers donné à ses rêveries un peu plus de consistance, mais que connaissait-elle à l'hématologie ? Elle avait abandonné l'école d'infirmière à mi-parcours, c'était trois mois plut tôt, au tiers d'une grossesse qui lui dévorait le cerveau. Alors elle imaginait la maison, et sa satisfaction à voir sa mère rougir de la façon dont elle l'avait traitée. Evelyn apprendrait à servir le thé à une dame selon les règles de l'art : dans quel ordre offrir les biscuits, avec quels doigts saisir l'anse, qui devait verser la première tasse. Son père lui rendrait visite tous les dimanches et la prendrait par la main en sortant voir la Cadillac qu'elle et Renard lui avaient offerte. Il ne dirait sans doute rien, ou peut-être que si, mais quoi qu'il en soit il se sentirait stupide de s'être si lourdement trompé. Ce bébé, dirait-il ou aurait-il envie de dire, avait sauvé non seulement Evelyn, mais eux tous.

"Tu vas passer toute ta journée à traîner et à rêvasser ?"

Ruby venait d'entrer d'un pas brutal dans la chambre. Evelyn était sur son lit, enveloppée d'un drap.

“Qu’as-tu d’autre à me proposer ?” répliqua l’aînée en levant à peine les yeux de son oreiller.

Ruby se planta devant elle.

“L’école, pour commencer, ma fille. Mais je suppose que tu as oublié ce que c’était. Je suis tombée sur Rose Haydel aujourd’hui et elle m’a appris que tu étais absente depuis des mois. Je lui suis rentrée dedans. Je l’ai traitée devant tout le monde de faux jeton minable et de menteuse éhontée, je l’ai accusée de vouloir nous atteindre, ma famille et moi, en inventant n’importe quoi. C’est alors que sa pire ennemie s’est interposée et a confirmé ses dires, en précisant que tout le monde était au courant.” Ruby se tut, ménageant visiblement son effet. “J’ai regardé le cercle qui s’était formé autour de nous, et c’était vrai, tout le monde savait. Mon Dieu, Evelyn.” Elle haussa le ton alors que son numéro semblait terminé. “Je n’ai jamais été aussi humiliée de ma vie. En rentrant à la maison, je n’arrêtais pas de remuer cette histoire dans ma tête. Je croyais que le pire c’était la façon dont je m’étais ridiculisée, mais plus j’y pense, plus je me dis que c’est le fait que tu m’aies accompagnée chaque matin en prétendant aller en cours. Et pourquoi ? Tout cela pour couvrir un mensonge ?”

Ruby s’avança si près du lit qu’elle pouvait toucher Evelyn en tendant la main.

“Quelle mouche t’a piquée de faire une chose pareille ? À moi ?” Sa voix se brisa. “Réponds-moi. Je croyais que nous étions proches. Sœurs, oui, mais plus que ça, je croyais que nous étions amies.

— Je n’ai pas dit le contraire.”

Evelyn fixait toujours son oreiller. Ruby le lui arracha et le lui jeta au visage.

“« Je n’ai pas dit le contraire. Je n’ai pas dit le contraire. » Réveille-toi, ma fille ! Soit tu as le cœur brisé, soit tu as le cerveau vrillé, soit tu…”

Elle resta sans voix en avisant le corps de sa sœur. “Impossible”, fit-elle en secouant la tête. Elle remonta d’un coup sec la chemise de nuit d’Evelyn sans rencontrer de résistance, et ce qu’elle découvrit lui coupa le souffle.

“Oh, mon Dieu”, chuchota-t-elle.

Evelyn pouvait voir des larmes jaillir de ses yeux.

“Oh, Seigneur”, répéta-t-elle, en secouant de nouveau la tête.

Le soulagement de pouvoir enfin se délester d’une partie de son fardeau libéra la parole d’Evelyn.

“Je n’ai plus de nouvelles de Renard depuis des semaines. Je ne sais pas s’il est vivant ou mort. Et, même s’il est vivant, quelle assurance aurais-je que ses sentiments pour moi n’ont pas changé ? Ou même, sans parler de moi, qu’il veut tout simplement d’un enfant ?”

Elle attira sa sœur à elle, enfouit son visage dans son chemisier, balbutiant des paroles qui semblaient incohérentes même à ses propres oreilles.

“Chh, chh.” Ruby lui frottait le dos. “Il ne faut pas que Papa t’entende.

— Il va bien finir par savoir, cria presque Evelyn.

— Oui, mais pas de cette façon. Maman peut t’aider à réfléchir à comment lui présenter la chose.”

Evelyn aurait préféré que Papa l’apprenne par un de ses amis médecins qui l’accoucherait, plutôt que par sa mère. Toute sa vie, elle avait essayé de combattre la piètre opinion que sa mère avait d’elle, de la convaincre qu’elle était une fille bien, pas mieux que Ruby mais au moins son égale. À présent, l'idée que Mère puisse être dans le vrai la rendait bien pire qu'inférieure. Cela signifiait que toutes les tentatives d'Evelyn pour gagner l'estime maternelle avaient été vaines ; elle avait essayé d'infléchir le destin en choisissant d'être infirmière, voire en cherchant à plaire à Renard, pour aboutir finalement à ce que sa mère lui avait prédit. Ruby, d'un autre côté, pouvait s'en sortir et faire quelque chose de grand de sa vie. Qu'elle le fasse ou non n'était pas la question ; elle en avait encore la possibilité, et cette liberté était en soi un privilège.

Pourtant, Evelyn ne chercha pas à convaincre sa sœur de garder le silence. À quoi bon ? Elle était enceinte de six mois et n'avait pas consulté de médecin. Si, Dieu les en préserve, Renard ne revenait pas, ce serait à sa mère de lui apprendre à donner le bain ou à nourrir son bébé ; sa mère, qui avait échoué avec elle, serait la mieux placée pour comprendre son échec, et cela, joint à l'incertitude de la situation, la fit éclater en sanglots. Ruby se leva et se précipita vers la porte. Quelques minutes plus tard, leur mère entrait, seule. Quand elle vit Evelyn, elle courut vers elle, la prit dans ses bras.

"*La pauv' piti*, ça va aller, Maman va tout arranger."

Evelyn secoua la tête.

"Je suis désolée, Maman. Tu avais raison, je suis désolée.

— Tais-toi, ma fille. Il y a une vie là-dedans, une vie tellement précieuse. Et Dieu t'a jugée assez digne pour la porter."

JACKIE

Automne 1986

Le lendemain matin, Terry se leva pour faire cuire du bacon, des œufs et des crêpes aux myrtilles. Il habilla le bébé afin que Jackie ait plus de temps pour s'occuper d'elle, repasser ses vêtements, se coiffer avec des bigoudis chauffants, se mettre un peu de rouge à lèvres sur les joues.

À la crèche, on nota le changement. Sa mère fut la première à lui en faire la remarque. "Jackie Marie, serais-tu en train de chantonner en classe ?"

C'était pendant la pause, alors que Jackie agrafait des feuilles et des citrouilles sur le tableau d'affichage.

"Non, m'dame", répondit-elle d'instinct, tout en se disant qu'elle l'avait sans doute fait, à son insu. C'est juste une chanson que j'ai entendue ce matin à la radio, ajouta-t-elle puisque son mensonge ne tenait pas la route.

"Oh, je sais, j'ai reconnu Anita Baker. Mais…" Maman s'arrêta, tout sourire. "Aurais-tu quelque chose à m'annoncer ? Un nouveau copain, peut-être ?"

Son sourire s'élargit.

Maman incitait sa fille à rencontrer d'autres personnes, à sortir au moins avec ses anciennes connaissances, mais Jackie n'était pas prête à avoir des relations sociales, pas tout de suite. Ce matin, pourtant, elle se sentait l'envie d'appeler toutes ses amies, de les inviter à manger ses fameuses fritures de poissons.

"Non, Maman, dit-elle, je me remets dans le rythme, j'imagine."

Sa mère attendit, et d'un air intrigué leva les yeux vers sa fille perchée sur l'échelle. "Très bien, alors. C'est vraiment bien. Tu ne peux pas savoir à quel point ça me fait plaisir", dit-elle, la main sur le cœur.

Elle resta là encore une minute, espérant en apprendre davantage, mais jamais Jackie ne lui révélerait la véritable cause de son changement. Elle se rappelait la dernière fois que Terry était revenu : il était resté plusieurs mois, avait dit ce qu'il fallait dire, l'avait même pensé, le bébé était presque aussi confiant avec lui qu'avec sa mère. Mais ça n'avait pas empêché Terry de partir, ça ne l'avait pas empêchée d'avoir à dire à sa famille qu'il était parti, ça n'avait pas empêché Sybil de lâcher "Je te l'avais bien dit", et Jackie ferait tout pour ne pas se retrouver dans pareille situation.

Et puis, n'avait-il pas dit qu'il fallait vivre le moment présent ? Sans faire de promesses ? Vouloir profiter d'un instant de répit, quelle qu'en soit la durée, où était le mal ?

En voyant les choses sous cet angle, elle s'abandonna à leur nouvelle routine. Elle rentrait à la maison pour préparer de bons dîners : langoustines à l'étouffée, la recette de sa mère, ou poulet en cocotte au riz. Ils regardaient des films, *Les Aventuriers de l'arche perdue* ou *Vendredi 13*, jouaient au rami, quand ils ne s'émerveillaient pas, tout simplement, devant leur bébé endormi, son implantation de cheveux en tout point semblable à celle de Terry, un mignon petit M, ou son nez qui se dressait à la vue d'un inconnu, comme Jackie le faisait parfois. Jackie ne s'était pas rendu compte à quel point de tels moments lui avaient manqué, et elle les savourait d'autant plus à présent. Elle, d'ordinaire si réticente à parler de son bébé – même avec sa mère, elle modérait ses élans de fierté, lui cachait que T. C. essayait déjà de ramper, qu'il avait prononcé le mot "maman", elle n'avouait pas son désir secret qu'il soit le premier président noir –, s'épanchait avec Terry, lui faisait remarquer que T. C. ne disait pas seulement "maman" mais aussi d'autres mots. Et il leur faudrait bientôt sécuriser l'appartement parce qu'il touchait tout ce qui se trouvait à sa portée – Terry avait-il vu l'autre jour quand il avait attrapé la télécommande ? Et puis on l'habillait déjà avec du dix-huit mois, il faisait ses nuits, ne pleurait que lorsqu'il avait faim. Tous ces détails n'étaient pas anodins, ils avaient forcément un sens – ils finiraient peut-être par former une famille après tout.

Jackie appela même ses vieilles amies ; elle ne leur parlait pas du retour de Terry mais leur demandait les dernières nouvelles de son ancien quartier : qui s'était marié, qui avait perdu son travail, qui avait trouvé un boulot alimentaire depuis. Elle se sentait revigorée en raccrochant, comme si la vie était tout à coup de son côté, comme si elle avait accès à la formule magique pour la mener au lieu d'être menée par elle. Puis elle grimpait dans son lit et reposait sa tête sur la poitrine de Terry, écoutait battre son cœur comme l'aiguille des secondes, et au matin il était toujours là.

Environ un mois après le retour de Terry, elle fut réveillée par la toux du bébé. Au téléphone, le docteur lui dit qu'il n'y avait sûrement rien de grave, mais T. C. n'ayant jamais eu le moindre rhume, elle décida de le garder à la maison. Elle appela sa mère pour la prévenir qu'elle ne viendrait pas à la crèche, puis allaita l'enfant deux fois plus que d'habitude. Alors qu'elle avait déjà fait un grand ménage, ce matin-là elle passa à un autre niveau : elle se mit à quatre pattes pour nettoyer les plinthes avec du scotch, versa du bicarbonate de soude et du vinaigre dans les fissures du sol de la cuisine, aspira la moquette, changea les draps et passa à la Javel toutes les surfaces de la maison susceptibles d'être touchées. Quand elle eut fini, elle s'assit pour souffler. Le bébé dormait toujours. Elle se dit qu'elle allait préparer un bon dîner pour Terry. Il était parti chercher du travail ; il sortait tous les matins en même temps qu'elle et rentrait un peu plus tôt. Elle savait pourtant qu'à se démener ainsi en vain il finirait par se décourager. Elle avait déjà perçu des signes. Une ou deux fois, il était rentré presque sans dire un mot, évitant son regard, rappelant à Jackie l'homme qu'il était quelques semaines avant sa rechute précédente. Son plat favori ne l'empêcherait peut-être pas de replonger, mais il aimait son jambalaya, et ce serait parfait avec les cuisses de poulet qu'elle avait fait cuire.

On sonna à la porte. Elle se demanda qui ce pouvait être, sans doute un voisin. Terry avait récupéré ses clés. Bien sûr Jackie dirait que ce n'était pas le bon moment. Le bébé allait se réveiller d'ici une demi-heure et il fallait préparer le riz. Une excuse toute prête à la bouche, elle ouvrit sans regarder par l'œilleton. En voyant Sybil, elle se retint de crier

– Sybil prendrait d'autant plus l'avantage qu'elle sentirait la confusion de sa sœur. Mais Jackie ne put prononcer un mot et ce fut Sybil qui parla la première : "Tu ne me laisses pas entrer ?"

Par habitude Jackie fit ce qu'on lui demandait, bien qu'en vérité elle aurait dû trouver un prétexte, n'importe lequel, pour ne pas recevoir sa sœur. Terry allait rentrer d'une minute à l'autre.

"Tu veux du Schweppes ou quelque chose comme ça ? demanda-t-elle.

— Je prendrai un Coca, light si tu as", réclama Sybil, et Jackie alla à la cuisine comme si elle était sur pilote automatique.

"C'est bien rangé, on dirait, Jackie Marie. Je m'attendais à un champ de bataille comme les fois précédentes. D'après Maman, tu remontes la pente, mais je voulais en juger par moi-même."

Jackie était revenue avec une cannette. Sybil en prit une gorgée avant d'ajouter : "Contente de te voir exactement comme elle t'a décrite."

Jackie s'assit en face de sa sœur. Dans une minute elle allait prendre son courage à deux mains et lui demander de partir. Elle serait polie mais ferme, et elle ne lâcherait pas tant que Sybil ne serait pas sortie. Elle allait trouver un moyen de le lui dire, c'était maintenant ou jamais.

"J'étais dans le quartier, enchaîna Sybil. J'ai un client dans le coin. D'habitude je ne fais pas de déplacements, ils viennent me voir, mais celui-là – elle soupira –, je ne peux même pas lui faire confiance pour arriver à temps aux toilettes, encore moins pour se rendre en centre-ville à mon bureau.

— Qu'est-ce qu'il a fait ?" demanda Jackie pour retarder le moment d'agir.

Sybil secoua la tête. “Il vend de la drogue. C’est le fils d’une amie de Maman, je lui fais une faveur. J’ai arrêté de représenter ces voyous, tu sais. Je vais avoir mon contrat sous peu, et tout ça sera bien fini, faveur ou pas. Tu vois, ces sociétés ne veulent pas aller au tribunal, elles ne peuvent pas risquer leur réputation, elles préfèrent remplir un gros chèque et oublier que quelqu’un a glissé dans leur salle de bains, ou que toute une classe de gamins a été intoxiquée par leur viande. C’est de l’argent vite gagné, pas comme avec ces négros merdiques.”

Elle prit une autre gorgée de sa cannette, une gorgée si délicate que Jackie ne la vit même pas avaler.

“C’est comme ce type, tout à l’heure. Il me raconte qu’il a tout arrêté, d’accord. Mais je n’étais pas chez lui depuis cinq minutes que cinq camés ont frappé à la porte, maigres comme des clous, les yeux dans tous les sens, pas de dents. Je me demande bien comment ils peuvent se mettre à cette saloperie, ils ne voient pas ce que ça fait aux autres ?”

Elle secoua encore la tête. “Et je me demande bien comment tu fais toi, Jackie, pour vivre à côté de ces tarés. Mon client, tu pourrais l’avoir comme voisin, il n’habite qu’à quelques rues de là, il deale depuis plus d’un an et s’est fait prendre pour la première fois, et il vient me dire que ce n’est pas juste. Qu’il n’avait pas le choix. Qu’il donne le nom de ses clients. Bien sûr il a deux gosses. Il n’a même pas vingt ans. Sa mère est dans une chaise roulante, son père en prison et tout le tralala. Et moi, je devrais transporter une harpe dans ma mallette.”

Sybil continuait, sans se rendre compte que sa sœur n’écoutait plus. Jackie entendit le bébé s’agiter et se leva d’un bond.

"Sybil, je dois emmener T. C. chez le docteur, dit-elle. C'est pour ça que je suis à la maison. Comme il toussait au réveil j'ai pris un rendez-vous." Elle regarda sa montre. "À quatre heures et demie. Je dois aller m'habiller.

— Oh, je sais, Maman m'a prévenue ; mon pauvre bébé, montre-le-moi."

Sybil se leva en même temps qu'elle et se dirigea vers le fond de l'appartement, où dormait T. C. En allant à la chambre, Jackie jeta un coup d'œil par la fenêtre pour voir si sa voiture entrait dans le parking, mais non, pas encore. Le temps qu'elle arrive près du bébé, Sybil l'avait déjà pris dans ses bras, lui tapotait le derrière, et il s'était calé contre son épaule.

"C'était bien de te voir, mais… commença Jackie.

— Laisse-moi t'aider à te préparer", demanda Sybil.

D'habitude, quand Sybil parlait, elle avait un air d'autorité, et que pouvait dire Jackie pour la contester, cette assurance conquise de haute lutte ? Mais à présent Sybil semblait plus désespérée que péremptoire, comme si porter l'enfant était la meilleure chose qui puisse lui arriver aujourd'hui, voire cette semaine, et bien qu'elle ne cherchât pas à s'imposer, son besoin n'en était pas moins pressant.

"OK, dit Jackie, OK."

Pendant que Jackie changeait le bébé, Sybil l'observait par-dessus son épaule. Sous ce regard qui la scrutait, Jackie s'aperçut que ses mains tremblaient ; ces sept derniers mois elle avait changé la couche des milliers de fois, mais là elle déchira le ruban adhésif, ce qui ne lui était jamais arrivé, et elle dut recommencer l'opération. Entre-temps le bébé fit pipi en l'air, les éclaboussant toutes les deux. Jackie était mortifiée – d'ordinaire elle ne laissait jamais le pénis de T. C. découvert – mais la présence de sa sœur lui avait fait oublier cette précaution. Sybil rit pourtant, un son guttural qui avait l'air sincère.

Sybil tenait le bébé pendant que Jackie rangeait le sac à langer. Quand elles eurent terminé, elles retournèrent au salon. Jackie commençait à se détendre ; comme si elle avait plus de temps qu'il n'en fallait pour mettre sa sœur dehors avant le retour de Terry. Bien sûr il n'y avait pas de rendez-vous, mais Jackie pouvait prendre la direction du cabinet médical puis dévier vers le supermarché ou le parc. Elle mit son sac à l'épaule et tendit les bras vers le bébé.

“Je peux le porter jusqu'à la voiture, décréta Sybil. Pour que tu souffles un peu.”

Jackie hocha la tête. À quoi bon se battre maintenant ? Elle y était arrivée. Elle était à quelques pas de la porte quand elle entendit les clés tinter dans la serrure, vit le bouton tourner. Elle se figea. Elle n'était pas surprise, ni en colère, ni même déçue, juste résignée. Elle s'y était attendue depuis le début, et peut-être en avait-il été décidé ainsi. Sybil se tourna vers elle mais Jackie regarda droit devant, sans bouger.

La porte s'ouvrit à la volée et Terry entra, puis s'arrêta net.

Ils se tinrent tous les trois immobiles et silencieux, même le bébé, comme s'il percevait la tension.

Terry finit par s'approcher de Sybil pour l'embrasser.

“Tu as l'air en forme, ma grande, dit-il. Vraiment. D'après Jackie, tu es au top en ce moment.”

Sybil hocha la tête, sans voix, mais incapable de refuser un compliment.

"Je ne sais pas si tu es courant, poursuivit-il, mais – il s'approcha de Jackie et lui prit la main – ça fait trois mois que je suis abstinent et sobre ; je reprends pied. C'est tout un processus mais j'avance pas à pas.

Pas à pas, pensa répéter Jackie mais elle ne dit rien. Il expliquait assez bien pour deux et elle comprenait que tout discours supplémentaire ne ferait qu'aggraver son cas. Alors elle lui prit la main.

"Et puis, Jackie – il se tourna vers elle, souriant, puis regarda de nouveau Sybil –, Jackie ne le sait pas encore, mais j'ai trouvé du travail aujourd'hui.

— Où ?" demanda Sybil.

C'était la première chose qu'elle disait, et son ton était glacial.

"Une pharmacie spécialisée dans la vente par correspondance, dans la Lower IXth Ward. Pas pour Walgreens ou une chaîne de ce genre." Il baissa les yeux. "Il va me falloir du temps pour retrouver ce niveau."

Sybil hocha la tête, dédaigneuse, presque railleuse. Elle passa le bébé, qu'elle avait gardé jusque-là, à son père.

"Eh bien, voilà qui devrait te motiver."

Elle embrassa le bébé sans se soucier d'essuyer le rouge à lèvres qu'elle lui avait collé sur le menton.

T. C. pleura quand son père le prit, et Jackie dut le consoler.

"Il ne fait jamais ça, dit Jackie sans s'adresser à personne en particulier mais assez fort pour que sa sœur l'entende. Il est tellement fou de son papa, il ne fait jamais ça", répéta-t-elle.

Sybil eut à nouveau son sourire suffisant puis se dirigea vers la porte. Quelques minutes plus tard, Jackie entendait démarrer le moteur de la BMW mais on aurait dit que Sybil était toujours là. Son doute avait déteint sur Jackie, qui resta un moment debout dans le hall avant de se rappeler qu'elle devait féliciter son mari.

Elle sourit comme elle l'aurait fait avant qu'il revienne, quand elle avait besoin de convaincre le monde entier qu'elle gérait très bien son absence. Elle parlait de façon saccadée, et le volume de sa voix oscillait d'un extrême à l'autre.

"Je suis si fière de toi", dit-elle, et elle croyait l'être, ou l'aurait été si sa sœur n'était pas venue et n'avait pas transplanté ses opinions dans son esprit, si Jackie avait eu le temps d'accueillir la nouvelle et de la traduire avec ses valeurs et ses rêves à elle.

"On dirait que tu n'es pas contente, dit Terry au dîner. Qu'est-ce qu'il y a ?"

Ne sachant que répondre, Jackie se concentra sur son assiette tout en triturant la serviette sur ses genoux. Elle avait mis trop de sel dans les légumes mais le poulet était tendre et le riz cuit à point.

"Qu'est-ce qu'il y a ? répéta-t-il. Nous étions habitués à mieux, je sais bien, mais le salaire est pas mal, c'est toujours ça, et après on verra. Selon mon parrain, il est très important pour moi d'avoir un cadre. Ça m'aidera à revenir là où j'en étais avant tout ça."

Du bras, il dessina un large cercle qui semblait englober l'appartement, mais aussi le quartier.

À l'entendre exprimer tant de fierté pour un travail qu'il n'aurait jamais envisagé un an plus tôt, Jackie se sentit envahie si profondément par la culpabilité qu'elle se crut à jamais incapable de s'en défaire. Pourtant elle essaya.

"Écoute, chéri, dit-elle en lui prenant la main, ce n'est pas toi, c'est moi ; c'est à cause de ma fichue sœur." Elle entendit sa voix qui se tendait, montait de plus en plus. "Je ne l'ai pas invitée, tu sais ; c'est elle qui est venue. Elle s'est imposée, a pris le contrôle comme toujours, et maintenant… eh bien, nous avions décidé de laisser passer un peu de temps avant de parler à ma famille, à cause de la pression supplémentaire que ça représente, d'avoir un groupe de gens qui s'attend à ce que tu échoues.

— Je ne crois pas qu'ils s'attendent à ce que j'échoue, dit doucement Terry. Ils ont envie qu'on s'en sorte mais ils ne me jugent pas digne de confiance, et ça se comprend. Parfois je me demande moi-même si je peux me faire confiance."

Il lâcha sa main.

"Elle n'avait pas l'air fâchée, pourtant, continua Jackie, sans remarquer que Terry s'était détourné d'elle. Aussi bien, elle n'en dira rien à mes parents."

À peine Jackie eut-elle exprimé sa pensée qu'elle en saisit tout le ridicule. Sybil l'avait dénoncée pour avoir fumé une cigarette derrière le centre commercial quand elle avait quatorze ans. Elle l'avait dénoncée quand elle avait menti sur son âge en commandant une pizza pour se faire livrer une bière par le magasin d'alcool. Elle l'avait dénoncée après avoir découvert un préservatif dans la corbeille quand Jackie avait dix-sept ans. Il ne fallait donc pas espérer que Sybil garde ça pour elle.

"Peut-être que mes parents s'en moqueront.

— Nom de Dieu, Jackie !" cria Terry. Il jeta sa serviette sur la table avec une telle force que Jackie s'attendait à ce que ça fasse du bruit. "Tu n'as plus quatorze ans. Peu importe ce qu'ils pensent ; c'est nous que ça regarde."

Son accès de colère la sidéra tout en la remettant à sa place : il la ramena à l'endroit où elle était assise, à l'homme assis à côté d'elle.

Elle secoua la tête. Elle savait qu'il avait raison mais elle n'en serait jamais venue à cette conclusion toute seule. Elle avait toujours été immature, trop soumise à l'opinion que sa famille avait d'elle, mais là c'était différent. Elle avait une bonne raison de se reposer sur eux, de tenir compte de leur avis. Ces derniers mois, ils avaient été son seul soutien.

"Et puis quoi encore ? hurla-t-elle. Il faut bien que je me soucie de ce qu'ils veulent, de ce qu'ils pensent, parce que si ça tourne mal entre nous, je n'ai plus qu'eux sur qui compter !"

Elle se tut. Elle se demanda si elle avait bien fait de partager ses angoisses avec lui. Ne risquaient-elles pas de le contaminer, de le renvoyer dans la rue ? Elle poursuivit : "J'ai peur, Terry. Je suis terrifiée. J'essaie de vivre au jour le jour, mais je m'étais juré de ne plus jamais te laisser mettre les pieds ici, et me voilà, à attendre avec impatience que tu rentres le soir, à laisser le bébé s'attacher à toi." Elle se mit à pleurer en pensant à son fils. "Je n'aurais pas cru qu'il soit si facile de faire machine arrière.

— Moi non plus", dit-il. Il lui prit de nouveau la main. "J'ai peur, ajouta-t-il. J'ai peur, moi aussi."

Le lendemain, en ouvrant les yeux, Jackie fut prise d'une soudaine détermination. Il ne s'était rien passé la veille au soir. Elle et Terry n'avaient plus guère parlé après le dîner et s'étaient assoupis à différents moments devant *MacGyver*. Mais en se réveillant elle fit comme s'ils s'étaient réconciliés, comme si elle avait visionné des images de leur avenir, un avenir qu'elle projetait avec Terry à ses côtés, et dans lequel rien ne pouvait les menacer.

"Je suis désolée pour hier", dit-elle en s'habillant.

À peine réveillé, il grommela sa réponse :

"Ne sois pas désolée. J'ai compris. C'est moi qui devrais être désolé.

— Non, vraiment, écoute." Elle clopina jusqu'à lui, les collants à mi-jambes, les bigoudis dans les cheveux. "J'ai envie d'organiser une fête pour toi. Tu le mérites. Deux mois sans…" Elle n'arrivait même pas prononcer le mot "crack", elle avait cru ne plus avoir à le dire. "C'est pas rien. Je ne sais pas à quel point c'est dur mais je peux imaginer, et tu as ce nouveau travail aussi."

Elle s'attendait à le voir sourire, mais rien. Il semblait encore à moitié endormi.

"Tu seras à la maison ce soir ? demanda-t-elle.

— Je n'aurais envie d'être nulle part ailleurs.

— D'accord. Une fois au travail, je réfléchis à un plan et je t'appelle."

Elle avait dit ça comme si c'était une question.

Il se redressa sur les coudes, l'air soudain plus intéressé, et essaya de l'attirer dans le lit. Ils n'avaient pas encore fait l'amour et elle en avait envie, aujourd'hui plus que jamais, mais elle était en retard.

"Ce soir, dit-elle en l'embrassant le front. Ce soir, promis."

Tandis qu'elle se rendait au travail, la pensée que ses parents aient pu parler avec Sybil entama à peine son enthousiasme. Elle se dit qu'elle s'en moquait et elle y crut. Elle n'avait pas de honte à avoir ; elle donnait une chance à sa famille. Et puis, lorsqu'elle avait prononcé les vœux, elle ne l'avait pas fait à la légère. "Dans la santé et la maladie", et n'était-ce pas une forme de maladie ? Il y avait des gens comme Sybil pour juger son comportement irréaliste, mais elle avait vu Terry se débattre, au début de son sevrage, contre les crises de manque. Parfois il ne pouvait rien faire d'autre que s'asseoir sur ses mains pour les empêcher de trembler. Elle l'avait vu se lever, se diriger vers la porte, poser ses doigts sur la poignée des dizaines de fois, puis se forcer à retourner sur le canapé avant de se résigner et de claquer la porte. Et tout ce chemin-là, ça y est, il l'avait accompli.

La maman de Jackie parlait d'une voix normale, pleine d'entrain : "Hé, bien dormi, ma chérie ? Tu as l'air reposé. Comment te sens-tu ?"

Jackie hésita avant de répondre, mais sa mère combla le silence et répondit à ses propres questions, la mit au courant des bébés malades et des mères en retard.

"Le petit Bradley a mouillé sa culotte cinq fois ce matin. Cinq fois, et il est à peine neuf heures. J'ai dit à sa mère qu'il n'était pas prêt mais elle ne veut rien entendre. Rien. Elle a dit que sa fille était propre à trois ans. J'ai dit que les garçons sont différents des filles, et elle m'a traitée de sexiste." Elle secoua la tête. "Ces parents modernes, je ne les comprendrai jamais. Et je n'en ai pas envie", ajouta-t-elle.

Jackie imita son geste comme pour dire "Moi non plus". Elle posa son sac à main dans son casier, parcourut sa feuille de présence – tous ses petits étaient déjà là. Ils étaient encore dispersés un peu partout, les uns à la table d'activités "pâte à modeler", d'autres à l'atelier d'art et les deux derniers dehors, sur le trampoline. Pendant un moment elle se contenta de les regarder, flottant au-dessus des obligations de la journée, des tensions de la veille. Terry était satisfait ; la mère de Jackie continuait d'approuver les choix de sa fille et, plus que tout, Jackie croyait en sa propre décision. D'habitude elle ne pouvait commander un plat sans douter. Même déterminer quel film elle allait regarder était une souffrance ; chaque minute à venir paraissait soudain trop importante pour être gâchée par un choix imparfait. Mais à présent elle était en paix ; un sentiment proche de l'acceptation s'installait en elle, mais plus satisfaisant encore que l'acceptation parce que l'issue lui était déjà connue.

Elle appela Terry pendant sa pause pour lui donner rendez-vous à City Park. Elle laissa le bébé à sa mère puis rentra à la maison se changer. Elle mit un temps fou avant de choisir ce qu'elle allait porter, et se décida pour un foulard rouge, un jean étroit, un chemisier à rayures noires et blanches et des bottes. Elle avait moins d'appétit depuis le retour de Terry, et elle aimait la façon dont son chemisier descendait droit jusqu'à sa taille, même lorsqu'elle s'asseyait. Elle hésita entre un rouge à lèvres rouge et un rose. Quand elle sortait avec T. C. elle n'en portait pas, mais le rouge allait tellement bien avec le foulard, et puis c'était une sortie avec son mari. Combien de fois avait-elle passé du temps avec un adulte qui ne soit pas sa mère, dernièrement ?

Ils s'étaient mis d'accord pour se retrouver sur le parking au nord de Big Lake. Terry était toujours en avance. Jackie arriva à l'heure et, comme au bon vieux temps, lorsqu'elle sortit de la voiture, il était déjà là dans sa doudoune bleu marine, les mains dans les poches du jean qu'elle lui avait offert le Noël précédent. Elle s'émerveilla de le voir exactement là où il était censé se trouver, là où elle s'attendait à le voir, et elle ne pouvait rien imaginer de plus joyeux, qu'il l'attende au bord du lac, à côté d'un chêne auquel pendaient des carillons tintinnabulant sur une gamme à cinq notes.

"Tu as l'air en forme", dit Jackie.

Nerveuse, elle baissa les yeux en arrivant à sa hauteur.

"Toi aussi."

Il ne retira pas les mains de ses poches, et elle se demanda si lui aussi était nerveux. Ça faisait drôle d'être là sans le bébé, comme un premier rendez-vous après trois ou quatre échanges au téléphone qui s'étaient bien passés mais qui ne les empêchaient pas non plus de se sentir gênés dans ce nouveau contexte.

Soudain il l'attrapa et ils s'enlacèrent gauchement ; leurs têtes se heurtèrent, ils rirent.

"C'est joli, dit-il, l'air plus à l'aise, regardant autour de lui les femmes qui dévalaient le sentier à rollers ou l'eau qui ondulait sous la brise. Vraiment joli. Mais qu'est-ce que tu viens faire ici d'habitude ?"

Ils rirent de nouveau.

"En temps normal je sors le bébé, répondit-elle. On fait plusieurs fois le tour." Elle désigna le lac, les canards qui glissaient à la surface scintillante. "Puis on trouve un banc et on se repose. C'est ce qu'on pourrait faire maintenant, si ça te va."

Il acquiesça et ils se mirent en marche. Ils croisaient des cyclistes avec des bébés sur le porte-bagage, des pique-niqueurs qui distribuaient des quartiers d'orange à leurs enfants, et Jackie se sentit assez à l'aise pour leur sourire ; la plupart du temps, étant seule dans ce parc avec T. C., elle faisait miroiter son alliance au soleil, au cas où quelqu'un regarderait, comme si le fait qu'il n'y ait personne à côté d'elle voulait dire quelque chose.

"Maman garde le bébé, précisa-t-elle, toute la nuit si on veut. Je pensais qu'après on pourrait dîner au Dooky Chase's, comme au bon vieux temps." Elle lui prit la main. "Quelque chose qui sorte de l'ordinaire, tu vois."

Avant qu'il puisse répondre, elle ajouta : "Alors, raconte.

— Raconte quoi ?

— Ton nouveau travail, quoi d'autre ?

— Ooh, y a pas grand-chose à en dire." Il faisait le modeste, mais elle sentait sa fierté. "En gros tu es assis dans un box à écouter les gens se plaindre de leur commande, mais j'aime les gens, et puis c'est un nouveau départ. J'avais besoin de ça, tu sais."

Elle hocha la tête. "Et les collègues ? demanda-t-elle. Tu les apprécies ?"

Elle perçut un brin de nervosité dans sa voix.

"Ceux que j'ai rencontrés ont l'air cools. Je suis le seul Noir, comme d'habitude.

— C'est pas grave", dit-elle. Elle réfléchit à ce qu'elle allait dire ensuite ; elle ne voulait pas faire la rabat-joie. "Tiens-toi à l'écart cette fois, peut-être, ajouta-t-elle au bout d'un moment. Tu as tellement d'amis ; ce n'est peut-être pas la peine de t'en faire de nouveaux au travail.

— Bien vu." Il lui pressa la main, l'attira plus près de lui. "Je n'ai besoin que de toi et T. C." Puis : "Tu sens bon. C'est quoi ?

— Du savon, avoua-t-elle en souriant.

— Oh, je vois ! Ce que tu deviens raffinée, à prendre des douches à toute heure de la journée.

— Tout ça pour toi."

Elle lui fit un clin d'œil.

Il se tut, puis : "Dis-moi, si je saute à l'eau, tu viendrais me sauver ?"

C'était une vieille plaisanterie entre eux, de l'époque où ils traînaient à Lakefront au crépuscule et qu'il lui avait avoué ne pas savoir nager.

"Mon Dieu, non !" Jackie fit semblant de le repousser. "Pas avec ma permanente toute neuve !"

Il rit. "Enfin quoi ? Tu ne m'as pas dit que Sybil et toi vous preniez des leçons de natation à l'époque ? Comment tu faisais avec tes cheveux ?

— Eh bien, je n'avais pas un homme à impressionner, à ce moment-là.

— Oh, c'est vrai ? Et il y a quelqu'un maintenant ? que tu essaies d'impressionner ?"

Il se pencha en avant pour étudier son visage, le regardant comme s'il devait le décrire et se le rappeler dans les moindres détails.

Elle le serra contre elle et ferma les yeux, quand elle entendit quelqu'un s'exclamer : "Quel beau couple !"

Jackie cligna des yeux, sentit son mari s'écarter.

L'homme blanc devant eux lui semblait familier mais Jackie n'aurait su dire où elle l'avait vu.

Terry, lui, le reconnut. Il s'éloignait de plus en plus d'elle en parlant.

"Eh, Michael, quoi de neuf, mon gars ? C'est sympa de te retrouver !"

Jackie sentait qu'il était sincèrement heureux de voir l'homme, mais elle était gênée par quelque chose aussi.

"Ne fais pas attention, poursuivit Terry, on se lâche un peu : on n'a pas beaucoup de temps à nous avec le bébé", et la phrase sortit comme un moteur qui cale ; toute la chaleur et la complicité qui avaient grandi entre eux depuis qu'ils étaient adolescents parurent se désagréger à leurs pieds.

Michael n'en sut pourtant rien. Tellement occupé à lui serrer la main et à lui taper dans le dos.

"T'as l'air vraiment en forme, mon pote. J'ai su que t'avais remonté la pente mais c'est autre chose de te voir en vrai.

— Oh, merci, mon gars. Ç'aurait pas été possible sans ma famille, je peux te le dire."

Terry se tourna vers Jackie. Il allait la présenter quand l'homme lui demanda : "Au fait, t'es encore en contact avec Darren et Chase ?

— Nan, mon gars, aucune nouvelle.

— Oh, d'accord, eh bien il faut que je leur dise que je t'ai vu. Ils sont toujours aux VA."

Soudain Jackie comprit qui était cet homme ; ce n'était pas lui qui avait poussé Terry à se droguer, non, mais il faisait partie de la même bande, peut-être un de ceux qui s'étaient défoncés toutes ces nuits à la coke avec Terry, pour l'abandonner ensuite lorsqu'il était passé au crack. Quand elle avait commencé à se renseigner, elle avait appris ce qu'étaient les déclencheurs : les toxicomanes ne doivent plus fréquenter les lieux où ils se sont drogués, ni côtoyer les personnes liées à cette époque ; revoir certains visages ou sentir la cuisine d'un restaurant où ils allaient dans les toilettes pour fumer risque de les renvoyer à la case départ. Elle examina l'homme de la tête aux pieds. Était-il défoncé en ce moment même ? Sybil l'avait prévenue que les gens sous cocaïne avaient les pupilles dilatées, se mouchaient souvent, ne pouvaient rester en place. Ce type avait l'air normal, pourtant ; il manifestait son bonheur d'une manière excessive mais peut-être était-il simplement content de voir que son vieil ami allait bien.

"Tu as trouvé autre chose ? demanda Michael. Je pense que ça recommence à embaucher, et si tu veux que je glisse un mot à…"

Terry l'interrompit.

"Non, non, mon pote. Ne t'embête pas avec ça. J'ai du boulot maintenant.

— Ah bon, c'est quoi ?"

Terry marmonna le nom de l'endroit, et Michael eut une grimace de surprise.

"Tu plaisantes ! Tu vaux mieux que ça, Terry. Tu étais le plus brillant de nous tous.

— Ça, j'en sais rien." Terry haussa les épaules, mais Jackie, elle, savait ; tout le monde savait ; c'était un fait, voilà tout. Elle allait dire quelque chose à ce sujet mais Terry n'avait pas terminé.

"C'est un processus, mon pote."

La tension était soudain perceptible dans sa voix. Jackie se racla la gorge.

"Oh, excuse-moi, Jackie, tu te souviens de Michael ?"

Elle acquiesça.

"Bien sûr, bien sûr, la splendide Jackie. Et comment se porte le bébé ? demanda Michael.

— Comme un ogre ! dit Jackie, et ils rirent. Il n'a pas un an et fait pas loin de treize kilos.

— Waouh ! s'exclama Michael en étirant le mot. Waouh. Il sera aussi grand que son père.

— Ouaip ! dit-elle avec un sourire. Et aussi beau que lui."

Un silence gêné se glissa entre eux.

"Bon, au fait, Terry, on se retrouve tous la semaine prochaine, si tu veux te joindre à nous, proposa Michael pour finir.

— Oh, super !"

Terry eut l'air étonné mais ragaillardi comme un enfant qui découvre dans son casier une lettre de Saint-Valentin alors qu'il était sûr d'avoir été oublié. Il regarda Jackie en répondant : "Je vais voir ce que je peux faire."

Puis ils se dirent au revoir. Jackie se sentit soulagée une fois l'homme parti, mais la coupure avait aussi fissuré leur bonheur ; et elle ne savait où se trouvait la faille, sans quoi elle l'aurait réparée.

Terry lui saisit la main. Après quelques pas ils décidèrent de faire demi-tour et de reprendre la voiture. Il dit qu'il avait faim tout d'un coup, une faim de loup. Ils parlèrent de ce qu'ils allaient commander, du poulet frit et du pain de maïs pour elle, du porc mariné avec haricots rouges et riz pour lui.

Elle ne lui demanda pas s'il irait au rendez-vous de Michael. À l'évidence, il n'irait pas. S'il n'avait pas refusé, c'est parce qu'il aimait les gens ; comme elle, il avait du mal à prononcer le mot “non”. Il trouverait bien une excuse le jour venu et continuerait comme si la rencontre n'avait jamais eu lieu. Et elle était fière de lui, de ce renoncement, avant même qu'il se soit produit.

Pourtant ils dînèrent dans une atmosphère lourde, et malgré la lingerie qu'elle avait achetée chez Macy en prévoyant de la mettre ce soir-là, elle se détourna quand il voulut la toucher. Il lui demanda ce qui n'allait pas et elle dit qu'il n'y avait rien, qu'elle était seulement fatiguée. Il s'endormit tout de suite et elle resta étendue, les yeux fixés sur le plafond pendant des heures.

Deux semaines plus tard, quand Jackie rentra chez elle, son répondeur clignotait. Ses parents l'avaient appelée quatre fois de suite. Elle venait de les quitter au travail et tout s'était bien passé, mais le temps qu'elle arrive à Stately Grove, ils avaient dû parler avec Sybil. Jackie n'était pas surprise. C'était inévitable. Alors qu'elle s'attendait à être en colère le jour venu, là, au contraire, elle se sentait soulagée.

Elle décida qu'il valait mieux préparer le dîner, mettre la table et donner le bain au bébé avant de rappeler, mais plus l'heure passait, plus son calme se craquelait. Terry travaillait tard, si bien qu'elle ne pouvait prendre le téléphone tant que le bébé n'était pas endormi. Évidemment, aujourd'hui ce fut plus long que d'ordinaire, quatre histoires au lieu de deux, trois chansons au lieu d'une. D'habitude, une fois qu'il avait fermé les yeux, elle comptait dix minutes, le temps qu'il tombe dans un sommeil assez profond pour ne pas être troublé par des bruits de pas ou des grincements de porte, mais ce soir elle partit dès qu'il eut posé la tête sur l'oreiller, elle attrapa le téléphone sans fil, sortit sur le balcon avec la porte entrebâillée et composa le numéro.

Maman répondit dès la première sonnerie.

Jackie n'arrivait pas à tout saisir ; elle entendait la voix de Papa se déverser en même temps ; ils devaient être sur des combinés séparés, chacun criait plus fort que l'autre, dans un brouhaha incompréhensible. Elle ne captait qu'une phrase ici ou là.

"À quoi tu pensais ? Tu n'es plus la seule en jeu, Jackie Marie, tu dois aussi tenir compte du bébé."

Puis tante Ruby, sans doute assise à côté de Maman : "On a découvert le pot aux roses.

— Nous ne cherchons pas à diriger ta vie, mais il faut bien avouer que tu te débrouilles mal.

— Nous savons qu'il t'aime, mais c'est un toxico.

— Ce n'est pas à toi qu'il ment, il se ment à lui-même, sans même le savoir. C'est ça qui est triste.

— Tu ne peux pas guérir un homme qui ne veut pas être sauvé. À la fin, c'est toi qui te retrouveras à payer pour ses fautes."

Et tante Ruby : "Chassez le naturel, il revient au galop.

— D'ailleurs, toi aussi tu savais que c'était mal, c'est pour ça tu ne voulais pas en parler. Sybil a dit que si elle n'était pas passée à l'improviste, tu aurais tenu la chose secrète jusqu'à Noël."

Tante Ruby ajouta de nouveau son grain de sel : "Car il n'est rien de caché qui ne doive être découvert."

Jackie ne disait rien, elle attendait que la cacophonie cesse d'elle-même. Puis elle entendit sa propre voix comme si elle sortait du corps de quelqu'un d'autre, lente comme une coulée de lave.

"Je vous aime, mais c'est ma famille maintenant. Terry, T. C. et moi, nous devons décider nous-mêmes de ce qui est le mieux pour nous."

Son père lui répondit du tac au tac : "Et qui sera là quand tout s'écroulera de nouveau, hein ?

Réponds-moi. Tu te détruis, Jackie, tu t'abaisses plus bas que terre en fricotant avec ce type. Tu anéantis tout ce pour quoi ta mère et moi avons travaillé si dur, et je ne vais pas passer mes vieux jours à te renflouer."

Jusqu'à la fin de sa vie Jackie se souviendrait de cette réflexion. Son père et elle n'étaient plus aussi proches qu'avant, et elle sentait un coup au cœur chaque fois qu'elle le voyait avec Sybil, mais cette jalousie était en grande partie tempérée par T. C. Quand elle avait le bébé, elle se rendait compte à quel point un parent aime son enfant, et elle en avait conclu que les sentiments de son père pour elle étaient au moins aussi forts. Dans cette perspective, elle avait cru tout ce temps que, lorsqu'il lui demandait comment elle allait, qu'il amenait sa voiture au garage pour changer l'huile, déplaçait ses meubles, passait la voir à l'improviste et payait sa note d'électricité, il était sincèrement heureux de faire ça pour elle. Alors qu'en réalité tout nouveau chèque signé, tout kilomètre parcouru avivait sa colère. Elle n'avait aucune envie de recevoir des faveurs entrelacées de ressentiment. Elle espérait que sa mère interviendrait pour étouffer d'un mot la férocité de ces propos mais elle se retrouva face au silence, à une lourde détermination, comme si c'était à elle de s'expliquer, comme si, plongée de nouveau dans une telle situation, elle aurait pu changer quoi ce soit à ce qu'elle avait fait.

"Mais rien ne t'y oblige, Papa", dit-elle, aussi froide que de l'eau de pluie, et elle jeta le téléphone sur le ciment. Elle l'entendit se briser, vit les piles s'échapper sur le sol.

"C'était pas la faute du téléphone."

Terry était dehors, près du balcon, et se dirigeait vers l'escalier de l'entrée.

"Quoi ? lança Jackie, dont la colère ne demandait qu'à jaillir.

— J'ai dit : c'était pas la faute du téléphone. Jette plutôt la personne qui t'a poussée à bout. Maintenant tu vas en plus devoir raquer trente dollars."

Terry sourit, et Jackie soupira.

"Il y a des gens qu'on ne peut pas se permettre de jeter, dit-elle.

— Tes parents."

Terry, qui était entré dans l'appartement, vint s'appuyer à la rambarde à côté d'elle.

Pendant qu'elle discutait avec sa famille, deux policiers avaient garé leur voiture dans la rue, coincé un jeune type qui marchait avec son pantalon lui tombant sous le calcif. Elle ne distinguait pas ce qu'ils lui demandaient mais elle vit le jeune homme secouer la tête et l'entendit crier : "J'ai rien fait !" Il ne devait pas avoir plus de dix-sept ans.

"Ce n'est rien", conclut-elle.

Et c'était dans la logique habituelle. Ce qui importait, c'était que Terry soit là. Ça faisait deux semaines qu'il travaillait à la pharmacie. Son enthousiasme semblait diminuer, mais la semaine prochaine il allait recevoir son premier chèque et dans peu de temps ils chercheraient un nouvel appartement ; en croisant les doigts, ils auraient assez pour verser un acompte dans l'Est. Néanmoins elle n'arrivait pas à se débarrasser de la sensation de vide que cet appel avait provoquée ; le plâtrage qu'elle avait réussi à faire tenir même quand Terry l'avait quittée semblait s'être éparpillé sur le béton, avec le téléphone.

"Un rien qui va mal tourner", annonça Terry. Tout en parlant, il ne quittait pas le garçon des yeux. "Tes parents ont découvert que j'étais revenu, hein ?"

Jackie hocha la tête.

"Les parents seront toujours des parents, dit-il. Ils ne peuvent pas s'empêcher de se faire du souci pour toi. Je le vois bien avec T. C. : même quand j'étais dans la rue, je pensais à lui. Est-ce qu'il a mis à la bouche un truc trouvé par terre ? Est-ce qu'en grandissant il va tuer des animaux, ou pire, parce que son papa traîne dehors son manque de crack au lieu de lui lire des histoires pour s'endormir ?"

Il soupira. Jackie ne l'avait jamais entendu faire allusion à son autre vie, et elle éprouva un mélange de curiosité et de dégoût.

Dans la rue, le garçon répétait toujours plus fort : "J'ai rien fait ! Mais j'ai rien fait !"

Un des policiers l'agrippa par le bras et le jeta contre la portière de la voiture. Le garçon ne grimaça même pas, contrairement à Terry, qui n'arrivait pourtant pas à en détacher les yeux.

"Moi aussi", dit Jackie en essayant d'attirer son attention. Ses inquiétudes étaient autres, bien sûr, mais quelle mère ne craignait pas le pire pour son enfant ? Qu'elle soit ou non avec T. C. elle se faisait tout autant de souci. "Mais je suis une adulte, ajouta-t-elle. C'est la différence entre mon bébé et moi. À un moment il leur faudra admettre que c'est à moi de prendre la responsabilité des choix que je dois faire dans la vie, que c'est à moi que reviennent les décisions."

Et c'est là-dessus qu'elle achoppait, parce qu'elle n'avait jamais eu autant d'assurance que sa sœur. Sybil avait une façon d'affirmer ce qu'elle disait qui ne laissait aucune place au doute. Tulane, par exemple, avait été l'école de ses rêves, mais elle n'avait pas fini de lire la lettre lui annonçant le rejet de sa candidature qu'elle avait changé d'avis, un revirement si brusque et complet qu'il balaya tout souvenir d'une opinion précédente. Soudain tout le monde sut que les meilleurs juges sortaient de Loyola. Tulane était très bien pour qui voulait enseigner, mais quand on y regardait de plus près, les meilleurs avocats en ville avaient pour la plupart étudié à Loyola. Jackie n'aurait su démêler la part du vrai dans ces déclarations, mais le plus important, c'est qu'elle n'aurait jamais mis leur véracité en cause.

"Je suis une adulte, répéta-t-elle comme pour voir si ça sonnait juste.

— Je sais", dit Terry.

Il chuchotait presque. La police avait menotté le garçon et le poussait tête la première dans la voiture.

"Pourquoi l'ont-ils arrêté, à ton avis ?" demanda-t-elle pour changer de sujet.

Terry haussa les épaules. Sirène et gyrophare diminuaient d'intensité à mesure que la voiture s'éloignait.

"Peut-être pour de la drogue. Peut-être pour rien. Dur de savoir, parfois."

Une fois que la voiture fut hors de vue, il reprit : "Tu as eu raison de raccrocher. C'est la seule façon de poser une limite, de leur faire comprendre qu'il est temps de céder. Sinon ils seront sur ton dos pour le restant de tes jours." Il se dirigea vers la porte mais se retourna pour ajouter : "Parfois les gens ont besoin de concret pour comprendre. Parfois il faut montrer les choses, pas seulement les dire."

Elle étudia son visage. Il avait l'air épouvanté, était-ce à cause de l'arrestation du jeune homme ? Elle se demanda s'il lui était arrivé pareille mésaventure quand il vivait dans la rue. Qui sait ce qu'il avait traversé ? Il n'en parlait jamais mais lui avait dit un jour que, contrairement à l'alcool, le crack ne permettait pas d'oublier, et qu'il paierait cher pour être capable de refouler certains souvenirs.

"Tout se passe bien, sinon ?" demanda-t-elle.

Il avait la main sur la poignée mais elle voulait le garder avec elle.

"Tout va bien, répondit-il. Si tu vas bien et le bébé aussi, alors je vais bien."

Jackie sourit sans être satisfaite pour autant ; quelque chose dans son attitude l'inquiétait.

"Au travail aussi, je veux dire ?" insista-t-elle.

Il n'en parlait pas beaucoup. Le premier jour il avait paru si content de se lever dans un but précis, mais maintenant il quittait le lit de plus en plus tard, et quand il rentrait il était fermé, sans enthousiasme.

"Mmmh, grommela-t-il en se détournant. Le train-train.

— Ça va s'arranger, chéri", dit-elle, sans vraiment savoir à quoi ce "Ça" se rapportait.

Il lui fit face à nouveau.

"Ne fais pas attention à moi. Je suis simplement fatigué, ma puce, mais tout va bien."

Son sourire s'étira, comme son sourire à elle du temps où il n'était pas là.

"Tant mieux, chéri", conclut-elle et, tout en reconnaissant son propre sourire forcé dans celui de Terry, elle se laissa apaiser par ces paroles. "Tant mieux", répéta-t-elle.

Elle avança vers lui. Il avait toujours son grand sourire mais elle pouvait lire la défaite dans ses yeux.

T. C.

Été 2010

T. C. décida qu'il serait plus facile de cloner que de partir de zéro. Puis il se rendit compte que l'opération était trop lourde pour être menée depuis la maison de sa mère, si bien que, après l'achat des boutures auprès de son fournisseur, qui cultivait aussi, il les installa chez Tiger. Celui-ci vivait dans la IXth Ward, comme T. C., dans une maison à peu près de la taille de la sienne, avec la même brique rouille et une pelouse comme un timbre-poste devant l'entrée. Mais, contrairement à celle de T. C., la maison de Tiger n'était pas garnie de canapés de chez Aaron et n'avait pas sur les murs des photos de lui bébé qui avaient survécu au cyclone. Non, c'était comme si l'endroit avait été vidé pour être rénové, mais que la personne chargée des travaux s'était arrêtée en cours de route ; les seuls meubles étaient un matelas dégarni et une télé dans la chambre où Tiger comptait entreposer les plants, la plus éloignée de l'entrée.

Une fois que Tiger lui eut fait visiter les lieux, T. C. retourna sur le porche. Un lotissement s'étendait de l'autre côté de la rue, mais à présent les maisons mitoyennes n'étaient plus que vestiges dévastés, condamnés, barricadés parmi l'herbe morte et les pneus abandonnés. Des camés au crack s'étaient regroupés dans l'appartement situé en face de celui de Tiger ; on était le premier du mois et ils avaient dû recevoir un chèque qui leur permettrait de survivre. Toutes les maisons étaient couvertes de tags mais celle où les toxicos allaient et venaient dans un déferlement continu portait un message en lettres bulles d'un bleu fluorescent : "CECI N'EST PAS UN DÉPOTOIR".

Tiger sortit sur le porche en pleine crise de parano.

"Rentre et ferme la porte, fils de pute. J'sais pas qui est après moi.

— Mec, personne voudrait braquer ce trou à rat. T'as rien à voler."

T. C. regretta aussitôt d'avoir sorti ça ; il pouvait voir la honte s'étaler sur le visage de Tiger. Pendant quelques minutes celui-ci ne dit rien. Puis : "Me cause pas comme ça. Au moins c'est à moi. Au moins je squatte pas ma mère." Puis il ajouta : "Y avait un canapé mais je l'ai vendu. Un frigo aussi, mais je me sers pas de cette merde. Y a que moi ici, et mon cousin, mais il s'est cassé."

T. C. le laissa parler, secoua la tête.

"Ça va, ça va, calme-toi. T'as raison, dit-il. T'as raison."

Il sentait une odeur de moisissure. Impossible. Ça faisait si longtemps. Pourtant y avait rien à faire, c'était bien ça ; il n'oublierait jamais l'odeur qui l'avait assailli en entrant dans sa propre maison cinq ans plus tôt. Ici, elle avait beau être plus discrète, elle n'en était pas moins là.

Quelques minutes plus tard, Tiger démarra de nouveau au quart de tour : "C'est la maison de ma grand-mère, tu sais, chuchota-t-il. Elle est revenue après l'ouragan, elle a fait de son mieux pour remett' en état, pour que j'aie un endroit à moi, mais…"

Il se tut. T. C. se rappelait les anciens parterres ; moitié plancher, moitié contreplaqué.

"Avec le reste du fric, elle est allée à Birmingham, elle disait qu'elle allait pas attendre là, les bras croisés, qu'on lui brise le cœur à nouveau. Voilà, c'est tout ce que j'ai maintenant.

— Je suis désolé, mec, continua T. C. J'aurais pas dû dire ça. J'savais pas.

— C'est bon, on va pas s'mett' à pleurer. Dans quelques mois je vais arranger c't'endroit, tout péter et remett' à neuf. J'ai déjà une équipe. Ce fils de pute de Mexicain qui jouait au basket avec nous à Joe Brown, il est contremaître maintenant. Je suis tombé sur lui dans Bourbon Street. On a déjà prévu la logistique. J'ai juste besoin de blé."

T. C. sourit et ils firent un check.

"Ça va l'faire, dit-il. J'suis content de pouvoir te dépanner."

Ils rirent à leur façon, des grognements sourds au fond de la gorge, et ils montèrent dans la voiture de Tiger pour aller au magasin de fournitures acheter des filtres, des ventilateurs et des lampes.

T. C. se saignait avec tous ces achats, mais il n'allait pas demander à Tiger de participer, pas après avoir vu sa maison. Il consulta son compte en sortant du magasin. Grâce à Mamie, il lui restait assez pour tenir deux mois, le temps que les plants fleurissent, mais il ne pourrait se payer ni restau ni rien. C'était pas bien grave, se dit-il : tous les soirs il faisait un saut chez Mamie, et elle était contente de lui donner des parts en rab de dinde rôtie, de farce ou de riz en sauce.

Cette nuit-là, chez Tiger, ils plantèrent leurs premières boutures dans des cubes de laine de roche, les scellèrent avec du plastique et les alignèrent sous des lampes horticoles.

Quand ils eurent terminé, ils se levèrent pour admirer leur œuvre.

“Parfait, parfait, j'te retrouve, dit Tiger. J'étais pas sûr, mon pote, j'étais pas sûr. J'pensais qu'ils t'avaient cassé en taule, mais t'es revenu aussi doué qu'avant. On va fêter ça, négro.”

Ils s'assirent sur le matelas nu. T. C. ne pouvait se permettre d'acheter de l'herbe mais Tiger sortit un sachet de sa poche, prit des feuilles, les lécha et roula un joint.

T. C. toussa à la première taffe.

“Putain, négro, on dirait un tracteur ; tu dois être défoncé comme un fils de pute.

— J'ai pas fumé depuis un moment.

— Ben pourquoi ?

— J'essaie de mettre du fric de côté, négro. Et qui c'est qu'a acheté les boutures, les lampes et tout le bordel ?”

Tiger porta le joint à ses lèvres.

“Ben tout ça, ça sera derrière nous en un clin d'œil, frérot. Combien de temps t'as dit qu'ça prend pour fleurir ? Deux mois ?

— Ouais, mais elle est pour la vente, négro, pas pour nous.

— Je sais, je sais, protesta Tiger, mais comment j'la mets sur le marché, si j'la teste pas d'abord ?”

Il passa le joint à T. C. et un sourire s'épanouit sur son visage.

T. C. ne dit rien, écarquilla les yeux, et le joint continua de passer de l'un à l'autre. C'était le moment qu'il préférait quand il fumait, les quinze premières minutes. Après ça, tout pouvait arriver, ça dépendait du dosage. Il pouvait tomber dans les pommes ; il pouvait rentrer chez lui et se gaver du gâteau en gelée de Mamie ; il pouvait mettre un film pour occulter sa certitude qu'une horde de flics allait d'un instant à l'autre péter la porte de Tiger et renvoyer T. C. là où il s'était juré de ne plus jamais retourner. Mais pour le moment il sentait monter en lui un apaisement général qui se propageait jusqu'à la plus infime pensée lui traversant l'esprit. Ses problèmes lui apparaissaient sous un jour différent, se déclinaient comme des chances à saisir. Alicia, par exemple. Depuis son retour il avait voulu l'appeler mais il avait peur de sa réaction, il craignait qu'elle cherche à le tenir éloigné du bébé et d'elle-même. Maintenant, après trois bonnes taffes, il avait l'impression qu'avec un simple coup de fil il pourrait tout lui expliquer sous l'angle le plus sincère. Il ne savait pas exactement quels mots il emploierait mais le fait est qu'il aimait cette fille et que son bébé était l'occasion pour lui de recommencer à zéro.

Il saisit le téléphone.

"T'appelles qui, fils de pute ?"

T. C. haussa les épaules.

"J'sais pas, j'étais pas sûr, mais j'pensais appeler Licia.

— Ooh, putain non, repose-moi ce téléphone."

Tiger se leva comme s'il allait l'arracher des mains de T. C.

"C'est pas le moment, frangin. T'es stone et tout le bordel.

— J'suis pas stone.

— T'es pas stone mais t'as ton putain de sourire débile depuis un bon quart d'heure, c'est comme ça qu'je sais que t'es défoncé.

— Et alors ? Ça m'a déjà empêché de faire un truc ? rétorqua T. C.

— Ouais, mais t'as pas fumé depuis un moment. T'es cap de lâcher quelque chose que tu peux regretter ensuite, tu m'suis ?

— Nan, frangin, j'veux juste lui dire que je l'aime, que j'serai toujours là pour elle.

— Ouais, là ç'a l'air génial et tout ça, mais elle va deviner qu't'es défoncé, frangin, et alors qu'est-ce qu'elle va s'dire ? Que t'es sorti depuis tout ce temps et qu'en plus il fallait que tu fumes avant de l'appeler ?"

T. C. ne trouva rien à répondre. Ça tombait sous le sens. Au bout d'un moment il ralluma le joint, inhala, cette fois sans tousser, et le passa à Tiger.

"T'entends ça ? demanda Tiger après avoir fait tomber la cendre d'une chiquenaude.

— Quoi ?

— Les sirènes."

T. C. n'avait pas besoin de tendre l'oreille pour savoir qu'elles étaient là, pas juste garées devant mais tournant autour d'eux comme il avait vu faire les lions pour encercler les antilopes, sur la chaîne National Geographic. De toute façon il n'était pas inquiet ; c'était sûrement pour la fumerie de crack en face. De ce point de vue, c'était l'endroit idéal pour cultiver de l'herbe ; personne ne prendrait la peine d'aller voir chez eux.

"Fils de pute, tu tripes. Me fais pas ta scène de parano, dit-il.

— D'accord, d'accord, d'accord", admit Tiger. Puis : "T. C., j'suis sûr que c'est pas normal, mec.

— Qu'est-ce qu'est pas normal ? Mec, tu flingues ma montée !

— Vaut mieux que ce soit moi plutôt qu'un négro avec un *gun*, fils de pute, ou pire, un flic." Il alla à la fenêtre, jeta un coup d'œil. "Viens voir", dit-il.

T. C. le rejoignit. Il n'y avait rien. De nuit, les maisons vides étaient encore plus glauques, comme des trous dans une bouche édentée.

"Tu vois quelque chose ?" demanda Tiger.

T. C. scruta l'obscurité, les champs d'herbe brune, déserts.

"Putain, non, j'vois rien, fils de pute. Tout le monde est à l'intérieur. J't'avais dit qu'y avait personne dehors. Assieds-toi, maintenant."

T. C. alluma la télé, chercha un film. *Friday** venait juste de commencer, et la maman de Craig lui disait qu'elle n'était pas très chaude pour lui prêter de l'argent alors qu'il n'avait pas de boulot.

"Ici, mate ça, dit T. C. Pose un peu ton cul, putain."

Ils en étaient à la scène où Big Worm arrête son camion de crèmes glacées quand Tiger dit qu'il avait faim.

"Y a personne qui livre ici, à part Domino's. J'me taperais bien une pizza, là, tout de suite."

T. C. n'avait pas d'argent et il le dit.

"J't'invite, proposa Tiger.

— Arrête de déconner.

* Comédie de Gary Gray (1995) avec le rappeur Ice Cube et l'acteur Chris Tucker, sur les mésaventures de deux tire-au-flanc à Los Angeles qui doivent rembourser leurs dettes à leur dealer psychopathe, Big Worm.

— Nan, j'suis sérieux ; c'est toujours toi."

Le temps que le film se termine, la pizza était arrivée, et ils se tassèrent au-dessus dans le noir. T. C. se sentait reconnaissant.

"Merci, négro, dit-il.

— J't'ai déjà dit, t'en fais pas pour la pizza.

— Pas pour la pizza, frangin. Pour c't'histoire avec Alicia. J'aurais sorti des trucs débiles et après j'aurais regretté. T'avais raison."

Tiger haussa les épaules.

"Je pense juste que c'est rare, c'que t'as, c'est tout. Jamais j'aurai un truc pareil, mais si ça m'arrivait, j'le foutrais pas en l'air. J'le traiterais avec respect, tu vois ?"

Au cours des semaines suivantes, T. C. passait au moins plusieurs heures par jour chez Tiger pour nourrir les plants, changer l'eau, tester le pH et appliquer le correcteur chimique. Pendant ce temps Tiger commençait sa campagne marketing. T. C. lui avait dit qu'il fallait attendre encore un bon mois pour la floraison mais Tiger rentrait tous les jours en se vantant d'avoir trouvé l'intermédiaire idéal : "Il est comme la femme d'un champion de basket, négro. Il a la même ambition." Ou alors il parlait des gens qui le suppliaient de leur vendre la *blueberry* de T. C. : "Ils savent que c'est dans un mois mais ils continuent de demander. L'astuce, c'est de les faire tellement saliver qu'ils risquent d'avoir une attaque en goûtant à ta beuh ; ça crée une dynamique, on aura fourgué tout le paquet en moins d'une semaine."

Un jour la porte s'ouvrit, et T. C. entendit la voix d'Alicia derrière celle de Tiger.

“Mais putain qu’est-ce qui s’passe ici, Tiger ? De l’extérieur on sent déjà la ganja !” Elle s’arrêta net en apercevant T. C. “Je m’attendais pas à te voir ici. Tiger m’a dit qu’il avait quelque chose à me montrer. Sinon je serais pas venue.”

T. C. et Alicia regardèrent leur ami.

“Ben quoi ? s’exclama Tiger. Fallait bien mett’ de l’ordre dans c’bordel, frangin. J’en ai marre de vous voir souffrir, tous les deux.”

Sauf que T. C. ne s’était pas rendu compte qu’il souffrait. D’accord, Alicia lui trottait toujours dans la tête, elle était sa vie, mais il n’avait pas su combien elle lui manquait jusqu’à ce qu’elle se pointe, le ventre tellement plein de lui qu’elle risquait, se disait-il, d’accoucher là, tout de suite.

“Mais putain, qu’est-ce qui s’passe ici ?” répéta-t-elle.

Il ignora la question, s’obligea à se calmer. Comme elle n’avait pas l’air contente de le voir, il supprima toute joie en lui, par habitude ; il ne voulait pas s’aventurer sur une route qui n’allait nulle part.

Il la regarda de haut en bas. Il ne pouvait s’en empêcher.

“T’as l’air en forme, dit-il.

— Elle est grosse, hein, T ?” lança Tiger.

Par jeu Alicia lui donna une claque sur la poitrine.

“Je suis pas grosse, mon gars, je suis enceinte.

— C’est ce que je voulais dire, répliqua Tiger.

— Alors c’est ce que tu diras la prochaine fois”, poursuivit Alicia.

Craignant qu’Alicia ait été trop occupée à se chamailler pour entendre son compliment, T. C. répéta “T’es magnifique”, en chuchotant. Elle le regarda et sourit.

Une fois Tiger parti, ils allèrent s'asseoir sur le perron.

"Faut pas que je reste trop longtemps dans cette maison, dit Alicia. Je finirais défoncée rien qu'en respirant l'odeur.

T. C. rit. Sa candeur lui avait manqué.

"Alors, quand c'est que t'es sorti ? demanda-t-elle.

— Y a un mois."

Elle hocha la tête. "Je le savais, je faisais juste la conversation.

— J'allais venir te voir.

— Commence pas, T. C., dit-elle en haussant les épaules, puis elle lui agita la main sous le nez. J'ai déjà entendu ce genre de truc et aujourd'hui j'ai pas l'énergie."

Il n'avait rien à répondre. Qu'est-ce qu'il aurait pu dire ? Ils regardèrent les gosses qui sautaient à la double corde dans la rue. T. C. se demanda où ils pouvaient bien habiter.

Banana, banana, banana split,
Combien t'as eu en arithmétique ?
Banana, banana, banana gratuit,
Combien t'as eu en géométrie ?

"Comment va ta mère ? et sa famille ? demanda Alicia.

— Ma mère ? Toujours aussi folle. Tu le sais."

Alicia rit. "Je suis tombée sur elle, l'autre jour, chez Castnet. Elle a obligé le vendeur à me donner un sandwich gratis, elle a dit que c'est son petit-fils qui allait le manger." Elle rit de nouveau.

"J'savais pas qu'elle connaissait si bien le vendeur.

— Elle le connaît pas, mais à mon avis ils veulent pas la contrarier, c'est tout."

Rire ensemble était une telle habitude chez eux qu'ils le faisaient presque sans s'en apercevoir.

"Alors, comment ça se passe ? La grossesse et tout ça ?

— C'est cool. Ma mère était malade les deux premiers trimestres quand elle était enceinte de moi, et elle a fait une fausse couche entre ma sœur et moi, tu sais ?"

T. C. ouvrit de grands yeux.

"Ouais, du coup j'étais inquiète, vraiment inquiète au début, mais maintenant je suis prête à y aller.

— Tu es à terme, quoi, dans une semaine ou deux ?

— Mon gars, il me reste quatre semaines. J'aimerais bien que ce soit une semaine ou deux. Nan, je dis n'importe quoi, j'ai seulement envie qu'il soit en bonne santé. Parfois, quand ils sortent trop tôt, ils doivent rester en soins intensifs néonatals et tout ça.

— Ooh, non, pas notre p'tit gars." Il lui passa un bras autour des épaules par habitude et elle ne bougea pas. "T'as déjà pensé au prénom ?"

Elle hocha la tête en souriant.

"J'en ai deux. Pourquoi, tu veux savoir ?"

Il haussa les épaules. "Ouais.

— Le premier, c'est Malcolm Darrell, Darrell pour Daryl, qu'il repose en paix."

Elle fit le signe de croix. T. C. pouvait sentir l'émotion lui monter au visage et il baissa la tête.

"Et tu sais combien j'aime Malcolm X.

— T'essaies toujours d'être une Black Panther, hein ? dit-il, content d'égayer l'ambiance.

— Ah, n'importe quoi", mais elle sourit. "L'autre, c'est Malik." Elle le regarda pour voir sa réaction. "J'aime ce prénom." Elle haussa les épaules. "Depuis toujours. T'en penses quoi ?

— Je trouve ça bien, conclut-il. Vraiment bien.

— Y en a un que tu préfères ?

— Peut-être Malik. Ça me paraît vraiment cool, et original. Malik Darrell. M. D. Il sera peut-être docteur* ou un truc comme ça.

— J'y avais même pas pensé", dit-elle. Son visage s'éclaira.

Il hocha la tête. "Ouais.

— Puis Lewis, bien sûr."

Il fut trop surpris pour prendre l'air détaché. Il leva les yeux vers elle, débordant de gratitude. Il avait depuis longtemps abandonné l'idée que l'enfant porte son nom : durant les premiers mois de grossesse d'Alicia il était en prison, et après sa sortie la honte d'avoir été absent lui avait fait manquer la suite. Sans l'intervention de Tiger, qui sait quand il se serait manifesté ? À la maternelle ? À l'entrée au collège ? Et pourtant elle voulait donner à l'enfant son nom à lui.

"Sérieux, Licia ? Tu penses vraiment l'appeler Lewis ?

— C'est ton bébé, pas vrai ?

— Évidemment que c'est le mien – il se redressa sur la chaise du porche –, mais j'ai pas été réglo avec toi. J'vais m'améliorer, mais j'ai tellement laissé filer ; par moments j'avais peur qu'ça soit trop tard."

Alicia soupira.

* Aux États-Unis, on utilise couramment les initiales MD (latin *medicinae doctor*) pour désigner un médecin généraliste.

“C’est pour ça que t’as pas appelé ? Tu pensais que c’était trop tard ?”

Il haussa les épaules.

“Quelque chose comme ça, oui. Je pensais t’appeler, tout ce temps. Je décrochais le téléphone et je composais même le numéro. Puis j’imaginais ta mère qui te disait à l’oreille : « Ce négro, y vaut rien », puis j’imaginais mon gosse qui entendait ça encore et encore pendant des années. C’était comme ça pour moi, tu sais. J’crois pas que ma mère a jamais prononcé le nom de mon père sans le faire suivre de « fils de pute ». Alors je pensais à tout ça et je raccrochais direct. Tu sais comment ça s’passe.”

Il regarda de nouveau les gosses pour éviter de poser les yeux sur elle. Les herbes folles enlaçaient leurs genoux.

On me l’a raconté
Mais je le dirai pas.
Trois petits chimpanzés
dans une coquille de noix.
L’un lit un carnet
L’autre danse la gavotte
Le troisième a troué
Le fond de sa culotte.

“Je me suis dit que t’avais trouvé quelqu’un d’autre, que tu pensais pas à moi et à ce pauvre Malik”, dit Alicia.

Il lui prit la main.

“J’pourrai jamais arrêter de penser à toi, Alicia. Faut jamais que tu croies ça.

— Faut jamais penser que c’est trop tard, alors. Quoi qu’il se passe entre nous, tu feras toujours partie de sa vie, T. C. Tu m'entends ? C'est ton fils."

Elle lui prit le visage pour qu'il la regarde. Il n'avait jamais eu autant envie d'embrasser quelqu'un, pas la baiser, juste l'embrasser, verser son cœur tout entier dans le sien, et faire qu'elle reverse en lui ces deux cœurs mêlés.

Mais il se contenta de hocher la tête. Ils entremêlèrent leurs regards un moment, puis les enfants entonnèrent une autre chanson et T. C. se tourna vers eux.

Appelle la marine, appelle l'armée,
Paraît que Tashica attend un bébé,
Emballe-le dans un mouchoir en papier
Mets-le dans l'ascenseur jusqu'au rez-de-chaussée.

"L'air de rien, ils nous écoutent, ceux-là", plaisanta T. C.

Alicia secoua la tête en souriant.

"Au fait, qu'est-ce que vous foutez là-dedans ?" Elle fit un geste en direction de la maison. "Avec cette odeur, on se croirait dans les chiottes d'un lycée. Ou mieux, ça sent le couloir qui mène tout droit en prison, c'est ça que ça sent.

— Ohh, s'il te plaît, tu sais qu'c'est pas un truc comme ça.

— Je sais rien de rien." Elle se tut un moment. "Pour l'instant ça se passe bien. Mais fais gaffe à pas faire le con avec Tiger pour pas te retrouver à nouveau dans la merde, T. C. Malik a besoin de toi. On a besoin de toi."

Tiger ne s'était pas trompé. T. C. avait vérifié les bourgeons l'autre jour, et ils étaient dodus et troubles comme des glaçons dans un verre d'eau. Il avait coupé les branches des douze plants, enlevé les feuilles de manière que seuls les bourgeons soient mis à sécher. Encore une petite semaine et ils seraient bons.

Il n'y avait pas que ça. T. C. et Licia étaient toujours à fond amoureux. Il craignait que l'élan s'essouffle au bout de quelques semaines et qu'elle recommence à piquer des crises ou, pire, qu'elle ne lui parle plus, mais non. À peine réveillé, il prenait de ses nouvelles, s'assurait que le bébé était en place et lui demandait si elle avait besoin de quelque chose. Il l'avait aussi accompagnée pour acheter le siège auto, plus une paire de Jordan qu'il jugeait indispensable pour son petit. Alors elle l'avait invité à la consultation prénatale et il avait entendu battre le cœur du bébé, aussi fort que celui de Dieu. Il en eut les yeux remplis de larmes et ne les cacha pas.

Il emballait son premier lot quand il reçut un appel de la mère de Licia.

"Tu ferais mieux de venir à Ochsner, T. C. Le travail a commencé et ça avance vite."

Aussitôt raccroché, il mit la maison sens dessus dessous pour trouver une valise dans le fouillis de sa mère. Il en dénicha une, aussi vieille que lui, y fourra quelques sweats et un tee-shirt. Licia lui avait dit de prévoir jusqu'à une semaine, en fonction de la difficulté de l'accouchement. Il s'arrêta en chemin dans la salle de bain pour prendre sa brosse à dents puis laissa un mot à sa mère et fila à l'arrêt du bus 94.

Lorsqu'il arriva au cinquième étage, Alicia avait une intraveineuse dans le bras et une sorte de bonnet de douche sur la tête. Comme il s'inquiétait de la voir ainsi, l'infirmière le prit à part pour lui expliquer la situation : le bébé montrait des signes de souffrance et ne bougeait pas autant qu'il aurait dû. La grossesse s'était déroulée au mieux, mais vu la taille de l'enfant, une césarienne semblait s'imposer.

T. C. acquiesça en silence, ne sachant comment formuler ce qu'il pensait vraiment. Il finit par se lancer : "Elle va s'en sortir ?

— Tout va bien se passer, monsieur."

L'infirmière lui tendit une blouse et un bonnet stériles. Il les enfila puis alla s'asseoir dans la pièce d'à côté en attendant que l'anesthésiste ait terminé.

Ensuite la même infirmière le fit entrer en salle d'opération. Les médecins avaient déjà tiré les rideaux sur le ventre d'Alicia. Il se pencha au-dessus d'elle, chercha des yeux sa mère et sa sœur mais ils n'étaient que tous les deux. Il lui prit la main, la laissa serrer la sienne aussi fort qu'elle voulait.

"Tu as mal ?"

Elle secoua la tête en se mordant la lèvre.

"Juste peur, dit-elle.

— Vous sentez quelque chose ?" l'interpella l'obstétricien derrière le rideau. T. C. se recula, vit le docteur enfoncer un scalpel au-dessus du pubis de Licia. “Parce qu’on a commencé.”

Alicia fit signe que non. Elle parut se calmer après ça, mais T. C. essayait de trouver quelque chose à dire, pour lui faire oublier qu’on lui ouvrait le ventre.

“Je sais que tu voulais qu’on fasse ça par la voie normale, chuchota-t-il.

— Peu importe, tant qu’ils arrivent à le sortir sain et sauf.”

Il allait lui dire de ne pas se faire de souci, que le bébé irait bien, que tout irait bien maintenant, mais une minute après, le médecin les interpella de nouveau.

“Le bébé sera là dans une seconde, si le papa veut venir voir.”

T. C. regarda Alicia pour savoir s’il pouvait la laisser. Les yeux brillants et écarquillés, elle lui fit signe d’y aller. Il passa un œil furtif derrière le rideau et il était là, bien loin de l’image que s’en faisait T. C. : couvert de sang et d’une substance visqueuse, c’était pourtant le sien, long comme un Lewis et rouge comme eux aussi, hurlant comme un beau diable.

“Voulez-vous couper le cordon, monsieur ?

— Bien sûr.”

T. C. demanda trois fois s’il orientait les ciseaux du bon côté avant de les refermer. Puis les infirmières pesèrent le bébé, l’essuyèrent, l’enveloppèrent dans une serviette et le lui tendirent. Il était beaucoup plus petit que ce qu’avait imaginé T. C., dont le seul critère était les nouveau-nés à la télé. Malik, lui, tenait dans la paume de sa main. T. C. l’amena à Alicia et elle fondit en larmes avant même de voir son visage. Elle ne pouvait le prendre à cause de l’anesthésie mais T. C. le tint devant elle.

"Regarde ce que nous avons fait ensemble, dit-elle. Laisse-moi le voir. Il va bien, pas vrai ? Ils ont dit que tout était normal ?

— Oui, ne t'inquiète pas.

— T'arrives à y croire ?"

T. C. fit signe que non. Le bébé avait les yeux fermés et T. C. embrassa ses paupières.

"C'est ta maman, dit-il. Et je suis ton papa, et on t'aime. On sera toujours là pour toi, t'entends ? Quoi qu'il arrive."

En se dirigeant vers la salle d'attente, T. C. se sentait encore plus grand qu'auparavant. Mamie, Maman et tante Ruby avaient rejoint la famille de Licia. On aurait dit qu'ils essayaient de tuer le temps en regardant un épisode de *Judge Judy* mais ils bondirent en le voyant entrer.

"Cinquante-six centimètres." Il se désigna lui-même, et ils rirent. "Trois kilos six."

Tout le monde poussa des cris.

"Il jouera au basket comme toi, T. C., annonça la mère de Licia.

— Ce serait vraiment cool, dit T. C. Vraiment cool."

Il accompagna sa famille à la cafétéria. Pendant qu'ils attendaient l'ascenseur, sa mère ne pouvait plus s'arrêter de parler.

"C'est bien ce que je te dis, mon garçon : ce bébé, il est aussi beau que toi à son âge. Vraiment beau, tu m'entends ? C'est tout toi. De retour à la maison, je sortirai ta photo de nouveau-né, je les mettrai côte à côte, et tu verras. Il a la même forme de tête, il faut quand même la modeler pour pas qu'elle s'aplatisse, et le même nez, tu dois le presser avec tes doigts, pas trop fort pour pas que ça lui fasse mal, mais juste pour le redresser. Mon bébé, un papa !"

Elle se tut ; il voyait bien qu'elle était aussi exaltée que ses paroles. C'était elle, la femme qui l'avait mis au basketball, celle que ses amis saluaient en hurlant comme des loups, celle dont il avait été si fier avant qu'elle disparaisse. Elle était de retour maintenant.

"Il faut lui faire travailler les jambes, parce qu'on a de grosses cuisses dans la famille, pas vrai, Mère ?" reprit-elle en se tournant vers Mamie. Celle-ci la soutenait comme si c'était sa fille qui avait besoin d'une canne.

Sans même attendre de réponse, elle poursuivit : "Je suis tellement heureuse, répétait-elle en serrant la main de T. C., qui se tenait de l'autre côté. Tu seras un bon papa, toi, pas comme ces ratés qui disparaissent du jour au lendemain. Tu sais comment je le sais ? Tu te souviens quand miss Patricia est rentrée avec son petit-fils ? T. C. allait la voir tous les jours, rien que pour le prendre dans ses bras. Quel gamin de onze ans s'intéresse aux bébés ? Mon fils. Et celui-là porte le nom de Daryl aussi. Il sera la lumière de votre vie."

Lorsqu'ils atteignirent la cafétéria, sa mère alla acheter un donut, pendant que Mamie, tante Ruby et lui choisissaient une table en l'attendant.

C'était étrange de se retrouver là avec une tante Ruby silencieuse – d'habitude elle parlait assez pour toute la famille. À croire qu'ils étaient encore muets de stupeur. T. C. triturait les sachets de sucre sur la table. Au bout d'un moment il leur demanda à quoi elles pensaient.

"Oh, à rien, on rumine. C'est pas tous les jours qu'on devient arrière-grand-mère, pas vrai ? fit remarquer Mamie.

— C'est vrai", convint tante Ruby en souriant. Puis elle se tordit les mains sans rien dire. "Dans des moments pareils mes parents me manquent vraiment."

T. C. fut surpris de l'entendre rappeler leur existence. Ils étaient morts avant sa naissance, et ni Mamie ni sa tante n'en parlaient beaucoup. Tout ce qu'il savait, c'est que leur père était médecin, le premier médecin noir dans toute la Louisiane ou quelque chose comme ça, et que, quand elle était jeune, Mamie n'était pas très proche de sa mère, mais qu'il s'était passé quelque chose qui avait tout changé.

"Ils te manquent aussi, Mamie ? demanda-t-il.

— On regrette toujours ses parents, même quand on est vieux." Elle se tut. "Non, je m'attends à emporter ce deuil avec moi dans la tombe. Mais ils seraient si fiers, j'en suis sûre. Ce monde a tellement changé. Les gens ne font pas les choses dans le même ordre qu'avant, ajouta-t-elle avec un petit rire.

— Peut-être qu'ils ne les ont jamais faites dans cet ordre, intervint tante Ruby, en riant elle aussi.

— Peut-être, convint Mamie. En tout cas, nos parents avaient beau être à cheval sur les règles, ils ne pourraient pas s'empêcher d'être fiers, à mon avis.

— Sûrement, renchérit tante Ruby sur un ton presque interrogateur.

— J'espère bien", dit T. C. en reposant le sucre. Il leva les yeux pour voir sa mère revenir vers eux comme si elle glissait, avec un biberon qu'elle avait acheté dans la boutique cadeaux.

"LE BÉBÉ DE GRAND-MAMAN", était-il écrit en lettres cursives. Elle chantonnait les mots à voix haute. Puis elle regarda T. C. avec encore plus de tendresse que dix ans auparavant, lorsqu'il avait été nommé joueur de l'année, au lycée. Comme on n'enrôlait plus les jeunes aussitôt après le bac, il avait choisi LSU. Six mois plus tard, en jouant au basket avec Daryl à la maison pendant les vacances de printemps, il s'était fait une entorse au genou droit et déchiré le ligament. Son médecin lui avait conseillé de s'arrêter jusqu'à la fin de l'année. Pourtant Domingue, l'entraîneur, n'en avait pas tenu compte. À l'époque, T. C. faisait tout ce que disait le coach, il était si content de porter le même maillot que Shaquille O'Neal. Lors du deuxième match de la saison il était à nouveau tombé, et cette fois il s'était fracturé un os du même genou. L'université avait payé l'opération mais après ça il n'avait plus été le même, et quand l'école se rendit compte qu'il avait changé, ils en firent autant. Quelques mois plus tard Katrina frappait, Daryl mourait et T. C. touchait le fond.

Il retourna à l'ascenseur en se sentant différent de l'homme qui avait franchi les portes de l'hôpital quelques heures plus tôt, comme s'il avait renoué avec le garçon d'autrefois, si prometteur, mais la promesse n'était liée ni au basket ni à un domaine particulier, elle englobait tout, et plus rien ne l'empêcherait de la faire aboutir à quelque chose de concret. Il ignorait ce que ce serait mais c'était sûrement mieux que d'emballer des courses ou même de vendre de l'herbe. Non, une fois qu'il aurait fini ce dernier lot, il se mettrait à réfléchir aux étapes suivantes.

Il ne rentra pas à la maison pendant quatre jours. La famille d'Alicia lui proposa de le relayer mais il n'avait aucune envie de partir.

Licia et lui avaient trouvé leur rythme dans cette chambre d'hôpital : ils se réveillaient toutes les deux heures, regardaient de vieux films et, dans leurs accès de délire, ils s'appelaient du nom des personnages. La plupart du temps ils regardaient simplement le bébé en imaginant son avenir, à partir de certains traits de leur personnalité dont il pourrait hériter, comme la grande taille de son père.

"Tout bien réfléchi, je tiens pas à ce qu'il joue au basket. Trop risqué", disait T. C.

Ou l'intelligence de Licia, qui aurait terminé ses études d'infirmière dans un an.

"Un docteur, disait-elle. Pas un infirmier, un docteur."

Au fond, ça ne les tracassait pas vraiment, pas encore ; l'enfant qu'ils avaient conçu était en parfaite santé, il les avait arrachés tous deux au monde de l'existence ordinaire et hissés au niveau des dieux.

La veille de leur sortie de l'hôpital, tante Sybil leur rendit visite. Elle fit son entrée en tailleur chic et talons aiguilles qui cliquetaient sur le linoléum.

D'habitude, lorsqu'elle venait le voir, T. C. mettait un polo, mais sa seule pensée ce jour-là, ce fut que ses talons allaient réveiller Alicia, qui s'était enfin endormie.

"J'ai des cadeaux pour vous, annonça tante Sybil en lui tendant un sac géant, dont il sortit des bodies, des chaussettes et des costumes de marin.

— Merci. Nous sommes très touchés."

T. C. confia le bébé à Sybil puis, comme Licia remuait dans son sommeil, ils allèrent promener le couffin dans le couloir.

Pendant un moment ils parlèrent de l'accouchement, avant d'évoquer le retour de T. C. à la maison ; c'était une bonne chose qu'il ait pu arriver à temps pour la naissance, fit remarquer tante Sybil ; Mamie était dans tous ses états ; après la mort de Papi, Sybil ne l'avait jamais vue aussi heureuse.

Une fois les amabilités d'usage terminées, elle se tourna vers lui. "Je n'ai pas eu d'enfant à moi et tu sais combien je déteste dire à des adultes ce qu'ils ont à faire, mais la vraie raison qui m'a fait venir ici, c'est toi. Bien sûr, c'est émouvant de voir une nouvelle génération arriver, mais ce que je veux c'est que tu restes auprès de lui, T. C. Il est trop beau pour qu'on le laisse tomber."

T. C. eut le rire idiot, nerveux, que tante Sybil avait toujours provoqué chez lui.

"Je sais, tante Sybil, dit-il. Ne t'inquiète pas pour moi.

— Je ne m'inquiète pas seulement pour toi, fils, mais pour cet enfant. Enfin, je m'inquiète pour vous deux. Je veux que tu fasses quelque chose de ta vie."

Ils firent demi-tour avant d'atteindre l'angle du couloir.

“Je voulais te parler de quelque chose, T. C. Tu sais que j’ai fermé mon propre cabinet pour me mettre à travailler dans une entreprise.

— Ouais, Maman m’a dit que le type t’avait embauchée.

— Ouais, en tout cas, le type paie rubis sur l’ongle, je peux te l’assurer. Rien ne vaut un salaire qui tombe tous les mois.” Elle rit, un petit son bien élevé. “Quoi qu’il en soit, ils cherchent quelqu’un pour le courrier. Ce n’est pas grand-chose, mais si tu te débrouilles, tu pourrais grimper, devenir assistant juridique. Puis, si ça semble te convenir, j’ai assez d’argent de côté pour te payer une école de droit.”

Il s’esclaffa. “Une école de droit ? J’ai tout juste réussi à passer en terminale.”

Comme il riait de plus belle, elle l’interrompit.

“Tu avais la tête ailleurs à l’époque. Le basket, c’est parfait comme hobby, mais on ne peut pas compter dessus pour en faire son métier. Je l’ai dit à ta mère quand tu étais petit – rien à faire, le bon sens elle connaît pas. Peu importe, on en est là maintenant et j’ai une chance à t’offrir.” Elle s’arrêta, lui saisit le poignet. “Ne me donne pas ta réponse tout de suite. Je veux que tu y réfléchisses, sérieusement, parce que si tu acceptes, je vais avoir besoin que tu t’engages à fond. Je viens juste de prendre mon poste, tu le sais, T., et je risque ma tête pour toi.

Il acquiesça. “Je sais, dit-il, je sais.”

Licia était réveillée lorsqu’ils revinrent dans la chambre. Les deux femmes échangèrent des salutations rapides. Puis T. C. raccompagna tante Sybil.

“Je te dirai dans une semaine ou deux”, promit-il avant de l’embrasser.

À son retour, Malik était plus vif que jamais.

“Qu’est-ce qu’elle voulait ? demanda Licia.

— Me proposer un boulot.

— Pff. Travailler pour elle ?

— Ouais. Dans son nouveau cabinet.

— C’est drôle, tu as toujours dit que tu espérais un coup de pouce de Sybil.

— Ouais, je sais. Mais c’est pas le bon timing. J’ai des choses à finir et peut-être…

— Fais pas l’idiot, T., l’interrompit Licia. C’est une occasion qu’on a qu’une fois dans sa vie, ce qu’elle te propose, et le timing est parfait. Sybil ne te courait pas après quand t’es sorti de prison. Pourtant elle a fait le chemin jusqu’ici pour voir le bébé et te proposer ce boulot. Ça veut bien dire quelque chose. C’est peut-être Malik qui a opéré ce miracle, qui sait ?” Elle s’interrompit pour gazouiller avec le bébé. “Ne gâche pas ça pour des questions de fierté.

— C’est pas de la fierté.” T. C. prit le petit des bras de Licia. “C’est pas de la fierté, répéta-t-il d’une voix enfantine en faisant des grimaces à son rejeton. C’est juste un gros morceau, dit-il, faut d’abord que j’y réfléchisse.”

Alicia ne répondit pas ; en le regardant faire le pitre pour son fils, elle finit par rire.

Ils quittèrent l'hôpital le lendemain matin. Après avoir déposé le bébé, il emprunta la voiture de Licia pour aller voir ses plantations chez Tiger. Il remarqua aussitôt que les sacs étaient légers. Il alla s'asseoir sur le matelas et examina leur contenu tout en cherchant une explication. Il appela Tiger.

"C'est quoi ce bordel, négro ? Où est ma came ?

— Vendue, fils de pute ! J'ai essayé de t'appeler mais tu répondais pas.

— Tu sais que Licia a accouché.

— J'ai appris ça, ouais, et aussi qu'on pouvait la féliciter. J'me suis dit que tu campais avec elle et le p'tit Malik, donc j'ai pris sur moi de mett' au boulot ce p'tit négro à qui j'avais fait passer un entretien. Il a commencé lundi, et jeudi le quart de la dope était déjà vendu. J't'avais dit que ma campagne de marketing c'était pas du flan. J'allais justement rentrer pour refaire mes stocks.

— Et me donner l'argent.

— C'est ça, te donner l'argent. Enfin, j'ai pris ma part, comme on l'avait discuté, mais y a soixante-quinze pour cent pour toi, négro, et bien gagné. C'est grâce à toi.

— Ben j'ai eu de l'aide aussi, frangin."

T. C. s'était un peu calmé, sachant qu'il allait être payé. Merde, les couches étaient chères, et depuis ce matin la Croix Bleue était en rupture de stock.

"T'aurais quand même dû m'attendre, frangin, insista-t-il. C'est ma came à moi. J'aime la classer, et pour certains mélanges rares je monte les prix.

— Oh, justement, j'ai pris la liberté de monter tous les prix. Soixante dollars les huit grammes.

— Et les gens ont accepté de payer ça ? Même pour de l'OG ?

— Putain, ouais, j't'avais bien dit : le marketing, c'est mon truc. Au fait, tu seras là dans vingt minutes ? Je suis déjà en route. Faut qu'on discute."

Tiger était survolté lorsqu'il arriva, ramassant les sacs si vite que T. C. avait du mal à suivre.

"Calme-toi, fils de pute. Qu'est-ce qui t'prend ?

— Ooh, rien, frangin. J'suis à fond, tu sais. D'après mon p'tit négro la demande a encore augmenté, et il faut profiter de cet élan."

Il s'assit sur le matelas.

"C'est justement de ça que je veux te parler, poursuivit Tiger. Je sais que tu viens d'avoir un bébé et tout ça, mais on a décroché un marché, et c'est du sérieux. J'ai besoin que tu me trouves plus de boutures, pour recommencer, peut-être même doubler la production. Deux mois à compter d'aujourd'hui, c'est trop long pour faire attendre les clients, T. C. J'aurai fini avec ce lot dans quelques semaines max, et alors de quoi on aura l'air, sans rien comme des cons pendant deux mois de plus ? Nan, j'ai pensé qu'on pourrait s'organiser pour en avoir toujours en rotation. À mi-chemin du processus, on démarrerait le suivant."

T. C. se leva du matelas, les mains devant lui.

"Putain, non, mec. Quand on a commencé, j't'ai dit que c'était temporaire, juste de quoi me remettre sur pied. J'ai un gosse maintenant, frangin. J'ai pas envie de déconner.

— C'est bien pour ça qu'on a le p'tit Kevin qui vend dans la rue. Personne va remonter jusqu'à toi.

— T'es naïf ? La première chose que le p'tit négro va faire, c'est me dénoncer quand il se fera choper.

— C'est moi qu'il va dénoncer. Il t'a jamais rencontré. Et j'te couvre, frangin. Fais-moi confiance.

— Attends un peu qu'on se prenne la tête, tous les deux, et alors là, t'auras que mon nom à la bouche.

— Pourquoi qu'on se prendrait la tête ?"

T. C. soupira.

"Écoute, mec, c'est pas que j'te fais pas confiance. C'est le business qui m'inquiète. Après ce coup-ci, j'me casse. Kevin et toi, vous terminez de vendre ce qui reste, et tant que ça dure, c'est bien, mais une fois que c'est fini, c'est fini.

— Quoi, c'est Winn-Dixie qui t'a appelé ?" Tiger se mit à chanter la publicité : "« Eh, au fait, pendant que t'es au marché… »

— Arrête tes conneries, l'interrompit T. C. Nan, en fait – T. C. hésitait à poursuivre –, en fait ma tante m'a proposé un boulot.

— Quoi, l'avocate ?

— Oui, elle veut que je commence à travailler dans sa boîte."

Tiger éclata de rire.

"Quoi, tu vas faire l'avocat maintenant ? Oh merde, ça y est, t'es dingue, là y a plus de doute. On t'laissera jamais passer les portes d'un cabinet d'avocats.

Si jamais ça arrive, et je dis bien « si », garanti qu'on te foutra dehors avant la fin de la journée."

T. C. avait la tête baissée mais il la releva avant de parler.

"Peut-être, ouais, mais je me dois d'essayer. Pour le bien de tout le monde : Licia, le bébé, et merde, pour ma mère aussi. Elle a assez souffert à cause de moi."

Tiger ne répondit rien, se contenta de ramasser les sachets et de les entasser dans son sac en toile. T. C. l'étudia un petit moment.

"En fait, pourquoi tu me laisserais pas ça ? demanda-t-il en montrant l'herbe.

— Ben, comment tu veux que je les vende, alors, frangin ?

— Tu vas vendre que quelques sachets aujourd'hui. La plupart de tes clients ont déjà acheté et ils vont être parés pour deux semaines. Tu prends un sachet ou deux puis tu reviens pour le reste, mais j'veux pas que toute cette ganja s'promène dans la rue."

Tiger haussa les épaules comme s'il s'en fichait, alors que T. C. le sentait à cran.

"Fais comme tu l'sens", dit Tiger. Il glissa des sachets dans sa poche et se leva. "Je t'appellerai quand il m'en faudra d'autres. T'as intérêt à répondre au téléphone, négro."

Il se dirigea vers la porte.

"T'es sûr que t'oublies rien ? demanda T. C.

— Quoi ? Oh. Désolé, fils de pute."

Tiger lui tendit une liasse et regarda T. C. compter. Il faisait claquer les billets sales tout en tirant la langue.

"C'est trop bon, hein, négro ? C'est trop bon, pas vrai ?"

T. C. essayait de ne pas sourire, mais il ne put s'en empêcher.

"Toi tu dis qu'tu dois travailler chez les Blancs pour le bien de ta famille, reprit Tiger. Moi j'dis que tu dois acheter du lait pour le bien de ce bébé. Et avec ça, t'en achèteras plein." Il se dirigea vers la porte. "Je te rappelle plus tard. Les négros, ça raconte que des conneries, le matin. Tu réfléchis, t'as toute la journée devant toi, mais on verra ce que t'en penses ce soir, avec le poids du monde sur tes épaules. La merde a pas la même couleur au coucher du soleil, pas vrai ?"

T. C. se rassit sur le matelas et recompta le tout.

T. C. remboursa Mamie, pas trop vite pour qu'elle ne s'inquiète pas, mais par tranches qui, en s'additionnant, équivaudraient au bout de quelques semaines à la somme totale. Il acheta un caban à sa mère. L'hiver arriverait à toute allure, et il en avait marre de la voir sortir de la maison avec un bouton en moins à son manteau et cette doublure qui pendouillait derrière.

Elle se montra moins enthousiaste que prévu.

"D'où tu sors tout cet argent, mon garçon ? T'as déjà commencé avec Sybil ?"

Il éluda la question. "Maman, le mot que tu cherches, c'est « merci ».

— Tout ce que je veux, c'est que tu t'attires pas des ennuis. Y a pas de manteau qui en vaille la peine."

Il la rassura, pendant qu'elle virevoltait devant le miroir. Puis ils s'installèrent tous les deux devant son feuilleton.

"Pourquoi tu perds ton temps à regarder cette merde, Maman ? Y s'est rien passé de nouveau depuis qu'on m'a mis en taule.

— Ouais, en ce sens, ça ressemble à la vie."

Cette réplique le laissa sans voix, parce que c'était le truc, avec sa mère. Parfois elle lâchait une parole pleine de sagesse qui donnait à réfléchir. Depuis l'arrivée de son bébé, il avait arrêté d'être aussi dur avec elle. D'accord, elle piquait encore des crises parfois, mais elle n'avait pas eu la vie facile, elle l'avait élevé vraiment toute seule. Un jour que tante Sybil avait bu trop de vin, elle avait révélé à T. C. ce qu'elle savait : son père avait été le grand amour de sa mère, il avait été présent par intermittence les premiers mois qui avaient suivi la naissance de T. C., mais il s'était passé quelque chose après ça, et il était parti pour de bon. T. C. voulait réparer toute la souffrance que cet homme avait causée à sa mère, gagner assez d'argent pour qu'elle ne manque de rien. Conscient que dealer du cannabis n'y suffirait pas, il commençait à réfléchir sérieusement à la proposition de sa tante. Elle lui avait signifié par texto qu'il avait encore deux semaines pour se décider, et il y pensait presque tout le temps, accepter ou pas. Il savait que, vu de l'extérieur, la réponse semblait aller de soi. Une plaine sans limites face à un cul-de-sac. Cependant quelque chose le retenait d'appeler pour dire oui, un nœud dans la poitrine qui se formait chaque fois qu'il s'imaginait dans cette boîte où il représenterait sa tante à tous les niveaux – la certitude qu'il trouverait un moyen de tout foutre en l'air.

Pourtant il fallait qu'il fasse quelque chose ; le bébé grandissait. Un mois déjà, et Malik avait les lèvres charnues de son père, des narines bien ouvertes, les cheveux bouclés et le teint doré. T. C. dormait presque toujours chez Alicia. Il ne se sentait pas obligé de le faire, il voulait seulement être là pour la voir se réveiller instinctivement juste avant que le bébé se mette à crier, l'entendre gazouiller avec lui alors qu'elle était sûrement épuisée. Elle tenait Malik comme si le creux de son coude avait été façonné pour accueillir cet enfant-là. Et en la voyant nourrir son fils, T. C. avait l'impression d'être nourri lui-même, nourri pour le restant de ses jours.

Sans même s'en rendre compte, il se mit en quête d'une bague. Autrefois on allait au centre commercial pour acheter tout et n'importe quoi, depuis les jeans Girbaud jusqu'aux canapés en cuir. T. C. avait eu son premier boulot chez Spencer, un magasin de gadgets au deuxième étage. Après le travail il retrouvait ses copains à l'espace restauration, et ils allaient et venaient sur le carrelage brun entre la salle de jeux, le marchand de glaces et le fastfood. Parfois, s'il avait un peu d'argent, il allait au cinéma ou achetait un disque pour une fille. Puis la criminalité avait grimpé, des magasins avaient fermé, et quelques années plus tard Katrina achevait ce que la fuite des Blancs avait commencé. Désormais, le seul centre commercial décent se trouvait à Metairie, et il emprunta la voiture de sa mère pour s'y rendre. Il avait là-bas un copain qui travaillait à un comptoir bijouterie chez Macy, une enseigne où T. C. pouvait tout juste se payer une paire de chaussettes en temps normal, mais le jour où T. C. s'était acheté un clou d'oreille avec un diamant, cet ami l'avait aidé en lui faisant une remise, et il espérait bénéficier d'un nouveau traitement de faveur.

Il parcourut des rangées et des rangées de bagues. En or, en or blanc, rondes, carrées, avec un saphir, une émeraude, un solitaire, avec deux diamants. Il ne savait plus où donner de la tête, comme si le monde conspirait contre lui, comme une sorte de coup monté pour tenir la famille noire à distance.

Enfin son ami vint le retrouver.

"Yo, T. C., quoi de neuf ? Je savais pas que t'étais sorti."

Il était surexcité au début, mais il baissa le ton en voyant les autres clients se retourner.

"Ouais, frangin, répondit doucement T. C., ça fait quelques mois. J'ai eu un bébé et tout ça.

— Sérieux ? Montre-moi des photos."

T. C. fit défiler les images sur son mobile.

"Putain, frangin, t'as pas besoin de te demander si t'es le père ou pas, hein ?"

T. C. secoua la tête.

"T'as bien de la chance. J'suis toujours pas sûr avec ma deuxième. Mon premier, pas de doute. Sa mère est fidèle comme pas possible. Mais la seconde me ressemble pas du tout. Pour commencer, elle est vraiment foncée.

— Sa mère est foncée ?

— Putain, non, tu sais que c'est pas mon genre. Et tu vois que je suis blanc comme un navet. C'est pas raccord, du coup, mais putain ?" Il haussa les épaules. "Depuis tout ce temps, et j'ai pas encore demandé de test, alors autant accepter qu'elle est ma fille. Sinon, quoi, je vais la faire tester quand elle aura l'âge de passer le bac ?"

Ils rirent tous les deux.

"Alors, qu'est-ce que j'peux faire pour toi, frangin ?

— Ben disons, j'me demandais, frangin, si tu pourrais pas décrocher une remise pour un négro.

— Putain, ouais, n'importe quoi pour toi, frangin ! Et puis, chuchota-t-il soudain, tant qu'on fête ça, tu pourrais profiter de ma remise en tant qu'employé aussi. T'achètes quoi ? Ton p'tit gars a déjà l'oreille percée ?

— Nan, il a qu'un mois.

— C'est dans pas longtemps, alors. Y en a beaucoup à qui on perce les oreilles après leurs vaccins des deux mois, maintenant. Si tu voyais toutes les femmes qu'amènent leurs gosses juste après le rendez-vous chez le toubib, on fait la totale le même jour. C'est plus facile parce qu'ils sont déjà assommés."

T. C. hocha la tête.

"M'étonnerait que Licia aille jusque-là. Elle aurait déjà du mal à supporter de l'voir vacciner.

— Ben, tu cherches quoi alors ? Une aut' boucle pour toi ? J'ai ces clous qui viennent d'arriver."

Il fit signe à T. C. de le suivre en direction de la vitrine.

"Nan, nan, c'est pas ça." T. C. ne savait pas pourquoi, mais il se sentait gêné de dire ce qui l'amenait ici. "Je cherche quelque chose pour Licia.

— Ooh, genre cadeau de naissance ? Un truc de Blancs ça, mais merde, si c'est assez bien pour eux, ça marche pour nous aussi. J'vais te montrer les colliers.

— Non, frangin, en fait je cherche une bague.

— Ah bon ?"

Son ami s'arrêta net. Il regarda T. C. comme s'il avait annoncé qu'il voulait acheter un cornet de glace.

"Genre une bague de fiançailles ?

— Ouais, une bague de fiançailles."

T. C. se rendit compte à quel point il avait l'air sur la défensive. Alors qu'il était si heureux en chemin.

"Oh, oh, oh. C'est cool, négro. C'est vraiment cool. M'attendais pas à ce que tu m'annonces ça, mais c'est cool."

T. C. hocha la tête, sa gêne diminuait.

"Combien tu veux mettre ?"

T. C. écrivit le montant.

“Putain, négro, tout ça ?”

Le plus drôle, c’est que pour la boucle d’oreille, qui avait coûté la moitié de cette somme, le type n’avait pas bronché.

Il lui montra ce qu’il y avait pour ce prix. T. C. savait qu’Alicia aimait l’or, et il avait le choix entre quatre ou cinq bagues. Il en passa une qu’il voyait bien à son doigt, une taille princesse, précisa son ami, et avec la remise il pouvait s’offrir un demi-carat. Il s’apprêtait à demander un paquet cadeau lorsqu’il en vit une qui lui faisait de l’œil. En or aussi, mais le diamant était un peu plus gros, et il était rond. Il le porta à la lumière.

“C’est juste un peu plus cher, frangin, dit son copain.

— Combien ?

— Presque le double.

— Merde, soupira T. C. Ils font vraiment pas de cadeaux aux négros.”

Il la fit tourner au bout de son petit doigt, imaginant la tête de Licia quand elle sortirait le bijou de la boîte.

“Elle est vraiment jolie, quand même, et Licia le vaut bien”, conclut-il.

Puis il la tendit à son ami pour qu’il l’emballe. Le gars avait l’air déçu.

“D’accord, d’accord, elle fait quelle taille de doigt ?” demanda-t-il.

T. C. haussa les épaules.

“J’en sais rien.

— Tu veux l’épouser et tu sais pas quelle taille elle fait ? T’es sûr que c’en est pas juste une que tu tires de temps en temps, T. C. ?

— Non, mec, on est ensemble depuis six ans, et elle a porté ma semence.

— Merde, si j'épousais toutes les femmes qui ont porté la mienne… Nan, j'essaie pas de te faire changer d'avis. C'est bien, ce que tu fais, sûr, putain.”

T. C. acquiesça.

“Bon, écoute, supposons qu'elle fait du 55. Comme la plupart des femmes. On fait le paquet, et si la bague lui va pas, tu me la rapportes et je la mets à sa taille. J'veux la voir, d'toute façon, cette femme qu'a décidé T. C. à se ranger.

— Ça marche”, acquiesça T. C. Puis : “Maintenant, écoute, ton prix, là, c'est bon, je veux dire, elle les vaut et tout ça, mais je me demandais, t'as un plan genre achat à crédit ?”

Son ami éclata de rire.

“Merde, non, fils de pute, c'est pas Alliance Location Express ici.”

T. C. ne sourit pas.

“Ce que j'te propose : j'la mets de côté. On est pas censés faire ça, mais c'est bon pour cette fois, parce que t'es mon pote et tout. Tu crois qu'tu pourrais trouver la thune dans les semaines qui viennent ?

— Pas de problème.

— Très bien, repasse à ce moment-là, alors. J'te la garde.”

T. C. réfléchit une minute. Il avait assez pour acheter l'autre aujourd'hui. Alicia serait peut-être contente de l'avoir plus tôt. Non, ces quelques semaines fileraient à toute allure. Il voulait qu'elle ait quelque chose qu'elle serait fière de montrer à ses copines.

L'ami de T. C. lui livra le scoop tout en préparant le paquet. Spud vendait de la came, il était dans le collimateur des flics et on allait le choper d'une minute à l'autre. T. C. hocha la tête, sans plus. C'était pas la première fois qu'il entendait ça, de vieux ragots que lui avait sortis Tiger des mois plus tôt, dès sa sortie de prison. Spud ne traînait plus beaucoup par là – ce que T. C. fut néanmoins ravi d'apprendre. Peut-être que personne ne savait que T. C. était son concurrent actuel, et si l'autre tombait, c'était une putain de bonne nouvelle.

"T'as su pour Tiger ?"

Son ami nouait un ruban sur le paquet comme si T. C. allait le donner tout de suite à Alicia. Alors qu'il savait qu'on était censé se mettre à genoux et toute cette merde.

"Qu'est-ce qui lui est arrivé ?" demanda T. C. en regardant sa montre.

Il avait promis à Alicia de la retrouver pour la visite médicale du premier mois du bébé, et il était en retard.

"Il s'est mis à travailler pour Spud à peu près à l'époque où t'as écopé de ton p'tit séjour. Mais il a pas vendu toute la ganja du mec, et maintenant ils se sont embrouillés, il lui doit du fric. Spud le cherche, il a dit dès qu'il le trouve, il le descend. Paraît que Tiger traîne même plus dans ses coins habituels, qu'il s'est tiré jusqu'à Biloxi avec une nana, mais Spud croit qu'il est ici et il continue à l'chercher.

— Un tissu de conneries, négro. Qui t'a raconté ça ?"

T. C. entendit sa voix monter et essaya de se contrôler.

"Une fille avec qui j'traînais. Son beau-frère a parlé à la sœur de Spud.

— « Son beau-frère a parlé à la sœur de Spud »... Arrête, mec, on dirait une partie de téléphone arabe, là. T'as l'air d'une pétasse qui répète n'importe quoi."

Gêné, son ami regardait les autres clients.

"C'est bon, c'est bon, calme-toi. T'énerve pas, chuchota-t-il. Je fais que te raconter ce qu'on m'a dit. C'est p't-êt' pas vrai." Il haussa les épaules. "Écoute, tu veux toujours que j'te mette ça de côté ?"

T. C. fit signe que oui.

"Alors tu restes cool, mon gars, tu restes cool."

T. C. réussit à être à l'heure au rendez-vous. Malik fit des prouesses : il garda la tête droite plusieurs secondes pendant que Licia le maintenait à la verticale, et il gazouilla même un peu en voyant son père entrer dans la pièce. Pourtant T. C. n'arrivait pas à oublier ce qu'il venait d'apprendre au sujet de Tiger. La seule personne avec qui il aurait pu en discuter était Licia, mais il ne lui avait pas encore parlé de sa dernière combine. Il aurait bien voulu car il n'aimait pas lui cacher des choses, surtout maintenant qu'ils étaient si bien ensemble, mais ça ne passerait pas. Elle penserait qu'il n'en aurait jamais fini ; qu'il mettait en danger leur avenir, pour lequel il allait s'engager d'ici quelques semaines.

Il tenta de se conseiller à la façon dont elle le ferait. Bien sûr, il y aurait le jugement préliminaire.

"Pourquoi tu déconnes avec ça, T. ? Tu sais comment on définit la folie ? « Répéter la même chose encore et encore et s'attendre à un résultat différent. »" Il dirait qu'elle avait raison, et c'était peut-être le cas, peut-être bien. Puis elle le regarderait de ses grands yeux bruns, avec cette manière troublante qu'elle avait de l'ouvrir et de lire en lui comme dans un livre ; elle lui demanderait s'il croyait vraiment Tiger capable d'une chose pareille. T. C. secouerait la tête. Il pensait que non, mais qu'est-ce qu'il en savait ? Tiger n'était pas Daryl.

"Qu'est-ce que Tiger foutrait avec Spud alors ? voudrait-elle savoir. Il est pas si fou, il sait bien que ce négro est dingue avec son fric." Et T. C. hausserait les épaules. Il n'en avait pas la moindre idée, mais ça expliquerait pourquoi Tiger voulait tellement qu'il recommence, pourquoi il résistait si fort à ce que T. C. arrête, même maintenant. Ça expliquerait aussi l'intermédiaire, la putain de parano en permanence, quand Tiger exigeait que la maison soit fermée à clé, se postait à la fenêtre, entendait des voix.

"Ce fils de pute m'a mené en bateau", lâcherait-il. Et Licia lui dirait de se calmer, qu'il n'avait pas de preuves.

C'était vrai. Il n'en avait pas, et il avait appris en taule à ne pas tirer de conclusions hâtives. La seule chose sûre, c'est qu'il allait demander aussi sec à Tiger s'il devait du fric à Spud, s'il avait monté tout ce truc, mis la vie de T. C. en danger pour un peu d'argent de poche. D'un autre côté, T. C. se sentait stupide, stupide et terrifié tout d'un coup, comme s'il était plus près de la prison qu'il en avait jamais été depuis ce jour où Tiger l'attendait sur le parking. Il envoya tout de suite un texto à sa tante.

Il montra à Licia le message de réponse, avec tous les points d'exclamation et même des émojis que les stagiaires de Sybil avaient dû lui montrer. Licia se leva et embrassa T. C. sur la joue.

"Je t'aime, dit-elle.

— Moi aussi."

Ce soir il emprunterait la voiture de Licia et irait coincer Tiger. Il verrait bien s'il pouvait démêler quelque chose dans ce merdier. De toute façon il ne lui restait plus qu'une livre d'herbe, il pouvait la vendre lui-même s'il en avait besoin. Avant, c'est comme ça qu'il faisait.

T. C. ne prêta pas attention à la Grand Prix noire garée devant la maison de Tiger. Sans doute un des dealers de crack qui fournissaient la maison en face. Du porche d'entrée, T. C. aurait pu jurer que Tiger parlait avec quelqu'un, qu'il avait entendu une voix. Putain, voilà qu'il devenait parano lui aussi. Il entra. Il n'avait pas fait un mètre qu'il entendit la voix de nouveau. Il était sûr maintenant qu'une autre personne se trouvait à l'intérieur. Il retourna à la porte, posa la main sur la poignée tout en écoutant. Il pouvait distinguer au moins deux interlocuteurs. L'un était Tiger, il le reconnaissait. Impossible de comprendre ce que disait le second, mais il était clair qu'ils se disputaient.

Il décida de s'en aller. Ce qui se passait là-dedans ne le regardait pas. Non, il choperait Tiger plus tard ; de toute façon il préférait lui parler en privé.

Avant même qu'il ait franchi le seuil, une main s'abattit sur son épaule.

"Pas si vite, dit la voix. Laisse-moi te féliciter, un peu."

T. C. tourna la tête et vit la main, de gros doigts boudinés étranglés par quatre bagues en or. Il devait rester, il n'avait pas le choix. Lorsqu'il fit volte-face, il vit Spud qui le fixait. Il se força à se calmer ; c'était sûrement comme en prison, quand des fils de pute cherchaient la merde – la plupart du temps c'était du bluff. La plupart du temps.

"Approche, dit Spud. Fais comme chez toi." Il tenait un sac de marin et son Glock dépassait de sa ceinture. "T'en fais pas pour ça, ajouta-t-il en captant le regard de T. C. Je pensais m'en servir mais ton copain est en train de résoudre mon problème, et… – il remonta son pantalon, glissa sa chemise par-dessus la ceinture – donc ça ne devrait pas être nécessaire. Pas vrai, Tiger ?"

Le mec était énorme ; il avançait jambes écartées dans le couloir.

T. C., en le suivant, entendait sa propre respiration s'accélérer à chaque pas. Il était tenaillé par l'envie de tourner les talons, piquer un sprint et sauter dans sa voiture, mais il ne pouvait pas faire ça à Tiger. Et puis Spud venait de dire que le problème était réglé.

Spud avait déjà atteint la chambre. T. C. lambinait derrière lui en le laissant parler.

"Le problème de ton ami Tiger, c'est que c'est le genre de négro qui croit pouvoir entuber n'importe qui. Mon erreur à moi, c'est que je m'en étais pas aperçu. Tu vois, un bon intermédiaire, il se contente de se promener avec ta came, il se fait pas des films dans sa tête pour augmenter ses recettes en loucedé. Tiger, lui, c'est un de ces négros qu'est trop malin pour obéir bêtement, gloussa-t-il, mais d'un autre côté il est pas assez malin non plus. Disons qu'il est entre les deux. Parce qu'au final t'as pas gagné plus que moi, pas vrai, Tiger ?"

En arrivant à la chambre, T. C. vit Tiger assis sur le matelas. À genoux derrière lui, un colosse lui braquait un flingue sur la tête ; il tourna son visage vers T. C. quand celui-ci entra. Et c'est à ce détail que T. C. le remit aussitôt : la couleur de ses yeux, un vert d'un éclat anormal.

"Yo, Spud, je connais ce négro ! cria Hulk en bondissant. Je connais ce négro ! C'est le fils de pute qui se tapait Natalia. Quand je l'ai chopé, j'ai voulu le saigner, j'te dis pas, mais la connasse de mère s'est ramenée avec un 19 pointé sur ma face !"

L'homme regarda Spud comme pour lui demander la permission de terminer le boulot sur-le-champ.

T. C. fixait Tiger qui se tenait prostré, la tête entre les jambes.

"Tu t'es tapé sa pute ?"

Spud s'approcha de T. C., la main posée sur son flingue, un sourire narquois aux lèvres.

T. C. fit signe que non.

"Tu me traites de menteur, négro ?" L'homme aux yeux verts colla son visage à celui de T. C. "Je me rappelle ta gueule. Un négro géant comme ça, j'pourrais pas l'oublier. Il a fallu qu'il se penche pour entrer, ce fils de pute."

Spud renversa la tête en arrière et rit.

"Ouais, je crois pas qu'on puisse le confondre avec quelqu'un d'autre.

— Nan, c'était moi, lança T. C., c'était bien moi, mais j'savais pas qu'elle avait quelqu'un, je jure que c'est vrai, et quand j'ai su ça j'l'ai plus touchée."

Il avait l'impression d'avoir parlé des heures, comme s'il avait déclamé *J'ai fait un rêve…*, et il espérait que le message était passé, même s'il craignait que ses nerfs aient brouillé ses mots, les bousculant au point de leur faire perdre leur sens initial.

“T’as pas baisé ce jour-là ?

— J’ai pas baisé ce jour-là”, mentit-il.

L’homme avait l’air de s’interroger sur le pouvoir conciliateur de la réponse.

“T’es encore avec cette fille ? demanda Spud à l’homme aux yeux verts.

— Ooh, putain non, on s’est pris la tête. En plus c’est le genre étoile de mer. J’aime autant me branler. Tu sais que je m’abaisse pas à ça.

— Comme c’te pute que j’baisais à Metairie”, intervint Tiger depuis son matelas.

L’homme aux yeux verts lui colla son flingue contre la tempe.

“Ferme ta putain de gueule. On t’a pas sonné, négro.”

Spud se tourna vers T. C., attrapa son sac et en sortit l’herbe.

“Ton pote était justement en train de me montrer comme t’as du talent. Un vrai talent. J’pourrais pas faire pousser de la came pareille si j’essayais. Bien sûr, étant donné les circonstances, elle est à moi maintenant.”

Du fond de son ventre jaillit un rire à faire trembler toute la maison.

“T’as du bol, négro, si y avait pas eu ça…”

T. C. se demanda s’il devait dire merci mais se ravisa, avala sa salive et continua de surveiller l’homme aux yeux verts, qui tenait toujours le flingue contre la tempe de Tiger sans lâcher T. C. du regard.

“Et pourquoi tu m’parles de cette pouffe que tu baises même plus ? Elle est enceinte de toi ou quoi ?”

Soudain Spud en avait après l'homme aux yeux verts.

"Putain, non.

— Bon alors, pourquoi tu m'fais chier avec ? T'essaies de me rencarder sur une salope quelconque dans ton rétro qu'est même pas un bon coup. Arrête, négro."

L'homme aux yeux verts se leva et s'avança vers Spud.

"C'est tout ? demanda-t-il.

— Ouais, c'est tout pour le moment."

Alors qu'ils se dirigeaient vers la sortie, Spud lui donna une tape derrière la tête.

T. C. guetta le claquement de la porte puis le grondement du moteur, mais même après que son cerveau eut identifié ces bruits, il ne parvenait pas à se détendre. Immobile, il ne quittait pas Tiger des yeux.

"Là, calme-toi, T. C., j't'ai pas menti, dit Tiger en se levant. J'pensais juste que ce serait donnant-donnant, tu vois. Te remettre dans le bain, t'aider à trouver un peu de cash. Tu te plaignais pas quand le fric rentrait."

T. C. secoua la tête. La scène l'avait vidé de son énergie, et le peu qui lui restait, il allait pas le gâcher pour des conneries.

"Écoute, il a même pas tout pris, tu vois, poursuivait Tiger. Y en a encore à peu près cinquante grammes là-bas au fond. En vendant ça, on aura assez pour acheter d'autres graines.

— Donne-les-moi", dit T. C.

Quand Tiger revint avec l'herbe, T. C. la fourra dans son sac à dos et s'avança vers la porte. Tiger lui emboîta le pas.

“C’est fini, alors ?”

T. C. hocha la tête, posa la main sur la poignée. Il était presque sorti quand Tiger l’appela de nouveau.

“T. C. ?

— Quoi ?”

Il était sur le seuil. Il se retourna.

“J’avais pas d’autre moyen de trouver de l’argent. J’voulais pas te mett’ dans la merde. J’pensais que toute façon t’allais reprendre le trafic et que si j’t’aidais, t’en ramasserais un p’tit peu plus. Écoute, toi, t’as ta tante et ta grand-mère, mais moi j’ai personne, et j’voyais pas comment m’en sortir.”

T. C. réagit à peine. “Je te fais signe, mon pote”, dit-il.

Le tas de ferraille de Licia ressemblait à celui dans lequel Tiger était venu chercher T. C. à sa sortie de prison, et s’il parvenait à l’atteindre, il aurait peut-être une chance de retrouver son fils, et la fille qui allait devenir sa femme. Il monta dedans, recula le siège et resta une minute assis sans rien faire. Il se sentait étrangement libre. Il n’avait qu’à brader le peu d’herbe qui lui restait à ses vieux copains du basket. Il commencerait son travail lundi prochain. Ce serait le début de sa nouvelle vie : les fiançailles, le mariage ; Licia et lui auraient peut-être un autre enfant. C’est comme ça que les gens faisaient. Pourtant, tomber nez à nez avec le fils de pute aux yeux verts l’avait déstabilisé, mais peut-être n’était-ce pas seulement ce type ; peut-être était-ce la prise de conscience que sa vie allait monter plus haut, qu’il n’était pas condamné à s’écraser de l’autre côté. Il avait besoin de se poser une minute pour évacuer toute l’adrénaline.

Il mit le contact. Putain. Encore *Right Above It*. Q93 passait ce morceau en boucle. Bah, c’était un bon morceau pour fumer après tout, et vu ce qu'il venait de vivre c'était le moment ou jamais. Il fut tenté de retourner dans la maison pour faire la paix ; parce qu'il aimait bien traîner avec Tiger, écouter les délires qu'il avait sans cesse à la bouche. Et puis nan, Tiger c'était rien que des embrouilles. Sa mère avait raison.

T. C. avait toujours un joint roulé d'avance. Il le sortit, l'alluma, inhala, ferma les yeux. C'était son mélange ordinaire, de l'OG Kush, un peu trop de tige à son goût mais il gardait les têtes pour ses clients. Lorsqu'il entendit la sirène, il se demanda s'il n'avait pas mélangé les étiquettes. Cette OG ne lui donnait pas d'hallucinations, d'habitude. Le bruit devait venir de la radio. Si Tiger avait été dans la voiture, il leur aurait fait faire le tour de la IXth Ward à fond les ballons, comme s'ils s'étaient trouvés dans une course-poursuite. T. C. était content de ne pas être allé le chercher. Il fit tomber la cendre, tourna la clé de contact. Il regarda dans son rétro avant de démarrer et c'est là qu'il les vit. Une voiture de police s'était arrêtée, une autre arrivait derrière. Le flic sur le siège passager de la plus proche ne le quittait pas des yeux ; son collègue était déjà sorti et s'avançait. T. C. l'entendit signaler l'arrestation par radio. Il regarda le joint qu'il avait jeté dans une vieille cannette de Coke, pensa l'avaler, mais il y avait au moins trente grammes dans le sac juste à côté de lui. Il n'avait pas commis d'infraction au Code de la route, il était juste assis là, mais dès qu'il baisserait la vitre ils sentiraient l'odeur sur lui et invoqueraient ce motif pour fouiller la voiture. Filer ne ferait qu'empirer les choses. D'un autre côté, il ne se voyait pas retourner en prison. Non, pas la prison.

Le flic frappa à la vitre. “Sans faire un geste, pouvez-vous confirmer que vous avez votre permis et les papiers du véhicule sur vous ?”

Il était trop tard pour fuir. Ils avaient le numéro d’immatriculation et tout. Il se donna une minute. Dans un de ses derniers matches au lycée il s’était retrouvé dans une galère de ce genre. On était à quarante-cinq secondes de la fin. Son équipe avait cinq points de retard. Le coach demanda un temps mort, disposa les joueurs de façon que T. C. puisse traverser le terrain comme l’éclair, réceptionne la passe du meneur puis marque un panier. T. C. n’était pas nerveux – la victoire était impossible, donc il n’avait aucune raison d’être nerveux. Pourtant, alors qu’il attendait que son ailier fort fasse un écran dans son dos, il se sentit lui-même flotter au-dessus de son corps, se vit debout sur le parquet, puis courir, tendre les bras, attraper le ballon et le lancer en arrière vers le panneau. Si ce coup lui avait donné quelque espoir, il le perdit au suivant, vu qu’il était nul aux lancers francs. Il l’avait toujours été. Pourtant il réussit, et ensuite il vola la balle au meilleur meneur de l’État, la ramena droit vers le terrain pour tirer juste à l’extérieur de la ligne à trois points, un millième de seconde avant la fin du match. Jamais auparavant il n’avait ressenti une telle émotion.

Le policier tapa de nouveau à la vitre, cette fois plus fort, et T. C. attendit qu’un miracle se produise, comme si la magie qui avait embrasé son cœur sur le terrain allait l’emporter loin d’ici.

EVELYN

Hiver 1945

Dévoiler son secret à sa mère et à sa sœur avait donné à son esprit la liberté de s'abandonner à ses autres pensées intimes. Il se révéla qu'elle doutait de Renard au moins autant que ce qu'elle croyait en lui. Pour l'essentiel elle avait confiance en lui. D'un côté, elle pouvait être sûre qu'il rassemblerait la force ou le courage nécessaires pour faire ce qui s'imposait. De l'autre, les circonstances étaient difficiles, et vu sous cet angle elle se rappelait comment il s'était effondré le moment venu de rencontrer son père ; et, plus tard, quand il lui avait annoncé son départ pour la guerre, tout ce qu'elle avait cru sentir de solide en lui s'était volatilisé, et elle n'avait plus retrouvé qu'une coquille d'homme. Sans oublier qu'elle n'avait jamais rencontré personne de sa famille. Elle ignorait peut-être tout de sa véritable personnalité. Il était si facile de jouer au parfait amant quand on courtise quelqu'un, et tout reposait sur le jugement hâtif des autres, mais une fois qu'on avait construit une relation et qu'il n'y avait plus à se battre pour quelque chose, rare était l'homme qui se trouvait en lutte perpétuelle avec lui-même.

Sa mère essayait de la distraire avec des bonnets de bébé et du linge de naissance.

“Comme tu avais des coliques la première année, autant que tu t’attendes à ce qu’elle en ait aussi.

— Maman, ne sois pas aussi pessimiste ! s’écriait Ruby.

— Je ne dis pas que c’est obligé ; parfois ça saute une génération, mais je veux que tu te prépares au cas où.”

Maman avait des avis tranchés sur la durée des bains d’Evelyn, sur la quantité de porc qu’elle pouvait absorber, sur ses constantes brûlures d’estomac. Maman cousait et tricotait de quoi chausser et vêtir le bébé pour une saison entière ; elle achetait du bouillon de viande au marché et le mélangeait au gruau de maïs d’Evelyn ; elle lui interdit d’assister aux funérailles du fils de miss Georgia avant même qu’Evelyn en ait eu l’idée – elle quittait rarement la maison, sinon pour les promenades que sa mère l’obligeait à faire le soir. La plupart du temps Evelyn cédait aux caprices de sa mère sans protester. Sur un point seulement, elle manifesta son accord avec enthousiasme : elle attendait une fille.

“J’ai fait un rêve, annonça sa mère un matin. La fille avait cette peau d’une superbe nuance de brun que j’aurais aimé voir chez une de mes enfants, mais…” Elle secoua la tête. “Avec une tête toute chevelue, ce qui explique tes lourdeurs d’estomac. Quel parfait petit ange, aussi belle que toi à la naissance.”

Evelyn, pour la première fois ou presque depuis son aveu, sentit sa propre joie palpiter en elle.

“Moi aussi je pense que c’est une fille, dit-elle.

— Aucun doute là-dessus, décréta sa mère. Les femmes se rendent malades à vouloir un garçon en premier, mais la vérité – et sa voix se réduisit à un murmure – c'est que quand je serai vieille et faible, Frère sera parti avec sa femme et sa nouvelle famille. C'est Ruby et toi qui vous occuperez de moi." Elle haussa les épaules. "Les fils sont mignons au début, comme un garçon qui ne te quittera jamais, mais dès qu'ils atteignent quinze ans, tu ne peux plus compter que sur les filles."

On aurait dit que ses parents s'étaient réduits à une personne et que sa mère avait usurpé tout le bonheur qu'il y avait autrefois entre Evelyn et eux. Si Maman n'avait pas confirmé avoir parlé à son père, Evelyn n'aurait jamais su qu'il était au courant de sa grossesse. Il faisait toujours comme si elle n'existait pas. Il avait cessé de lui parler et de la toucher, mais c'était son regard qui lui manquait le plus. Ils avaient tellement échangé à travers des regards – un coup d'œil désolé quand Maman faisait une remarque blessante, ou cette lueur dans les yeux quand une plaisanterie cimentait leur amour. Souvent, lorsqu'elle entendait le parquet de la maison craquer sous ses pas, elle brûlait d'envie d'aller le voir, de s'excuser, de reconnaître qu'elle avait commis une erreur mais qu'elle ne pouvait l'effacer. Tout n'était pas perdu, peut-être ferait-il écho à ses sentiments. Mais il ne s'attardait guère, et elle renonçait avant même qu'il fût parti.

Une des rares fois où elle n'avait pu aller prendre le courrier avec Frère, celui-ci revint avec une lettre. Ce n'était que la troisième qu'elle recevait de Renard. La précédente faisait état de la même situation que la première, mais sur un ton un peu moins enjoué, et en repensant aux termes qu'elle avait mémorisés, Evelyn n'avait rien trouvé qui se détache vraiment.

Elle emporta celle-ci dans sa chambre, le cœur battant à tout rompre après avoir marché vite, ce qu'elle n'avait plus fait ces derniers temps. Assise sur le lit, elle retourna l'enveloppe un long moment, tenant le papier sous son nez et cherchant une odeur qui pourrait la relier à Renard. En vain. Alors elle la déplia. Trois pages, couvertes d'une écriture à l'encre bleue soignée, bien meilleure que la sienne. Elle la lut d'abord en diagonale puis dériva de nouveau jusqu'à la dernière page, sans rien trouver à quoi son esprit puisse se raccrocher.

Enfin elle la prit au début.

Chère Evelyn,

Je rentre à la maison. J'arrive à peine à y croire. J'ai peur. Mais le gouvernement m'a accordé une décharge et je serai de retour le 21 janvier. Tu m'as manqué plus que je ne saurais le dire, et j'ai envie de jeter chaque jour qui me sépare du moment où je te retrouverai, de le renvoyer à Dieu en disant : "Prenez-le, allez-y." Je ne voulais pas t'effrayer mais cela n'a pas été aussi positif que ce que je te l'ai laissé croire. Enfin, c'est terminé maintenant. Et dans quelques courtes semaines nous pourrons être ensemble et mettre tout cela derrière nous.

Elle sentit une crispation à l'estomac. Elle avait eu des contractions précoces toute la semaine, mais d'après Maman il n'y avait pas de quoi s'inquiéter, le moment n'était pas venu. Elle ne cria pas, ne grimaça même pas. Elle s'assit et se frotta le ventre.

Ruby vint l'appeler, mais comme Evelyn ne répondait pas, Ruby lui arracha la lettre des mains.

Elle n'eut pas besoin de la lire en entier pour saisir l'essentiel.

"Ah bon." Elle la lâcha pour écarter sa combinaison et baisser la fermeture éclair de sa gaine. "Voilà qui est parfait, conclut-elle, en oubliant toutefois de sourire. Tout s'arrange. Maman sera ravie. Papa aussi, s'il veut bien l'admettre. Tu vas avoir ta petite famille, ma sœur." Elle se tut un moment. "Je suis contente pour toi."

Et tout à coup ce fut une avalanche de mots.

"Quant à moi, il est hors de question que j'aie des enfants. Quand j'ai rencontré Andrew, je pensais que je pourrais en avoir avec lui. Mais qu'adviendrait-il s'il se faisait enrôler de nouveau ? Je serais toute seule à m'occuper de quelque chose qu'il a fait sans réfléchir. Inutile d'y penser. Ce n'est pas pour moi.

"Sans parler de ce que cela fait à ton corps. Tu as déjà regardé le ventre de Maman quand elle enlève sa chemise de nuit ? Ouh, je n'aimerais pas être papa ni même une mouche dans la pièce. Sa peau est tellement pleine de vergetures qu'on croirait voir un croisement de voies ferrées. Non, ma chère, ce n'est pas pour moi. Maman est une vieille dame, Papa n'est sans doute même plus intéressé par ça, mais moi je suis jeune, je dois préserver ce que Dieu m'a donné."

Elle se passa les mains sur le corps et laissa échapper un rire amer.

"De toute façon, les enfants ne font que t'enchaîner. Je voyagerai peut-être à travers le monde, comme tu prétendais le faire autrefois. Ça ne risque plus de t'arriver maintenant. Ou alors je prendrai l'argent que Papa et Maman ont mis de côté et j'irai à Boston University. Je pourrais bien être acceptée. Pourquoi pas ?"

Elle se laissa tomber sur le lit.

"Et puis Renard écrit que la situation n'était pas si bonne, là-bas. Il n'est sans doute plus le même qu'autrefois. C'est peut-être pour cette raison que je n'ai pas reçu de nouvelles d'Andrew." Elle soupira. "Et c'est bien le problème. On ne peut pas faire confiance aux hommes. Ni toi, ni moi. Parfois je me dis que c'est vraiment eux, le sexe faible. Ils ont de ces revirements brusques qui déforment leur manière de voir, et tout d'un coup ils te laissent tomber. Ne va pas t'imaginer que tu es tirée d'affaire parce qu'il rentre. Est-ce qu'il t'a écrit au sujet du bébé ? Est-ce qu'il t'a dit qu'il s'en occuperait ?"

Evelyn secoua la tête sans répondre. Quelques semaines plus tôt, à la demande pressante de sa mère, elle avait promis d'annoncer sa grossesse à Renard. Elle et Maman avaient décidé qu'il méritait de savoir, qu'il lutterait peut-être davantage en sachant qu'une nouvelle vie l'attendait de l'autre côté. Et Evelyn avait écrit, mais au moment de fermer l'enveloppe et de l'apporter au camion de la poste, elle avait traîné, trop longtemps. Elle ignorait pourquoi alors. Avait-elle cru que la peur d'être père l'éloignerait encore plus d'elle, ou pire, lui ferait sentir qu'il n'avait rien à perdre ?

"C'est le genre d'homme qui assume, opposa-t-elle à Ruby.

— Avant peut-être, mais la guerre change les gens."

Ruby la regarda, ses yeux se rétrécirent en un pli de colère. Puis elle éclata en sanglots.

"Ne pleure pas, Ruby."

Evelyn voulut se lever pour la réconforter mais son corps alourdi était trop lent. Le temps qu'elle atteigne Ruby, celle-ci s'était ressaisie.

"Tout va bien, dit-elle. Personne ne dira que Ruby a pleuré pour un homme, insignifiant qui plus est." Elle baissa les yeux. "J'ai l'impression de perdre toutes les personnes et les choses auxquelles je tiens, et tu vas être la prochaine sur la liste.

— Oh non, Ruby."

Evelyn la prit dans ses bras. Elle ignorait ce qui lui valait une telle explosion d'amour. Fallait-il l'imputer à sa fille, qui n'était encore qu'une promesse dans son ventre, ou au vœu que Renard avait fait de rentrer ?

"C'est vrai. Tu sais que c'est vrai. Tu vas récupérer Renard, et moi j'ai… – ses mains s'ouvrirent sur une balle invisible avant de retomber – rien. Je n'ai rien.

— Tu m'as moi, protesta Evelyn.

— Oui, c'est ça. Dès que le bébé sera né et que Renard aura posé le pied ici, tu vas filer tellement vite que tu en auras le tournis.

— Oh, Ruby, qui sait s'il voudra seulement m'épouser !

— Bien sûr que oui." Ruby hocha la tête. "Il sera encore plus ravi de te voir ainsi. Crois-moi. Les choses s'arrangent toujours pour toi."

Si jusqu'à cette seconde Evelyn avait douté, les mots de sa sœur enracinèrent sa certitude. Ruby ne disait pas si souvent des choses gentilles et elle ne mentirait pas uniquement pour sauver la face. Non, elle avait sûrement raison. Evelyn pouvait se détendre : Renard revenait. Renard revenait. Et en plus il serait fou de joie qu'elle soit enceinte. Tout s'arrangerait.

Evelyn caressa le dos de sa sœur.

“Nous sommes sœurs, Ruby. Jamais je ne t’abandonnerai.”

Elle répétait cette phrase depuis un moment déjà, quand elle baissa les yeux : Ruby s’était endormie.

JACKIE

Hiver 1987

Dans la semaine, Jackie s'était fait porter malade afin de ne pas voir ses parents, mais elle avait eu le week-end pour retrouver son calme et puis elle arrivait à la fin de son quota de jours indemnisés. Ayant décidé le dimanche soir de reprendre le lendemain, elle se leva tôt, mit sa robe bleue à col de dentelle et qui lui arrivait aux genoux, prit le temps de se maquiller – juste un trait d'eye-liner au-dessus des cils – et laissa Terry la déposer devant la porte d'entrée et non pas à une rue de la crèche. Il n'y avait plus de secrets, après tout.

Sa mère était paisible, comme toujours, et elles discutèrent le programme de la journée avec des hochements de tête polis pendant que Jackie pliait les vêtements de rechange des enfants, lavait la peinture de leurs blouses et les mettait à sécher. Il ne fallut guère attendre, néanmoins, pour que sa mère se lance dans le vif du sujet, et Jackie sentit qu'elle risquait d'être prise au piège de ses paroles.

“Nous ne voulions pas te contrarier l'autre soir, Jackie Marie.

— Ah oui ?”

Après sa discussion avec Terry, Jackie était beaucoup moins soucieuse de l'opinion de ses parents, et ça devait se voir à son visage ; sa mère la regarda comme si elle ne reconnaissait pas la femme devant elle.

"Non, reprit-elle. Bien sûr que non. Tu n'es pas seulement ma fille, tu es mon amie, et jamais je ne voudrais te faire de la peine."

Cette réponse mit Jackie dans de meilleures dispositions à son égard. Sa mère *était* son amie, sa meilleure amie depuis que Terry était parti, Jackie ayant fait le vide autour d'elle. Maman se plaça tout près, et Jackie s'appuya contre son épaule.

"Je sais, Maman, dit-elle en soupirant. Mais vous devez me laisser décider moi-même."

Sa mère hocha la tête. "Je m'y efforce, convint-elle. Je m'y efforce."

Jackie regardait ses mains en parlant, remarqua les veines qui avaient commencé à saillir et dessinaient les fils d'une toile d'araignée. Quand étaient-ils apparus ?

"J'ai parlé à ton père, poursuivit sa mère, et il est en train de changer d'avis. Je fais tout pour qu'il change d'avis. Je voudrais seulement te demander, avant que nous nous engagions davantage : es-tu sûre cette fois ?"

Jackie ne répondit pas tout de suite. La question était tellement contraire à sa nouvelle technique de survie ; ces derniers mois, son seul moyen pour rester sereine était d'accepter qu'elle ne serait jamais sûre. Et qui pouvait avoir la moindre certitude ? Qui sait si, dans quelques minutes, Papa ne se ferait pas renverser par un poids lourd en sortant de la crèche ? Qui sait si Maman ne reviendrait pas de sa prochaine mammographie avec un diagnostic qui la condamnait ? De quoi pouvaient-ils être sûrs eux-mêmes ?

“Je veux seulement être certaine, répéta sa mère. Parce que tu n’es pas la seule concernée, il y a le bébé, ajouta-t-elle, la main sur le cœur.

— La présence de son père lui fait du bien, dit Jackie en essayant d’éluder la question.

— C’est le cas pour le moment, mais… Ne t’en fais pas, je n’avais pas l’intention d’engager la discussion, Jackie.” Sa mère s’écarta d’elle et la tête de Jackie chancela en perdant son support. “Tu as raison, c’est à toi de décider, et en tant que parents notre rôle est de te soutenir. Mais je te pose la question sans détour : est-ce que tu es sûre de toi ?”

Jackie ne dit rien. Quand elle eut fini de nettoyer les pinceaux, elle leva les yeux.

“Plus sûre que je l’ai jamais été de ma vie, Maman”, affirma-t-elle.

À la grimace de sa mère, elle comprit que ce n’était pas la réponse attendue.

Pourtant, après cela, Terry se réconcilia avec sa famille, comme si la profession de foi de Jackie avait œuvré en ce sens. Pour commencer il alla chercher un soir le bébé chez sa belle-mère parce que Jackie devait travailler tard. De retour à la maison, Jackie constata qu’ils n’étaient toujours pas rentrés, et lorsqu’elle vit la voiture se ranger dans le parking quelques minutes plus tard, elle dévala l’escalier pour les rejoindre. Ce devait être bon signe que Terry soit resté si longtemps, et elle voulut connaître les détails de sa visite, les étaler, les faire durer. Avant cette histoire, il faisait autant qu’elle partie de la famille. Parfois elle arrivait à l’auvent qui protégeait la voiture de ses parents et elle voyait celle de Terry garée en face. Quand elle entrait, il était là, sur le canapé de sa mère, à regarder un match des Saints, un bol de gombo sur les genoux. Cette intimité leur avait manqué à l'un comme à l'autre, et elle le suppliait de lui dire qu'il l'avait retrouvée.

"On a parlé, c'est tout, éluda-t-il en posant sa veste blanche sur le bras du fauteuil.

— Oui, j'ai compris que vous aviez parlé, le taquina-t-elle, mais de quoi ? Ça fait trois heures que tu es parti.

— Tant que ça ? Qu'est-ce que ça passe vite quand on s'amuse", gloussa-t-il.

La plaisanterie lui valut un coup de coussin.

"Si tu ne me répètes pas cette conversation mot pour mot…" menaça-t-elle en souriant.

Il leva les yeux au ciel, s'assit à la table de la cuisine.

"Tu connais tes parents, chérie. Ce qu'ils ont dit, tu le sais mieux que moi. Ils ont commencé par me sonder, bien sûr. Ils voulaient connaître mes plans pour toi et le bébé.

— Qu'est-ce que tu as répondu ?"

Elle s'assit à côté de lui.

"J'y viens, Jackie. J'ai expliqué que mon ambition était de te rendre heureuse, de réparer tous les torts que je t'avais causés." Il lui sourit. "C'était bien trouvé, pas vrai ?"

Elle acquiesça, essayant de ne pas rire.

"Ils m'ont posé des questions sur mon travail, si je ne trouvais pas qu'il était trop tôt pour y retourner, si je pensais vraiment être en position d'assumer ce niveau de responsabilité. « Maintenant, sois honnête avec toi-même, fils – il imitait son père à présent –, chaque homme a ses faiblesses, mais le plus important est de les reconnaître. »"

Jackie rit. “C’est tout mon père.
— Il a plus parlé que ta mère, poursuivit Terry. Elle se contentait d’écouter, comme si elle était mal à l’aise pour moi.
— Et ça, c’est tout ma mère, ajouta Jackie.
— J’ai répondu du mieux que j’ai pu.
— Et ça a duré trois heures ?
— Non, je t’assure. Je n’aurais pas pu tenir. Au bout d’un moment on a regardé le *Cosby Show*, et on a ri des bêtises de Cliff. Ta mère voulait que je mange avant de partir.
— Qu’est-ce qu’elle avait cuisiné ?
— Porc aux haricots rouges et riz.”
Jackie hocha la tête. On était lundi.
“Comment tu te sens ?” demanda-t-elle enfin.
Il poussa un long soupir.
“Bien, dit-il. Vraiment bien, en fait. Comme si toutes les pièces manquantes étaient revenues à leur place. Je ne voulais pas me l’avouer, mais je craignais qu’ils n’acceptent pas de me recevoir.
— Ils t’aimaient. Tu étais un fils pour eux.
— Ils m’aimaient, mais je t’ai blessée. Je ne leur en voudrais pas s’ils n’arrivaient pas à l’oublier.
— Ce sont des gens bien.
— Oui.” Il se tut quelques minutes. “Et je ferai ce qu’il faut pour ne pas les décevoir.”
Elle l’attira à elle. “Toi aussi, tu es quelqu’un de bien, dit-elle. Toi aussi.”
Elle l’embrassa longtemps, comme ils s’embrassaient dans la Lincoln de son père quand ils n’avaient plus que dix minutes avant le couvre-feu. Elle le chevaucha et il gémit. Elle poussa pour le sentir sous elle. Elle l’agrippa à elle de toutes ses forces, et la chaleur de leur étreinte se déversa en elle, la

traversa comme une vague, se répandant entre eux comme s'ils ne faisaient qu'un. Bientôt ils étaient nus et tout était si semblable à autrefois qu'elle s'abandonna à croire que le temps ne s'était pas écoulé. Lorsqu'ils eurent terminé, il voulut parler. Elle lui avait tellement manqué, elle ne pouvait imaginer combien il avait désiré cela, il n'avait jamais voulu vivre un seul jour sans elle. De temps à autre elle émettait un grommellement d'approbation. Bien qu'elle éprouvât la même chose que lui, elle restait allongée, de crainte que le moindre mot, le moindre geste ne vienne troubler ce sentiment nouveau.

La vie poursuivait son cours. Jackie et Terry s'arrêtaient chez sa mère aussi souvent que possible, parfois pour laisser le bébé avant de se faire une toile au Plaza ou d'aller manger un morceau chez Praline Connection, mais souvent ils restaient assis sur le canapé de sa mère à discuter de politique municipale et à s'empiffrer de gâteau en gelée. Les parents de Jackie interrogeaient chaque fois Terry sur son travail, et il répondait que tout allait bien puis changeait de sujet. Il repassait toujours sa veste blanche et sifflotait en gagnant la porte, en général une chanson de Prince qu'ils avaient écoutée la veille en faisant l'amour. Ces jours-là, elle aussi allait au travail en sifflotant, avec la sensation que le monde se pliait à ses désirs, comme elle avait toujours cru, en grandissant, qu'il le ferait.

Bien sûr elle le trouvait déprimé certains soirs. Il ne s'intéressait guère à elle ni au bébé. Il se contentait de fixer l'écran, comme absorbé par un show télévisé dont les gags lui arrachaient à peine un rire, et il s'endormait dans cette position, parfois sans se déshabiller.

Il était simplement fatigué, se disait-elle. Après tout il se levait tous les matins à cinq heures, la regardait pendant qu'elle allaitait le bébé puis, lorsqu'elle avait fini, il prenait sa douche, préparait le petit-déjeuner, et bien sûr elle en faisait autant, sauf que lui n'avait pas l'habitude. Il lui faudrait sûrement du temps pour s'adapter.

L'entrain sembla lui revenir quand il fut question de fêter le premier anniversaire de T. C., et en le voyant manifester un début d'enthousiasme elle le suivit. Ce matin-là elle se réveilla à quatre heures pour tailler les mini-sandwiches et en ôter la croûte ; elle prépara une glace maison et une salade de pommes de terre ; elle coupa des grains de raisin en deux et confectionna un gâteau à trois étages au chocolat. Comme le glaçage n'était pas son fort, elle regarda par-dessus l'épaule de Terry tandis qu'il décorait de roses le pourtour de l'étage supérieur du gâteau, puis traçait en blanc, avec la poche à douille, "BON ANNIVERSAIRE, T. C. !".

Ils avaient tout arrangé pour que ça se passe au Fly, la partie du parc Audubon derrière le zoo, et en chemin ils s'arrêtèrent chez Castnet pour acheter des langoustines vivantes. Le temps qu'ils installent le réchaud à gaz, les invités commençaient à arriver, des gens qu'elle n'avait plus vus depuis des mois, quand Terry était parti. Pendant qu'elle épluchait oignons et pommes de terre pour la marmite, ses amies lui racontaient qui s'était mis à sortir en boîte, qui avait eu un moment de faiblesse pour son patron, qui avait perdu dix kilos avec ce nouveau régime en trois jours, et d'ailleurs comment Jackie avait-elle fait pour retrouver la ligne si vite après la grossesse ? Tout le monde était tellement content de voir Terry. Ils avaient sûrement entendu parler de son absence mais ils étaient assez polis pour ne pas poser de question, et Jackie ne se souciait même pas de quelques rumeurs ici ou là, parce que dans ce monde nouveau qui était le sien aujourd'hui, les rumeurs n'avaient pas leur place, comme si les événements qui les avaient fait naître n'avaient jamais eu lieu. Alors que la fête battait son plein, au milieu des papiers journaux jonchés de langoustines et des gens qui lui demandaient en se léchant les doigts quelles épices elle avait utilisées, Jackie se rendit compte qu'elle avait des crampes à force de sourire.

On coupa le gâteau, et son père lui fit signe d'approcher pour la photo de famille. Sa joie ne fut même pas gâtée à la vue de sa sœur. Les deux femmes parlèrent brièvement. Sybil voulut prendre le bébé mais il pleura pour rester avec sa mère. Jackie serrait la main de Terry tandis qu'ils se mettaient en rang pour sourire à l'appareil. Après son départ, tant d'occasions s'étaient présentées qui appelaient des photos comme celle-ci, et elle s'était retrouvée seule. Elle se sentait d'autant plus heureuse aujourd'hui.

Quand ils eurent terminé, Jackie agita le Polaroid en l'air, attendant que les visages apparaissent. Puis elle l'examina attentivement. Elle était parfaite dessus : elle avait une peau éclatante, elle avait perdu du poids et elle s'était offert une séance chez le coiffeur la veille. Terry avait une apparence encore plus soignée que la nuit de son retour : il s'était fait pousser le bouc, retournait à la gym, et les taches blanches sur sa peau avaient disparu. Puis il y avait Sybil. La sœur de Jackie se tenait entre Papa et Maman, comme sur les photos de leur enfance. Elle ne souriait pas, n'était pas fâchée non plus, seulement triste, autant que Jackie puisse en juger. Et Jackie eut un élan de pitié à son égard sans pour autant avoir envie d'agir, une émotion semblable à celle que l'on ressent pour un mendiant dans la rue.

Terry s'avança à grands pas vers elle tandis qu'ils rangeaient.

"Ça s'est bien passé, hein ?

— Encore mieux que ça.

— Les invités ont adoré le gâteau. À mon avis, c'est le glaçage qui a tout fait, avec ces roses qui s'enroulaient si joliment sur le dessus."

Ils rirent.

"Y a des copains qui ont envie de continuer la fête ailleurs.

— Où ça ?" demanda Jackie.

Elle avait espéré que la douceur de cette journée se prolongerait jusqu'au soir, qu'ils rentreraient à la maison, s'installeraient devant un film et s'endormiraient l'un contre l'autre.

"Juste un dîner vite fait, ce ne sera pas long." Il bâilla. "Tout ça m'a épuisé. Mais c'est si bon de voir du monde, j'aimerais en profiter jusqu'au bout."

Elle acquiesça. Elle comprenait. Elle avait l'impression d'être revenue à leur ancienne vie. À l'époque, quand Terry disait qu'il voulait sortir, elle disait oui, sans même demander où il allait.

"Bien sûr, dit-elle en souriant, tendant les lèvres pour un baiser. Amuse-toi bien."

Elle le regarda s'éloigner. Tante Ruby s'approcha d'elle par-derrière et lui caressa le dos.

"Tu as bien fait, ma chérie", dit-elle.

De le laisser partir ? faillit demander Jackie, mais tante Ruby n'avait pas terminé.

"Tu dois vivre ta propre vie. Bonne ou mauvaise, c'est la tienne."

Jackie n'avait pas prévu de l'attendre. Ça s'était fait tout seul, à regarder les chiffres évoluer sur son réveil digital. "3:42" s'affichait quand Terry revint. Il but un verre d'eau à la cuisine, traversa le couloir sur la pointe des pieds, se déshabilla dans la salle de bains puis essaya de se glisser sans bruit dans le lit.

"Où étais-tu ?" demanda-t-elle.

Elle fut elle-même surprise par le ton agressif de sa question et crut le voir sursauter.

"Je suis vraiment désolé, chérie, commença-t-il. Une chose en amène une autre. Dans le premier restaurant, l'attente était trop longue, du coup on est allés ailleurs.

— Et les plats sont arrivés à minuit ?

— Ben, on est tombés sur mon pote des VA. Tu te rappelles Michael de l'autre jour ?

— Celui qui t'a fait commencer la drogue", commenta-t-elle.

Elle savait que ce n'était pas lui, mais elle voulait bien se faire comprendre. Il éluda.

"Il a voulu m'emmener boire un verre."

Elle attendit avant de parler, prenant toute la mesure de ce qu'il venait de dire.

"Mais les bars te sont interdits, Terry, articula-t-elle enfin, essayant de contenir sa voix pour ne pas réveiller le bébé.

— Oui, oui, techniquement parlant, oui, et je le lui ai dit, je le lui ai dit un tas de fois, mais je me suis tenu à carreau, Jackie. Je n'ai pas bu une gorgée. Alors qu'ils n'arrêtaient pas de m'inciter à boire.

— Justement !” Elle criait maintenant. “C’était une bonne journée, on avait fêté le premier anniversaire de ton fils. Mais imagine que tu y retournes une autre fois dans un contexte plus difficile, tu crois que tu serais aussi fort ?

— Je ne fréquente pas les bars, chérie. Tu le sais.”

Il s’avança pour lui caresser la joue du bout du nez, mais elle le repoussa sans réfléchir.

“Je ne sais rien, Terry. Les choses ont changé.”

Elle se tut. Elle se redressa dans le lit, se tordant les mains comme si c’étaient des serviettes de toilette.

“Qu’est-ce qui a changé, chérie ? Rien n’a changé. On a fêté l’anniversaire du bébé, je suis sorti dîner, et là je suis de retour. Tout est pareil qu’avant.”

Elle secoua la tête.

“Quoi, chérie ? Cite-moi une seule chose qui a changé.”

Son ton s’était fait plus vif, pas en colère mais animé, comme s’il plaidait une affaire devant un jury.

“Chh.” Elle fit un geste en direction du bébé. “Écoute, je sais seulement que tu m’as fait des promesses et qu’elles sont en train de tomber à l’eau.”

Il soupira. Sa conviction sembla s’être étiolée au mot de “promesses”. Il s’assit, se prit la tête entre les mains.

“Tu as raison, chuchota-t-il si bas que Jackie dut lui demander de répéter.

— Qu’est-ce qu’il y a ?

— Tu as raison, dit-il. Je suis désolé, chérie, tu as raison, tu as raison. Je t’ai lâchée.

— C’est toi que tu as lâché.

— Je nous ai lâchés tous les deux, convint-il, et il voulut lui prendre la main mais elle la retira. J’ai craqué. J'ai dit non plusieurs fois, mais ils continuaient d'insister.

— Michael insistait alors qu'il connaît ta situation ? C'est quel genre d'ami, ça ?

— Tout le monde ne comprend pas, Jackie.

— Eh bien, alors c'est à toi de leur expliquer. C'est ta vie, après tout. Leur vie à eux ne sera pas affectée une seconde si tu rechutes."

C'était la première fois qu'elle exprimait à voix haute l'angoisse qui la tenait éveillée certaines nuits, qui l'étranglait à présent.

"Qu'est-ce que j'aurais pu dire, Jackie ?" Il recommençait à s'agiter. "Que je pouvais pas me contrôler ? Que je savais pas si j'en avais la force ? Tout le temps que j'ai passé à travailler avec ces types, j'essayais de me montrer à la hauteur, et là, qu'est-ce que tu voulais que je fasse ? que j'admette qu'ils m'avaient écrasé comme une merde ?"

Elle ne répondit rien. Elle le comprenait et elle avait de la peine pour lui, mais ce n'était plus vraiment ça qui comptait.

"Michael a pris de la cocaïne, et il en avait sur lui ce soir, reprit-il. Pourtant il est jamais tombé dedans. Du coup ça veut dire quoi sur moi ? que je suis incapable de me contrôler ? Qu'est-ce que je pouvais invoquer pour ne pas avoir l'air d'un faible ?"

Que tu es un être humain, Terry, voulut-elle répondre, mais elle se tut. Elle ne voyait pas l'utilité de continuer. Il essaya de la câliner mais elle le repoussa. Assez vite il s'écarta et se tourna face au mur, comme si c'était elle qui avait manqué à sa parole. Une part d'elle voulait le consoler mais elle ne connaissait pas la réponse à la question. Qu'est-ce que cela disait de lui – qu'il ne savait pas s'il pouvait se faire confiance ? Qu'est-ce que cela disait d'elle – qu'elle s'accrochait à un homme qui tenait à peine debout ? Qu'il s'en soit bien tiré cette fois ne la soulageait pas le moins du monde. Au contraire, elle était d'autant plus sur ses gardes, comme si la tentation toujours vivante en lui allait forcément s'exprimer, se métamorphoser en quelque chose de solide et de mobile, quelque chose qui aller l'emporter.

Au réveil Terry se montra encore plus désolé que la veille. Il renonçait à tout, à boire, à voir ces amis, et Jackie finit par dire qu'elle le croyait. Ils continuèrent comme avant sauf qu'elle n'était plus capable de dormir à trois. Ils renvoyèrent T. C. à son couffin mais parfois elle allait le voir et le regardait en pleurant. Elle ignorait pourquoi elle sentait de façon si certaine l'imminence d'une tragédie. Tout allait bien maintenant, se répétait-elle. Elle s'essuyait les yeux aux volants du couffin mais sa tristesse ne la quittait pas.

Elle se levait tard, crevée, et arrivait à la crèche juste avant la fin de la récréation. Un matin, lors d'une activité en cercle, elle se rendit compte qu'elle avait oublié dans la cuisine les évaluations pour la réunion parents-professeurs. Elle demanda à sa mère de donner un biberon à T. C. et se précipita à la maison pendant sa pause déjeuner. Elle se rappelait où étaient les feuillets, elle les avait relus en surveillant la cuisson des pâtes, et une fois celle-ci terminée, elle les avait posés en haut d'une pile sur le plan de travail. Comme elle n'avait qu'une heure avant le réveil des enfants, elle courut jusqu'à l'appartement, ramassa le dossier et s'apprêta à repartir.

Elle était tellement pressée qu'elle n'avait pas remarqué que la porte d'entrée n'était pas fermée à clé, et elle n'aurait pas non plus remarqué que la télévision marchait si elle n'avait vu Terry assis juste en face du poste. Sa veste blanche avec l'étiquette à son nom, LEWIS, PHARMACIEN, gisait, toute chiffonnée, sur la moquette à côté de lui.

Il se mit à parler comme s'il s'était attendu à la voir.

"J'ai perdu mon boulot, dit-il, mais ses mots s'échappaient à toute allure, frénétiques, comme s'il racontait une bonne blague et que, si elle l'écoutait juste un peu plus longtemps, il allait arriver à la chute.

— Quoi ?"

Le mot sonnait creux. Jackie était moins en colère que résignée. Le doute qu'elle ne cessait d'écarter semblait avoir gagné l'ultime bataille et pouvait l'envahir enfin.

"Ils ont un parc automobile. Les jours où je ne te conduis pas au travail, j'emprunte une voiture pour faire un tour à l'heure du déjeuner, histoire de sortir du bureau. J'ai pas l'habitude de rester assis dans un box du matin au soir. J'avais plus d'interactions avec les patients aux VA. C'était moins frustrant. Là il s'agit avant tout de pointer, et je ne me plains pas, ça faisait du bien de te remettre un chèque tous les quinze jours, ç'avait l'air… normal, et en même temps pas tant que ça.

— Et donc ? soupira Jackie en s'asseyant en face de lui. Ils se sont aperçus que tu utilisais leur propriété ?"

Il secoua la tête, soupira à son tour.

"Non, pas au début. Je prenais la voiture pour me rendre à Bourbon Street. J'avais repéré des gens avec qui je me camais, avant. Je ne leur parlais pas ni rien. Je sortais même pas de la voiture. D'une certaine façon, être capable de rester à l'intérieur me donnait l'impression d'être plus fort. Comme si je blindais mon abstinence, si on veut, et ça m'aidait à faire face au reste de la journée. J'étais tellement absorbé par ça, dans l'euphorie de savoir que je pouvais être là sans rien prendre, que j'ai perdu la notion du temps. Je suis arrivé au bureau avec dix, vingt minutes de retard.

— Et alors ? Ils t'ont jeté pour un retard de quelques minutes, Terry ? demanda Jackie comme si l'histoire l'ennuyait, et dans un sens c'était le cas, puisqu'elle connaissait déjà la fin.

— Nan." Il repoussa la question d'un geste. "Nan, c'est pas ça, la plupart du temps ils ne le remarquaient même pas.

— Alors, qu'est-ce qui s'est passé, Terry ?"

Il secoua la tête. Elle entendit sa propre voix monter.

"Putain, Terry, qu'est-ce qui s'est passé ?

— L'autre jour j'ai repris la voiture. C'était après notre dispute, j'étais à cran. J'avais été au bar la veille et, tu avais raison, j'aurais jamais dû y aller : c'était comme si ç'avait libéré quelque chose, réveillé une partie de moi que j'avais crue morte."

Jackie ne pouvait supporter d'en entendre davantage. Assise là, elle n'écoutait qu'à moitié, quelques bribes de phrases, comme "Mon ami des VA, pas Michael, mais celui dont j'étais le plus proche", et "Je ne m'attendais pas à le voir sur Bourbon Street, c'est pas là qu'il allait d'habitude, et j'étais tellement surpris que je suis sorti de la voiture. Sans même la verrouiller".

Elle se pencha en avant mais plutôt que de laisser la nausée l'envahir elle pensa à l'heure : elle devait partir dans dix minutes si elle voulait arriver à temps à la crèche. Elle ne savait toujours pas comment annoncer à la mère de Bradley que son fils devrait peut-être passer des tests pour son retard de parole.

"Quand je l'ai rattrapé, il était tellement content qu'il m'a tendu une pipe. J'ai même pas eu le temps de dire « Salut, ça va ? » que je l'avais dans la main. J'en avais plus pris depuis des mois mais c'est revenu d'un coup, ce bourdonnement dans les oreilles que j'avais aussitôt après une taffe, cette sensation merveilleuse d'être sorti de son corps ; même la parano, je pouvais la sentir arriver, pourtant j'avais pas peur."

Jackie se leva.

"J'en ai assez entendu. Ça suffit."

Mais il la suivit, lui agrippa le poignet.

"Laisse-moi finir, Jackie. Je l'ai pas fait. Je l'ai prise, je l'ai portée à mes lèvres, j'ai fermé les yeux, et j'ai imaginé combien ce serait bon de s'abandonner, pas seulement pour la défonce, mais parce que c'était fini, j'aurais plus à craindre une nouvelle rechute. J'étais à deux doigts de retomber.

— Et tu t'imagines que je vais te croire ?"

Elle voulut gagner la porte mais il la retint.

"Je n'ai pas fumé, Jackie, je te jure, j'ai fait demi-tour pour retourner à la voiture. Mais…

— Mais quoi, Terry ? Mais quoi ?

— Mais elle n'était plus là. J'ai cru que je savais plus bien où je l'avais garée et je suis revenu sur mes pas, j'ai erré pendant une heure mais elle n'était pas là. J'ai fini par appeler la police, j'ai attendu et j'ai fait une déclaration, puis j'ai pris le bus pour retourner au bureau. Comme je revenais sans la voiture, j'ai dû montrer le rapport de la police. Ils ont vu où j'avais été, ils savaient que je n'avais rien à faire dans le Vieux Carré et m'ont licencié sur-le-champ. J'ai reçu un coup de fil à l'instant, je venais de rentrer : on a retrouvé la voiture, elle n'a pas été abîmée, mais ils s'en fichent. Ils m'ont dit qu'ils n'avaient plus confiance. Que je n'avais pas le profil recherché."

Ils se tenaient toujours dans le couloir, elle cambrée, pressée contre lui, qui la serrait dans ses bras. Elle se redressa, le repoussa en gigotant et alla se rasseoir. Elle calcula qu'il lui restait encore cinq minutes. Elle rentrerait à temps pour les petits. Il lui avait déjà pris trop de choses, il n'allait pas lui prendre ça aussi. Il s'assit sur le canapé en face d'elle. Puis il croisa les mains sur les cuisses, posa la tête dessus et se mit à pleurer. Elle le regarda un moment puis se leva, s'approcha de lui et lui frotta le dos avec la paume de la main, de haut en bas, de haut en bas, comme elle avait vu si souvent sa mère faire avec son père durant toutes ces années. Maman lui avait raconté un jour que Papa avait voulu être médecin comme le grand-père de Jackie et qu'il ne s'était jamais remis de ne pas y être arrivé. "Peu importent toutes les victoires que décroche ton père, il ne se sentira jamais tout à fait comme un homme", avait-elle expliqué. Et c'est ça que Jackie sentait maintenant chez Terry, comme s'il avait déjà ce regard vide avant même le licenciement, comme s'il avait perdu une part de lui lorsqu'il s'était mis à se droguer, une part qu'il n'arrivait plus à retrouver.

Elle rejeta cette idée loin d'elle.

Elle s'obligea à se concentrer sur le présent.

"Je suis désolée, chéri. On va s'en sortir", répétait-elle, mais les mots sonnaient creux parce qu'elle ne les pensait pas vraiment.

Elle resta encore un peu avec lui, jusqu'à ce que le réveil affiche le douze. Si elle ne partait pas tout de suite elle serait en retard. Elle s'excusa plusieurs fois de devoir le quitter et, dès son arrivée à la crèche, elle l'appela. Il dit qu'il allait bien. Mais tandis qu'elle faisait peindre les enfants, les berçait dans le hamac, leur lisait *Le Nouveau Bébé des ours Berenstain*, elle était hantée par son visage lorsqu'il avait levé les yeux pour la voir partir, comme un mur nu de défaite en train de s'écrouler.

Jackie se sentait généralement nerveuse avant les rencontres parents-professeurs. Celle-ci n'était que sa seconde ; elle n'avait pas encore appris à manier le jargon, et il lui était arrivé de discuter près de cinq minutes avant de s'apercevoir qu'elle s'était trompée d'enfant. En plus, les parents pouvaient se montrer cruels. La dernière fois il lui avait fallu expliquer à une mère que son fils avait du mal à se contrôler, et la femme s'était plainte de Jackie à la direction, disant que, sans la qualification requise, Jackie n'était même pas en position de juger un concours de bikinis.

Ce soir, alors que Jackie était prête à en découdre, les parents étaient tout miel et la félicitaient pour les progrès accomplis par leurs enfants. "Il n'oublie jamais de dire « s'il te plaît » et « merci »" ou "Elle n'a pas fait dans sa culotte depuis des semaines". Et si en temps normal Jackie aurait savouré ces compliments jusqu'à la fin de l'année, aujourd'hui les mots ne faisaient que glisser sur elle. La seule chose qu'elle devait réussir avait échoué, de façon irrémédiable.

Comme si la journée n'avait pas déjà assez duré, sa sœur fit son entrée sur la pointe des pieds alors que le dernier entretien tirait à sa fin. Elle se glissa dans la cuisine et voulut se préparer une assiette sans déranger, tirant doucement les tiroirs pour qu'ils ne grincent pas, posant la vaisselle sur des serviettes pour qu'elle ne claque pas. Jackie l'ignora et, quand le dernier parent fut parti, elle remballa ses affaires, prit le bébé endormi dans les bras de sa grand-mère et se dirigea vers la porte.

Sa sœur lui courut après dans un cliquetis de talons et lui agrippa le poignet.

“Je suis venue pour te voir, dit-elle.

— Ce n'est pas le moment, Sybil.

— Oh.” Sa sœur fit un pas en arrière. “Je suis désolée. Je sais que tu dois être fatiguée, avec le bébé et tout ça. Je pensais à toi cette semaine, depuis la fête et tout, et… – elle fit une pause – je voulais m'excuser à propos de Terry.”

Jackie n'était pas déboussolée au point de ne pas noter l'énormité de ce qui se passait : sa sœur s'excusait. Malgré tout ce qui s'était produit ce jour-là, elle voulait faire durer ce moment.

“Terry ? À quel sujet ?” demanda-t-elle.

Sybil secoua la tête, soupira.

“Tout. Je t'ai vue avec lui l'autre jour, j'ai vu le bébé, et c'est évident qu'il se donne à fond, c'est évident que vous êtes heureux. Après tout ce que tu as traversé, tu le mérites. Et ce bébé mérite une vraie famille.

— Oh, fit Jackie, trop secouée pour savoir que répondre. Eh bien, merci, finit-elle par balbutier. Ça me touche énormément.”

Elle se dirigea vers la porte avant de se retourner. Ce n'était pas tant l'envie de prolonger leur échange qui la motivait, mais Sybil ayant toujours possédé un jugement sûr, son point de vue sur la question en valait peut-être la peine.

“Qu’est-ce qui te fait dire que c’est la bonne, cette fois ?” demanda Jackie.

Sa sœur était au niveau de la table basse que son père venait de construire pour la classe des petits, mais elle revint sur ses pas.

“Rien qu’à vous voir à la fête, répéta-t-elle en haussant les épaules, tête rentrée, visiblement mal à l’aise dans son nouveau rôle. Pour commencer, il a l’air en pleine forme ; il a l’air *clean*, insista-t-elle. Je ne sais pas, Jackie, comme je le disais à Maman, j’ai eu l’impression que c’était différent. Parmi mes clients junkies, j’en connais quelques-uns qui s’en sortent. Ils ont touché le fond et ils m’affirment qu’ils ne retomberont pas. Il y a quelque chose, dans leur façon de le dire, dans la dureté de leur regard, qui me pousse à les croire. J’ai senti ça chez Terry l’autre jour.” Elle s’arrêta. “Je crois que tu as pris la bonne décision.”

Ne voulant pas trahir ses craintes, Jackie ne dit rien et fit demi-tour. Sa sœur la rejoignit et caressa la tête du bébé, puis elle embrassa Jackie sur la joue. Jackie sourit mais elle était près d’éclater en sanglots, et elle se hâta vers la porte pour que sa sœur ne voie pas son visage.

Sybil l’arrêta avant qu’elle atteigne la voiture.

“Jackie, l’appela-t-elle. J’ai eu une dure journée. Et si je rentrais avec toi ? Je passerais un peu de temps avec le bébé, je ferais mes excuses à Terry. Je voulais appeler mais je crois que j’ai besoin de lui dire les choses en face.”

Jackie n’eut pas l’énergie de refuser, et une fois dans la voiture elle fut contente d’avoir de la compagnie. Sybil parla durant tout le trajet. Elle avait enfin décroché le contrat avec Taco Bell, sauf qu'à présent ils essayaient de la balader sur des termes qu'ils avaient acceptés : les vingt pour cent sur les règlements s'étaient réduits à quinze pour cent. Ce n'était pas grave, elle ne les lâcherait pas tant qu'ils ne seraient pas revenus à leur première offre, parce qu'au bout du compte elle n'avait pas besoin de ce boulot. Elle avait gagné plein d'argent sans l'aide de personne.

Jackie hochait la tête et souriait, se répandant en "Mmh" et en "Je sais bien". Elle se répétait intérieurement ce que lui avait dit Sybil à la crèche. Sybil n'était pas du genre à raconter des histoires. Et puis Papa avait toujours encouragé Jackie à se demander : "Que ferait ta sœur dans ce cas ?" Or Sybil avait affirmé qu'elle aurait agi exactement comme Jackie. C'était le genre de victoire qui se fête mais bizarrement Jackie n'arrivait pas à mettre son cœur au diapason.

Elle ne s'attendait pas à trouver Terry à la maison en entrant. Un autre jour il eût été là, mais elle sentait au plus profond que ce jour serait différent, et parce qu'elle ne pouvait prévoir jusqu'à quand durerait cette différence ni comment elle y réagirait, elle fut reconnaissante à Sybil d'être à ses côtés. Elle donna le bain à l'enfant, le sécha, enduisit son corps de vaseline. Depuis que les cheveux de T. C. avaient poussé, elle s'amusait avec, le soir, les soignant comme ceux d'une fille, peignant ses boucles avec les doigts jusqu'à ce que le bébé se mette à pleurer. Puis elle lui donnait le sein. Parfois on lui demandait jusqu'à quand elle l'allaiterait mais elle ne pouvait même pas envisager d'arrêter, comme si les émotions qui avaient creusé ce gouffre en elle durant l'année écoulée risquaient de tout balayer et de jaillir de son corps avec une telle violence qu'elle redoutait de voir ce qu'il en sortirait.

Terry n'étant toujours pas rentré à minuit, Jackie proposa à Sybil de rester dormir et, sans même demander pourquoi, Sybil accepta. Jackie plaça le bébé dans le lit à côté d'elle, comme avant, et elle se surprit à regarder le réveil plusieurs fois dans la nuit : 2:49 ; 4:28 ; 6:42. Toujours rien. Elle se réveilla avec la sonnerie, il n'était pas rentré. Il ne rentrerait pas.

Elle habilla le bébé comme si elle allait partir au travail tout en sachant qu'elle n'y mettrait pas les pieds. Elle aurait pourtant dû avoir l'esprit occupé, le corps engagé. Sans prendre la peine de se vêtir, de se brosser les dents ou de se laver le visage, elle alla au salon où Sybil dormait, un foulard noué derrière la tête pour se protéger les cheveux.

Sybil se redressa comme si elle passait toutes ses nuits sur un canapé.

“Salut, toi.

— Salut, répondit Jackie. J'allais faire du café. Tu veux quelque chose ?

— Ce que tu prends toi”, dit Sybil.

Dans la cuisine Jackie se rendit compte qu'elle n'avait pas fait la vaisselle la veille et, remettant la corvée à plus tard, elle remplit la casserole d'eau. Ce n'était qu'une question de temps, elle le savait, avant que le canapé disparaisse sous les vêtements en vrac et que les plateaux-repas débordent de vieux restes passés.

Sybil ne demanda pas où était Terry, ne l'obligea pas à formuler les choses, ce dont Jackie lui serait reconnaissante pour le restant de ses jours. Elle lui prit le bébé, le posa contre son épaule et chanta d'une voix enfantine que Jackie n'aurait jamais cru pouvoir jaillir d'une source aussi improbable : "Maman ne se sent pas bien mais elle va revenir, elle va revenir, oh oui, elle revient."

Jackie ne se donna pas la peine de la corriger, de lui faire remarquer que cette fois lui semblait être la dernière parce qu'elle se sentait tomber dans un gouffre sans fond ; ce n'était pas seulement que Terry lui manquait, c'était de savoir que la douleur, quelle qu'elle soit, qui avait fait fuir Terry l'avait contaminée elle aussi, et qu'elle ne pouvait compter sur le crack pour s'en délivrer.

Après avoir servi du café à Sybil, elle s'assit sur le canapé et fixa l'écran de télé. Elle parcourut les programmes. *Le Juste Prix* venait de commencer ; quelqu'un pariait sur un sofa deux-places, un beau modèle en cuir que Jackie aurait orné de coussins et de jetés de chez Macy, mais la femme dans l'émission en proposait trop cher, neuf cent quatre-vingt-dix-neuf dollars, quand un canapé de cette taille, beau comme ça, ne dépassait pas les cinq cents dollars. Jackie aurait voulu intervenir, lui crier : "Ne vise pas si haut, ma fille, ça ne marchera pas", mais elle resta muette. Si elle avait prêté attention, elle aurait entendu le son des sirènes monter, puis se stabiliser en atteignant leur cible, mais son esprit était aussi concentré qu'une vague qui retombe, prête à s'écraser. Sur quoi, elle n'en savait rien.

T. C.

Hiver 2011

À la réflexion, retourner en prison c'était comme en sortir : décevant. Tante Sybil avait fait ramener la peine à trois ans mais T. C. ne raisonnait pas ainsi. L'important c'était de savoir avec qui être gentil pour récolter au moins une vieille télé, et quel gardien le laisserait jouer au basket une demi-heure de plus. Vu sous cet angle, la seconde fois était plus facile. Plus besoin d'apprendre comment fonctionnait le système. Il connaissait la plupart des gens, soit de son séjour précédent, soit de la rue. Il avait été proche de certains dans le quartier, et leur tristesse à le voir ici était aussi sincère que leur satisfaction de retrouver un visage familier.

Il précisa à sa mère qu'il ne voulait pas de visites. "Plus tard", dit-il, bien qu'à la vérité il pensât *Plus jamais*, et il prévoyait de la faire poireauter jusqu'à ce que les choses soient claires. C'était le problème avec les gens de l'extérieur. Ils s'imaginaient qu'il était tout content de voir leurs têtes, alors que ça lui rappelait trop la liberté ; tout le monde ici savait qu'il valait mieux s'adapter au genre de liberté disponible à l'intérieur. Par exemple, cette fois il n'avait pas de compagnon de cellule, ce sont des choses qui comptent ; et aussi il pouvait sortir dans le jardin dès qu'il le voulait.

C'étaient ces petites victoires qu'il avait envie de savourer, ces petites victoires qui lui maintenaient la tête hors de l'eau. Et donc, quand sa mère arriva, il resta dans sa cellule aussi longtemps que possible. Le gardien dut l'appeler trois fois avant qu'il se lève, pour se traîner ensuite jusqu'à la salle d'accueil.

Elle avait l'air mieux que jamais, il n'en revenait pas. Maquillée, plus mince, joyeuse. Il avait envie de lui demander si elle ne s'était pas trompée d'adresse. Elle l'attira à elle et le serra fort dans ses bras.

"Eh, mon bébé ! s'exclama-t-elle. Tu as l'air en forme. Vraiment en forme. Ils te traitent bien ici ? Je t'ai envoyé des brownies. Tu les as reçus ? Ils sont faits maison, et Mamie, elle va t'envoyer un gâteau, elle voulait être sûre que j'te prévienne.

— Tout va bien, Maman ? ne put-il s'empêcher de lui dire.

— Oh, tout va bien, très bien." Ils s'assirent. "J'ai commencé à travailler comme aide-soignante bénévole pour miss Patricia, poursuivit-elle. Tu sais, comme elle n'entend plus, je lui donne un coup de main. Elle a la grâce, cette femme, ça me fait vraiment relativiser. De quoi je me plains ? Je suis en bonne santé. J'ai une famille, et ceci." Elle agita la main en direction de T. C. et haussa les épaules. "Au fait, tu as vu de bonnes émissions ces derniers temps ? On vous laisse regarder la télé, pas vrai ?"

T. C. acquiesça, lui dit qu'il suivait *Modern Family*.

"C'est bien, commenta-t-il, j'ai rigolé à certaines blagues, et cette Sofia Vergara, mec, si j'avais une nana comme ça…"

Il s'arrêta parce qu'il parlait à sa mère.

“Eh bien, je vais te dire, Alicia, c’est une fille bien, vraiment bien, enchaîna sa mère. Elle m’amène le bébé tous les dimanches pour que je le garde pendant qu’elle travaille. Elle refuse de lui couper les cheveux, mais je passe là-dessus parce qu’elle est pas obligée de me l’amener, ça je sais bien.”

C’était le moment que T. C. redoutait, la raison qui lui avait fait dire à sa mère de ne pas venir et qui lui donnait envie de ramper sous son lit en acier quand approchait l’heure des visites.

“Comment il va ? demanda-t-il, parce qu’à ce stade il ne pouvait pas ne pas poser la question et parce qu’il voulait savoir, tout en redoutant les effets de la réponse, la façon dont elle allait le hanter une fois que sa mère serait partie et qu’il se retrouverait seul entre ces quatre murs, avec l’éternité pour ressasser tout ce qui aurait pu être.

“Oh, il va bien, vraiment bien, chéri. Il dit quelques mots. « Maman » et…” Elle s’arrêta. “Je l’ai même entendu dire « Mamie » une fois ou deux, je crois bien. J’ai envie que tu le voies, fils. Alicia, elle veut pas venir et ça la regarde, mais elle a dit que je pouvais amener Malik et moi je veux bien. Peut-être la prochaine fois, pour ton anniversaire ?

— Putain, Maman, surtout pas ! cria-t-il pour couper court à toute discussion. Mon fils va me voir comme ça et s’imaginer que c’est super d’aller en taule – jamais de la vie !

— Oh, il saura même pas ce que c’est.” Sa mère baissa la voix comme si c’était elle qui avait crié. “C’est un bébé.

— Oui mais ce genre de truc, ça reste, chez les gosses, et s’il continue à venir, dans deux ans il sera assez grand pour s'en souvenir. Je veux pas qu'il pense à moi comme ça."

Sa mère se contenta de hocher la tête. "Je comprends, dit-elle. Je comprends." Elle prit son temps avant de continuer. "Moi je m'étais dit que ce serait bon qu'il te voie. En fait, je veux qu'il connaisse son père. Les enfants n'ont pas besoin que leurs parents soient parfaits, ils ont besoin qu'ils soient là, c'est tout : ça leur apporte tellement, et je voulais, eh bien, j'ai toujours regretté de ne pas avoir favorisé davantage ta relation avec ton père. Il n'était pas parfait mais c'était ton père, et ça compte. Je ne veux pas que Malik rencontre les mêmes problèmes que toi."

L'heure de visite était terminée, et T. C. promit à sa mère qu'il réfléchirait et l'appellerait la semaine suivante. Mais c'était tout réfléchi. Une chose était de se retrouver ici et de savoir qu'il le devait à sa propre bêtise – ça le rongeait déjà assez. Mais que l'être le plus précieux pour lui, la personne qu'il avait totalement lâchée, constate quel raté il était devenu, eh bien, ça le briserait pour toujours.

Il le dit tout net à sa mère en l'appelant le samedi d'après.

"Je peux pas, Maman. Y en a que pour trois ans. Après ça je recommencerai à zéro avec lui.

— Je comprends, répétait-elle. Au fait, Alicia est ici, elle est venue le déposer. Elle voudrait te parler.

— D'accord."

Son cœur battit plus vite. Il n'avait pas eu le courage de l'appeler depuis qu'il était retourné en prison et il trouvait que c'était bien ainsi. Elle méritait mieux que lui et que tout ce qu'il avait fait – avec les conséquences que cela avait eues pour eux.

“Salut, T. C.”, dit-elle.

Elle avait une bonne voix, elle aussi.

“Salut, Licia.”

Pendant un moment ils gardèrent le silence ; quelque chose dans l’air planait entre eux, et lorsqu’il retrouvait cette sensation après une longue absence, c’était toujours un émerveillement.

“Je sais pas quoi dire, avoua-t-il enfin. Je suis vraiment désolé, même si ça suffit pas.

— Je sais, dit-elle, je sais.”

Elle soupira.

“Tu mérites mieux que ça, ajouta-t-il. Tu mérites mieux que moi.

— Je le sais aussi, répondit-elle, et ce que je mérite, je l’aurai. Mais pour notre fils, c’est une autre histoire. Miss Jackie m’a dit que tu ne voulais pas le voir ?”

Elle attendit la réponse de T. C. mais il était comme paralysé. Il finit par marmonner : “Je veux pas qu’il me voie comme ça, Licia, c’est tout.

— Oh, je comprends, oui, mais fais pas ça, T. C. Ou plutôt pense à tout ce que tu as traversé en étant privé de père.

— J’avais pas besoin de ce connard.

— Ah oui ? Bon, je suis pas en train de dire que c’était un grand homme, mais s’il s’était débrouillé pour te faire une place dans sa vie, ç’aurait pas été plus mal. Peut-être que moi je mérite mieux, mais pour ce qui est de notre enfant, avoir un père c’est quand même essentiel.” Elle fit une nouvelle pause. “Tu peux au moins y réfléchir, T. C. ? Faire ça pour moi ?”

Il était trop étranglé par l’émotion pour arriver à parler. Enfin il lâcha un “oui” rauque.

“Bien. Là je vais devoir y aller. Tu vas bien, sinon ?

— Ouais, je vais bien, tout est relatif, tu le sais."
Elle rit.

"Alors je suis contente. D'après miss Jackie tu as l'air en forme, j'espère que ce n'est pas qu'une impression. Je vais raccrocher, d'accord ?

— Ça marche. Prends soin de toi, Alicia."

Mais elle avait déjà passé le téléphone.

Il entendit Malik pleurer en arrière-fond et sa mère dire qu'elle allait s'en occuper. T. C. raccrocha, imagina son fils qui le regardait depuis la salle d'accueil au bout du couloir. Le laisserait-on au moins le prendre dans ses bras ?

À mesure que le jour approchait, il devenait fébrile : il topait dans la main de tous les détenus qu'il croisait, racontait encore l'accouchement, se vantait de la vivacité du bébé à seulement quelques mois, de leur ressemblance au niveau des yeux et du nez, des premiers mots qu'il prononçait déjà.

Puis, deux jours avant la visite, l'humeur de T. C. changea du tout au tout. En fait, il l'avait su tout de suite, il ne serait jamais un père à la hauteur d'un être aussi parfait que son fils, d'ailleurs il en avait apporté la preuve en se faisant boucler. Maintenant le souvenir obsédant de sa propre insuffisance le rongeait et cette douleur menaçait de le dévorer vivant. Il faillit appeler sa mère pour annuler la visite puis se rappela Licia, Licia si patiente et généreuse, qui n'avait rien exigé d'autre de lui, qui pensait que ce serait bon pour leur enfant, et peut-être qu'elle avait raison.

En échange de ses brownies il demanda à un détenu de lui arranger ses tresses le matin de la visite. T. C. était heureux de cette distraction. Elle l'arrachait à la peur qui l'aurait consumé, elle éloignait l'image de son fils blotti contre son uniforme de taulard.

“Qu'est-ce qui t'arrive, Lewis ? En général on est content de voir sa famille, s'étonna le gardien blanc qui l'accompagnait.

— Je le suis, dit-il. Un peu nerveux, c'est tout.”

Il essaya de sourire mais le résultat n'était pas probant.

En arrivant à la porte il aperçut sa mère. Elle se penchait pour essuyer un peu de bave sur la bouche de Malik. T. C. pouvait encore faire demi-tour, elle ne saurait même pas qu'il les avait vus, mais il refusait de laisser croire à son fils qu'il l'avait abandonné.

Il s'avança. Elle se leva pour le serrer dans ses bras puis, lorsqu'il s'assit, elle déposa Malik sur ses genoux. T. C. s'attendait à ce que le bébé pleure, mais non.

“Il est sympa avec tout le monde, hein ? demanda-t-il.

— Pas vraiment, répondit-elle d'un air amusé. Mais avec toi, oui.”

T. C. ne savait plus comment s'y prendre. Avant, quand il était dehors, il gazouillait avec lui, le soulevait dans les airs jusqu'à ce qu'il pousse de petits cris, mais ça lui faisait drôle de faire ça ici, maintenant, c'était presque incongru.

Comme d'habitude sa mère lui donna les dernières nouvelles et il en profita pour examiner son fils. Le bébé semblait en faire autant de son côté.

Tante Ruby avait un nouvel ami, un homme d'une cinquantaine d'années, et elle avait dit que jusque-là elle n'avait jamais connu l'amour. Mamie n'était pas en bonne santé. Jackie pensait l'emmener la prochaine fois, si elle allait un peu mieux. Ç'aurait été trop d'un coup cette fois-ci, avec le bébé.

"Oh, mais elle t'envoie un de ses gâteaux en gelée. Pour ton anniversaire. Tu devrais le recevoir d'un jour à l'autre. N'oublie pas de l'appeler pour lui dire que tu l'as aimé."

Malik commença à s'agiter, et Jackie se leva.

"J'ai son biberon juste là, dit-elle. Ils m'ont autorisée à en prendre seulement deux."

Elle le tendit à T. C., qui retira le capuchon et plongea la tétine dans la bouche du bébé. Malik se renversa en arrière, reposa sa tête dans le creux du coude de T. C. Celui-ci lissait de la paume les sourcils épais de son fils, il s'émerveillait de ses longs cils, de sa ressemblance avec lui, et pourtant c'était aussi un être unique. Il se pencha pour l'embrasser.

Quand le bébé eut terminé, T. C. le plaça contre son épaule pour qu'il fasse son rot.

"C'est comme le vélo, hein ? demanda sa mère. On n'oublie jamais."

T. C. rit. "C'est sûr."

Il le garda ainsi un moment tout en lui caressant le dos.

"Bon, il faut que je sois rentrée à quatre heures. C'est quand sa maman rentre du travail, précisa-t-elle.

— D'accord." T. C. assit le bébé sur ses genoux. "Papa te verra la prochaine fois, 'tit homme. Papa était si content de te voir. Papa t'aime, d'accord ?"

Il tendit Malik à sa mère, qu'il attira vers lui.

"Merci, Maman, dit-il. Pour tout."

Le retour à sa cellule fut aussi dur que ce qu'il avait craint. Toute l'euphorie née de la présence de son fils avait été balayée dès son départ ; il redoutait soudain qu'en introduisant Malik dans cet enfer, même pour une simple visite, il ait lié le destin de l'enfant à ce lieu. Non, se dit-il. Ce n'était pas une vie acceptable pour sa descendance, il ferait tout ce qui était en son pouvoir pour l'en préserver.

Il baissa la tête avant d'entrer dans sa cellule, s'allongea sur le lit et se rappela la façon dont son fils l'avait regardé, avec tant d'innocence et d'abandon.

Malik ne savait pas encore qui était son père. Et T. C. comprenait qu'il ne savait pas encore lui-même qui il était. Les yeux de son fils lui renvoyaient l'image de tant de possibles. Peut-être Malik verrait-il en lui un guerrier, quelqu'un qui saurait attirer la chance de leur côté ; ou simplement un type bien – d'accord, il avait commis des erreurs, mais il aimait sa famille, il était là pour son fils. Pendant une seconde, T. C. se perçut à travers ce regard-là. Il s'abandonna au flot des images, les laissa déferler sur lui, ferma les paupières. Plus il s'y attardait, plus leur réalité se faisait en lui.

EVELYN

Hiver 1945
Malgré sa grossesse de sept mois et son manteau ample, Evelyn craignait que Renard passe devant elle sans la voir. L'attente à la gare était plus longue que prévu. Le train avait ralenti longtemps avant d'entrer en gare et elle dut patienter que les passagers blancs aient fini de descendre. Enfin Renard surgit du wagon à bagages et sauta sur le quai. Lorsqu'elle l'aperçut, elle l'appela, doucement d'abord, puis, comme il n'entendait pas, elle poussa la voix au-delà de ses limites. Il était déjà presque dans le hall de la gare quand il se retourna, avec son uniforme ajusté et impeccable et son calot qui lui donnaient l'air d'un parfait étranger.

Elle se força à le regarder dans les yeux ; elle saurait ainsi comment il la percevait réellement, avec ses quinze kilos en plus, son souffle court, penchée en arrière et chancelant sous le poids de l'enfant en elle. Quand elle capta son regard, elle pensa saisir un éclair de son âme, qui pressait si fort contre ses orbites qu'elle semblait prête à en jaillir.

Il courut vers elle. Elle n'eut pas le temps d'esquisser un geste. Lorsqu'il la rejoignit, elle se jeta dans ses bras, s'agrippa à la poche à rabat couleur sable de sa chemise. Il y avait un assortiment d'odeurs, certaines provenant de la gare, d'autres de sa veste, d'autres de lui, toutes liguées pour cacher la principale, celle qu'elle avait associée à l'idée qu'elle avait de lui. Maintenant qu'elle l'avait devant elle, elle enfouit sa tête dans ses vêtements, cherchant l'odeur sans pouvoir la retrouver.

"Qu'est-ce qui t'arrive, ma belle ? demanda-t-il en la voyant remuer la tête comme un chien qui flaire un trou.

— Je n'arrive pas à te sentir.

— Quoi ?"

Tout en souriant il recula légèrement la tête.

"Autres pays, autres odeurs, ma puce, dit-il en riant.

— Mais tu n'es pas un pays différent. Tu es toi, c'est tout.

— Ouais, je suis encore moi."

Il lui releva le menton pour lui donner un baiser puis la serra contre lui.

"Qu'est-ce que c'est ?" demanda-t-il en s'éloignant pour examiner son ventre, comme s'il hésitait encore à tirer ses propres conclusions.

Elle le regarda fixement, ferme et décidée. Le moment était venu de voir si son père avait raison.

"Tu te souviens de ce qu'on a fait la dernière fois que tu étais ici ? demanda-t-elle.

— Si je m'en souviens ? Je ne pouvais penser qu'à ça, là-bas."

Un sourire s'épanouit lentement sur son visage.

"Tu es sérieuse, chérie ?" Il écarta son manteau et poussa un cri strident. "Chérie, tu es sérieuse ?"

Il tenta de la faire virevolter puis il s'arrêta et lui tapota le ventre. Il faisait des bonds sur le quai de la gare. "Oui !" criait-il. Les gens se retournaient mais il répétait encore : “Oui !” Evelyn n’osait toujours pas y croire.

“C’est vrai ? demanda-t-elle. Tu es content ? Tu n’es pas fâché ?

— Fâché ? J’ai toujours voulu avoir un enfant ; tout petit déjà, quand j’allais me coucher, j’espérais qu’il habiterait mes rêves. Mais que tu sois la femme qui porte cet enfant, eh bien, je n’aurais pas pu rêver mieux, jamais je n’aurais imaginé qu’une telle chose puisse m’arriver.”

Prenant sa main au creux de la sienne, il l’emmena manu militari à la maison familiale. Quand Maman annonça que Père était parti s’occuper d’un bébé qui se présentait par le siège, Renard attendit. Il dévora tous les plats que lui présentait Maman, but son thé et grignota ses petits fours.

“Vous devez être affamé après avoir voyagé si longtemps, dit Maman. Comment était la nourriture là-bas ?

— Horrible, rien à voir avec ça.”

Elle sourit.

“Eh bien, vous êtes chez vous maintenant.”

Quand Père entra, il n’eut pas l’air accablé en les voyant, simplement résigné. Il alla se changer et se laver les mains avant de s’asseoir à la table.

Renard se leva pour le saluer, et lorsqu’il se rassit Evelyn agrippa les mains de son amoureux sous la table. Elle pouvait les sentir trembler et elle s’attendait à ce que sa voix tremble aussi, comme autrefois, mais il s’exprima avec la force de l’acier.

“Je sais que vous êtes déçu. Vous avez si bien réussi vous-même, vous vous attendiez à ce que votre fille respecte votre niveau d’exigence.”

Le père d'Evelyn ne disait rien, se contentant de hocher la tête, mais il ne quittait pas Renard des yeux, et c'était la première fois depuis des mois qu'Evelyn notait une réaction chez lui.

"Et voilà que nous vous créons un embarras supplémentaire."

Il montra du doigt le ventre d'Evelyn.

"N'appelez pas mon bébé un embarras, dit sèchement Maman.

— Ce n'est pas le bébé, c'est nous, c'est moi, et je le reconnais. Je reconnais que je dois être une déception pour vous. Mais j'ai toujours voulu être comme vous. Depuis que je suis né, je veux être médecin. Une ambition hors de portée pour un Noir, je sais, mais je voulais retaper les gens, arranger tout ce qui ne fonctionne pas dans leur corps, dans leur vie, et cette envie ne m'a pas quitté. Vraiment. Mon père était concierge et je n'ai pas pu faire d'études dans de bonnes conditions. J'avais deux boulots et je reçois toujours une allocation, mais je ne suis pas venu ici pour me plaindre. J'essaie de vous montrer que je suis le type d'homme qui fera tout pour atteindre son but."

Puis il se tourna vers Evelyn et, devant ses parents, il mit un genou à terre.

"Je t'aime, Evelyn, et l'une des choses que j'aime le plus chez toi, c'est que tu sois une femme si fière. Je suis désolé que tu aies dû te montrer dans cet état sans que je puisse y remédier. Je te fais le serment, je vous fais le serment, monsieur, madame – il se tourna alors vers ses parents –, que je n'abaisserai jamais cette fierté."

Il se pencha à nouveau devant Evelyn, lui releva la main.

“Si tu acceptes de m’épouser, Evelyn, ce sera un honneur pour moi d’être ton mari, de te servir jusqu’à la fin de tes jours, de passer le reste de ma propre vie à m’assurer que jamais tu ne connaîtras la honte.”

Evelyn ne s’autorisait pas à parler, pas en présence de son père, tant son mépris était palpable. Mais déjà ses yeux s’emplissaient de larmes, comme si elle était sur le point de se délester du poids de ces années d’enfance à rêver et de ces derniers mois à languir. Pourtant elle craignait, en prononçant le mot “oui” devant son père, de se condamner, elle et sa descendance, à un destin triste et médiocre. Alors elle retint ce déferlement d’émotions et se contenta de hocher la tête, puis elle enveloppa Renard de ses bras et soupira contre son cou.

C’en fut trop pour Maman. Elle poussa un cri de joie en essuyant une larme. Mais le père d’Evelyn continuait de fixer Renard comme s’il voulait le gifler sans en avoir la force. Enfin il se tourna vers sa fille avec un air de capitulation désolée et dit : “D’accord.” Ensuite il se leva, serra la main de Renard, prit le sandwich que sa femme avait préparé pour sa prochaine tournée de visites et quitta la table.

Une fois qu’il fut parti, Evelyn poussa un hurlement tel qu’il arriva aux oreilles de miss Georgia, de l’autre côté de la rue. Puis elle laissa libre cours à ses larmes et, quand Renard fit danser Maman, elle pencha la tête en arrière et rit sans pouvoir s’arrêter.

Lorsqu’ils eurent achevé de fêter leur victoire, Renard demanda à Evelyn s’il pouvait l’emmener dans sa famille pour se pavaner à son bras, et elle répondit que rien ne pouvait la rendre plus heureuse.

Ils prirent le bus pour gagner Amelia Street. Elle n'avait jamais été dans ce quartier, et elle s'émut de voir les rues poussiéreuses, les maisons brunes étroites à deux étages dont le bois s'effritait. Des dizaines de personnes s'y entassaient, qui regardaient depuis le balcon à l'étage. Des gamins dansaient dehors, sans chaussures, en battant le rythme sur des poêles ou des boîtes de conserve. Des chariots d'ordures tirés par des mules passaient avec leur puanteur âcre.

"D'habitude ça ne sent pas comme ça, s'indigna Renard.

— Je sais", répondit-elle en feignant de ne pas s'être posé la question.

La maison des parents de Renard semblait aussi peuplée que celle de sa propre famille pendant les vacances. Tout le monde fut transporté de joie en voyant Renard en un seul morceau. On n'arrêtait pas de soulever les ourlets de pantalon de son uniforme et de tapoter ses jambes pour s'assurer qu'il était bien là. On avait entendu parler d'elle, et elle était bien trop jolie pour Renard, affirmait-on. On offrit de la liqueur à Renard, on caressa le ventre d'Evelyn en décrétant qu'elle accoucherait d'un garçon – c'était sûr, à voir sa forme en obus. Evelyn et Renard furent invités à rester à demeure s'ils en avaient besoin. On s'occuperait du bébé pendant que les jeunes mariés feraient leurs études. Evelyn ne se rappelait pas avoir été aussi heureuse.

Ce soir-là, quand ils rentrèrent chez Evelyn, Renard tira de sa poche la photo qu'il gardait audessus de son lit. Elle était froissée là où il l'avait pliée pour la faire entrer dans son portefeuille, sinon elle avait l'air aussi fraîche que le jour où elle la lui avait donnée, à la gare, quelques mois plus tôt.

“J’ai l’impression que c’était hier.

— Pas moi”, dit-il.

Lorsqu’ils atteignirent la maison, Evelyn n’était pas prête à le quitter, alors ils s’assirent sur le porche comme autrefois. Ils restèrent silencieux pendant un moment ; elle s’agrippait à sa veste, et il lui caressait le ventre avec la ferveur d’un homme qui devait rattraper le temps perdu.

“Pourquoi ne pas m’avoir écrit que tu attendais un bébé ? finit-il par demander. Ça m’aurait donné une nouvelle raison d’espérer.”

Evelyn haussa les épaules.

“Je ne voulais pas te faire fuir. J’ignorais quelle serait ta réaction et j’étais terrifiée, j’imagine, en pensant que tu pouvais nous rejeter.”

Renard secoua la tête.

“Tu me connais mieux que ça.

— Bien sûr. J’aurais dû te l’annoncer, mais est-ce que tu mesures à quel point j’avais peur ? Et puis la guerre, ça vous change. Apparemment elle n’a pas été trop dure pour toi mais j’ai entendu des histoires terribles sur des gens qui en revenaient brisés.

— Je comprends. Peu importe. Maintenant je sais. Et au moins je suis avec toi.” Il fit une pause. “Je n’avais pas la moindre idée de ce qui m’attendait là-bas et je n’ai sûrement pas à me plaindre. J’ai pu voir une autre partie du monde et j’en suis revenu sain et sauf. Mais bon – son bégaiement revint sur ces deux mots, et Evelyn lui étreignit la main –, je ne t’ai pas raconté le pire.”

D’un geste elle l’encouragea à poursuivre.

“Nous étions stationnés dans une petite ville à quelque distance de Paris. Il y avait une unité de Blancs à côté qui venaient de temps à autre, nous traitaient de négros, mais sinon ils restaient dans leur coin. Au début ce n'était pas très différent de chez nous, en fait. Les Blancs étaient servis dans des assiettes alors qu'on nous donnait des gamelles en fer-blanc. On nous donnait un seul repas quand les Blancs en avaient deux. Les Blancs habitaient des chambres avec du parquet verni et des machines à laver, et nous, on avait du béton et des poêles à bois.

"Mais comme je disais, ce n'était rien. J'avais l'habitude et j'aurais été bien content de n'avoir que ça à subir. Sauf que la situation n'a pas tardé à dégénérer. Un soir on s'apprêtait à aller à une fête ; les Français nous avaient invités, tu vois, ils voulaient montrer leur reconnaissance envers nous, les Noirs de l'armée. Ils nous avaient donc préparé des laissez-passer, que j'ai déposés sur le bureau du commandant. Quand il les a vus, il a secoué la tête, les a déchirés, en disant qu'il n'y aurait pas de Noires à la fête et qu'il refusait que ses nègres dansent avec des Blanches. Je ne voulais pas y aller, de toute façon."

Renard pinça Evelyn à la taille.

"Je n'avais pas la partenaire de danse que je courtisais outre-Atlantique, mais certains de mes potes s'y sont rendus par provocation. Cette nuit-là, on les a mis aux arrêts.

"Le lendemain soir l'unité blanche a débarqué. Ils étaient soûls, ils ont cherché la bagarre en nous jetant des bouteilles et en lançant des cordes au-dessus de nos têtes. Je les ai ignorés mais un de nos hommes a tiré trois coups en l'air. J'ignore où il avait pris le pistolet. Il leur a dit qu'on était tous armés, et j'ai jamais vu des Blancs courir aussi vite qu'eux à ce moment-là."

On aurait dit que Renard avait envie de rire mais qu'il ne pouvait se permettre une attitude aussi légère.

"Ils n'ont pas dû trouver ce traitement à leur goût. Ils sont revenus la nuit suivante. Ils étaient plus nombreux que nous et avaient tous des armes. Ils nous ont frappés comme des brutes, Evelyn. Nous tous, même ceux qui n'avaient rien dit. Les Français étaient tellement gentils, tellement hospitaliers. En leur parlant on oubliait qu'on était des Noirs, mais les soldats américains nous ont battus comme s'ils voulaient nous tuer."

Evelyn s'agrippait à lui de toutes ses forces.

"Je suis désolée, dit-elle. Je ne savais pas. Je suis vraiment désolée. Tu ne méritais pas ça.

— Non, dit-il avec plus d'autorité qu'elle lui ait jamais vu. J'estime que non."

Après ce récit, son attitude changea. Ses yeux s'assombrirent, il lâcha sa main. Ils restèrent ainsi sur la balançoire sans prononcer un mot.

Le lendemain Maman frappa à sa porte de bon matin afin de discuter des préparatifs pour le mariage. Ruby boudait – elle était irritable depuis qu'elle avait appris la nouvelle – mais elle suivait Maman avec un calepin pour dresser la liste de tout ce qu'il leur fallait.

"Bien sûr, étant donné, hum, les circonstances, nous ne pouvons pas faire les choses en grand comme nous l'avions imaginé, mais je veux quand même organiser une cérémonie. Vous le méritez."

Maman fit livrer du tissu à miss Georgia pour les robes, une variation blanc cassé pour Evelyn et une rose pour Ruby ; Ruby alla chercher du sucre et de la farine au marché ; Papa acheta des cravates ; Frère fit une razzia de fleurs dans le jardin et, si Evelyn n'y avait pris garde, elle aurait juré que c'était la même famille qu'un an auparavant, celle qui s'apprêtait à recevoir Renard et Andrew à dîner.

La veille du grand jour, Papa appela Evelyn et Renard.

"J'aimerais te parler, fils", dit-il.

Il paraissait moins voûté et ses yeux semblaient briller d'un peu de leur lumière d'autrefois.

"Nous avons discuté, la maman d'Evelyn et moi, et nous souhaitons vous faciliter les choses. J'ai travaillé dur pour cela, pour que ma fille soit en mesure de mener sa barque autant qu'une femme noire peut le faire, et j'estime que tu as besoin d'un peu de tranquillité aussi ; tu pourrais peut-être finir tes études."

Maman glissa une clé à Evelyn.

"Ce n'est rien, dit-elle, rien du tout, juste un vieil appartement avec deux chambres, au bout de la rue, là où vivait le fils de miss Georgia, mais j'ai pensé que ce serait parfait pour commencer. Après, quand Renard sera en meilleure posture, eh bien, vous pourrez avoir la maison de vos rêves."

Une fois son père couché et Renard rentré chez lui, Evelyn s'assit à côté de sa mère.

"À quoi est-ce dû, à ton avis ? demanda Evelyn.

— De quoi parles-tu, ma chérie ?

— Pourquoi Papa a-t-il changé d'avis ?

— Oh." Elle réfléchit un instant. "Difficile à dire avec lui, reconnut-elle. Peut-être la façon dont Renard s'est présenté à lui, comme un homme, dès son retour, à moins qu'il se soit rendu compte que sa famille risquait de lui échapper et que c'était là sa dernière chance de la retenir. J'ai surpris l'autre jour, entre lui et Ruby, une conversation qui pourrait avoir également joué. Peut-être est-ce une combinaison de tout cela. Dieu sait que ce n'était pas moi. En fin de compte, il t'aime, Evie, et il ne veut que ton bonheur."

Ce fut un mariage tout simple. La robe d'Evelyn n'était pas celle qu'elle aurait imaginée car elle devait y loger son ventre, mais une fois que Maman eut défait les bigoudis et resserré la gaine, et que Ruby l'eut maquillée et eut placé le diadème, Evelyn ne pouvait s'arracher au miroir. Sous un certain angle, sa grossesse aurait même pu passer inaperçue.

Contrairement aux somptueuses célébrations à l'église auxquelles ils étaient habitués, la cérémonie eut lieu à la maison, avec peu d'invités : oncle Franklin et tante Katherine, miss Georgia puisqu'elle avait fait les robes. Comme toujours Maman avait fait entrer un air de fête : des guirlandes de pensées et de pétunias tombaient en cascade de l'escalier, des pétales de roses dansaient sur le sol de l'entrée et au centre de la table trônait un gâteau magnifique, dont le sommet s'ornait d'un glaçage tout en volutes blanches.

Quand le moment fut venu pour Evelyn de franchir le seuil, son père la retrouva devant sa chambre. Son regard s'illumina lorsqu'il la vit et elle se mit à pleurer.

"Tu es splendide", dit-il.

Elle avait été tellement fâchée contre lui, tellement déçue qu'il ne fasse aucune place à son amour pour Renard. Mais ce jour était différent. Et peut-être n'était-il pas le seul à avoir changé. Peut-être la pensée d'avoir un enfant avait-elle aussi transformé Evelyn. Elle avait déjà des projets pour sa fille. Elle ne doutait pas un instant qu'elle serait médecin. D'ici vingt ans, il y aurait peut-être des doctoresses, et même des noires, qui sait. Ne serait-ce pas fantastique ? Elle comprenait maintenant que c'était ce que son père avait rêvé pour elle. Certes, il avait réussi sa vie. La plupart des Noirs qu'il connaissait soulevaient leur chapeau pour le saluer sur le chemin de l'église ; tout le monde l'appelait monsieur, mais elle savait qu'il souhaitait davantage pour sa fille aînée, elle l'entendait à sa voix lorsqu'il lui demandait ce qu'elle étudiait en la voyant penchée le soir sur ses livres.

"Oh, Papa, est-ce que j'ai ruiné mon maquillage en pleurant ? demanda-t-elle.

— Non, non, pas du tout. Tu es splendide", dit-il à nouveau.

Il lui saisit la main comme si c'était lui qui était nerveux, et ils avancèrent côte à côte.

Elle passa devant Maman qui se tamponnait les yeux avec son mouchoir brodé et Ruby qui rayonnait comme si l'on célébrait son propre mariage. Pourtant Evelyn n'arrivait pas à y croire. C'était trop beau pour être vrai : tout ce dont elle avait rêvé s'était transformé aujourd'hui en une réalité tangible. Avait-elle mérité cela ? Peu importe, se dit-elle, elle devait s'ouvrir à cette nouvelle vie, l'accepter comme sienne, lui tendre les bras et la serrer contre elle.

Son père la confia à Renard.

"Prends bien soin d'elle", lui recommanda-t-il, et Renard s'inclina.

Tout à coup elle eut envie de revenir en arrière, de s'accrocher à l'homme qui avait été son guide le plus sûr, mais déjà il rejoignait sa mère dans le couloir, et voilà que le flot l'emportait avec son homme, oui, avec son enfant à naître aussi, mais n'étaient-ils pas des étrangers, comparés à sa famille ? Et si elle s'était trompée dans ses choix ? Si son père avait raison ?

Comme si le consentement de ce dernier avait provoqué sa propre défiance, elle se surprit à examiner les ourlets du pantalon de Renard, qui, à y regarder de près, n'étaient toujours pas égaux, même si quelqu'un semblait avoir tenté la veille de les arranger.

Et l'ourlet se mit à représenter l'incertitude de leur nouvelle vie : Todd reprendrait-il Renard ? Auraient-ils assez d'argent pour faire tous deux des études, elle avec un bébé dans les bras ?

“Renard et Evelyn, êtes-vous ici de votre plein gré et consentez-vous à ce mariage librement et sans contrainte ?”

Renard glissa à son doigt un anneau qui n'avait rien de comparable avec celui de Maman, mais il avait tant d'espoir dans les yeux, un espoir incroyable, un sourire tellement immense qu'il aurait pu les envelopper tous deux.

Lorsque son tour vint de parler elle dit “oui” parce que, malgré sa fébrilité, se retrouver en ce jour face à Renard était tout ce qu'elle avait voulu sa vie durant. Et, bien que sa grossesse avancée rendît la position inconfortable, elle le laissa la soulever et l'emporter dans ses bras. Alors la tension de la cérémonie retomba et elle sentit enfin la joie jaillir en elle. Le soleil se déversait par les carreaux de la porte et quand Renard lui fit franchir le seuil, elle embrassa les gouttes d'or que la lumière dessinait sur son visage. Lorsqu'il la déposa et qu'ils se retrouvèrent tous les deux seuls dans sa chambre pour la première fois, elle poussa un cri malgré les gens de l'autre côté, parce qu'il était encore si tôt, parce que leurs vies s'offraient à eux comme une terre inexplorée, et que la voix du doute qui l'avait provoquée un instant plus tôt s'était tue.

REMERCIEMENTS

Je voue une éternelle reconnaissance à mes parents, qui furent mes premiers fans. Vous n'avez jamais cessé de croire en moi et de me pousser à en faire autant. Papa, toi qui m'as encouragée à rêver, tu as tout fait pour que je transforme ces rêves en réalité. Maman, ma créativité vient de toi, de même que mon courage.

Kathryn et Roy, vous m'avez toujours fait sentir que j'étais une des vôtres. Carlton et Betsy, votre amour et votre soutien ont énormément compté pour moi.

Les ouvrages suivants ont exercé sur moi une forte influence, aussi bien sur le plan personnel que pour la rédaction d'*Un soupçon de liberté* : *Black Life in Old New Orleans* de Keith Weldon Medley ; *Creole: The History and Legacy of Louisiana's Free People of Color*, édité par Sybil Kein ; et *Witness to Change: From Jim Crow to Political Empowerment*, de Sybil Haydel Morial.

À mon éditeur, Jack Shoemaker, merci d'avoir accompagné ce livre avec tant de passion et de zèle. Je dois tellement à Jane Vandenburgh, qui m'a traitée comme une autrice avant que j'en sois une. À mon agent, Michael Carlisle, merci pour votre engagement indéfectible.

À mes premiers lecteurs : Jennifer Levitt et Johanna Thomas, le monde serait un endroit meilleur si tout le monde avait des amis tels que vous.

Jessica Redditt, Megan Nicholson, Pat Connelly, Nancy Lai, Chloe Pinkerton, Cary Fortin, Iris Tate : je suis consciente que lire un manuscrit inachevé est une tâche malaisée et j'apprécie que vous l'ayez fait malgré tout. Kerry Radcliffe et Kathryn Goldberg, vos remarques ont été inestimables. Joseph V. Blouin, Joseph M. Blouin, Zara Blouin et Raymond Williams, merci d'avoir passé des heures avec moi pour évoquer la ville que vous aimez tant. Nubia Solomon, vous m'aidez à vivre.

Des remerciements tout particuliers à mon "village" : Josie Wilkerson, Debhora Singleton, Patsy Wilkerson, Felthus Wilkerson Jr., Kevin Williams, Bruce Williams, Oran Williams, Cynthia Williams, Felicia Johnson, Buck Johnson, Roy Williams Smith III, Joseph Sexton et Abbye Simkowitz. Florence Wilkerson, Felthus Wilkerson et Audrey Chapital Williams, je sais que vous vous réjouissez aussi.

Nina, Carter et Miles, vous êtes ce qui pouvait m'arriver de mieux.

Enfin, mon cher Chuckie, sans toi, rien n'aurait été possible. Ton soutien en tant qu'éditeur s'est révélé aussi solide que ta confiance.

OUVRAGE RÉALISÉ
PAR L'ATELIER GRAPHIQUE ACTES SUD
REPRODUIT ET ACHEVÉ D'IMPRIMER
EN JUIN 2020
PAR NORMANDIE ROTO IMPRESSION S.A.S.
À LONRAI
POUR LE COMPTE DES ÉDITIONS
ACTES SUD
LE MÉJAN
PLACE NINA-BERBEROVA
13200 ARLES

DÉPÔT LÉGAL
1re ÉDITION : SEPTEMBRE 2020

N° impr. : 2002143
(Imprimé en France)